CW01594433

Die beschädigte Göttin

Für Sarah
damit sie uns nicht
vergißt

Bonn, am 21. Mai 98
Hans Bemmann

Hans Bemmann

Die beschädigte Göttin

Roman

Edition Weitbrecht

Erster Teil

DAMALS, ALS DIE FIGUR PLÖTZLICH VOM Licht der Scheinwerfer erfaßt wurde und mich aus dem dunklen Gebüsch ihres Hintergrunds geradezu ansprang, damals meinte ich noch, ihre Bedeutung zu kennen. Damals besaß ich ja noch diese mir heute schon unbegreifliche Sicherheit, die dich anfangs so irritiert hat und die mir erst während all der Verwandlungen und Irrwege im Verlauf meiner Wanderung auf deiner Spur abhanden gekommen ist.

Ich hatte am Bahnhof ein Taxi genommen und dem Fahrer die Tagungsstätte genannt, in der ich am nächsten Morgen den dort versammelten Märchenfreunden meine Vorstellungen zum gegenwärtigen Gebrauchswert solcher aus nebulösen Ursprüngen überkommener, in den sich zunehmend aufgeklärter gebärdenden Zeitläuften auf vielerlei Weise verachteter oder mißdeuteter und neuerdings wieder in Mode gekommener Texte vortragen sollte. Damals war ich mir meiner Sache sicher, so unangemessen sicher, daß mir heute bei dem Gedanken daran die Schamröte die Ohren färbt. Du kennst ja auch meine gelegentlichen Fluchtbewegungen in die Bereiche des Wohlgeordneten. Ja, ich hatte mein Auftreten sorgfältig vorbereitet; denn ich wußte nur zu genau, was für einen jungen, nicht eben ehrgeizlosen Wissenschaftler davon abhängt, wie er sich in einem Kreis illustrer Kenner zum ersten Male präsentiert. Jedenfalls trug ich ein ausgefeiltes, durch mannigfache Zitate abgesichertes Referat in der Tasche und dachte nicht einmal im Traume daran, daß mich etwas oder gar jemand aus dem Konzept bringen könnte.

Auf eine schon lächerliche Weise mit mir selbst zufrieden, lehnte ich mich in den Fond des Wagens zurück, blickte hinaus auf die säuberlich restaurierten alten Bürgerhäuser der mir bislang unbekannten Stadt und fühlte Sympathie zu jenen Restauratoren, denen es so vorzüglich gelungen war, die in der sich herabsenkenden Dämmerung bereits hell beleuchteten Schaufenster der Ladengeschäfte in frisch abgeputzte, von gestuften Renaissancegiebeln bekrönte Fassaden einzupassen. Ein Groteskenfries des 16. Jahrhunderts mit wohlbeleibten, durch das Rankenwerk taumelnden Amoretten als Einfassung blitzenden Verbundglases. Ob der Fries echt war? Wohl eher eine gekonnte Nachahmung oder Weiterführung nach dem Vorbild erhaltener Reste, denn die Fenster dürften seinerzeit beträchtlich schmäler dimensioniert gewesen sein. Aber immerhin: Ich fühlte nicht nur Sympathie, sondern obendrein auch noch so etwas wie Verwandtschaft zwischen der Tätigkeit dieser kreativen Restauratoren und meinem eigenen Vorhaben, die aus der kulturellen Ursuppe archaischer Gesellschaften in unser Säkulum herübergeschwappten Märchengeschichten auf eine neue, dem gegenwärtigen Zeitgefühl angemessene Weise in Gebrauch zu nehmen.

Mein Taxi hatte den Altstadtkern schon verlassen, bog nach rechts von der Hauptstraße ab, durchfuhr eine wogenartig aufbrandende barocke Toranlage und gelangte in ein weitläufiges Parkgelände. Die Scheinwerfer streiften über Gebüsch, erfaßten im Weiterschwenken hohe

Baumgruppen, ließen für wenige Augenblicke die spiegelnde Fläche eines Teichs aufblitzen, und als der Fahrweg scharf nach links abbog, sprang dieser Torso aus schneeweißem Marmor ins Gesichtsfeld, trat mir geradezu in den Weg und ließ mein Herz für einen Schlag aussetzen.

»Halt!« schrie ich.

Der Fahrer trat dermaßen kräftig auf die Bremse, daß der Wagen fast ins Schleudern geriet und dicht an der Bordsteinkante nicht weit von der Figur stehen blieb. Der Körper einer Frau, so viel war noch zu erkennen. Die fast unverletzte Rundung der Brüste, die geschwungene Kontur der Hüften, vor der Scham die Reste eines gefältelten Schleiers, gehalten von einer Hand, deren verbergende Geste unaufhebbar schien; denn der zugehörige Arm war wie der andere und auch die Beine abgeschlagen. Die Schultern endeten in Stümpfen, die einstige Bewegtheit andeuteten, und wo darüber ein Gesicht mich hätte anblicken sollen, sah ich nur die durch Schläge zerstörte Oberfläche des leicht nach links geneigten Kopfes. Das alles erfaßte ich mit einem Blick, starrte es weiß der Himmel wie lange an, erregt von der noch immer erahnbaren Schönheit dieses Körpers und zugleich voller Entsetzen angesichts seiner brutalen Zerstörung.

Der Taxifahrer war so erschrocken, daß er eine Weile regungslos dasaß und nichts sagte. Dann drehte er sich um. »Ist was passiert?«

Ich schüttelte den Kopf, ohne den Blick von dieser nächtlichen Erscheinung lösen zu können.

»Ah so«, sagte er da beruhigt. »Ein Freund von Altertümchen. Oder von plastischen Formen? Ist ja ziemlich kaputt, die Dame, aber noch alles dran, was bei einer Frau wichtig ist. Haben die Leute vom Museum ausgebuddelt, hier an dieser Stelle. Soll so eine antike Liebesgöttin darstellen. Wollen Sie aussteigen und sich's aus der Nähe anschauen?«

Nein, aussteigen wollte ich nicht. Überhaupt begann mir diese Angelegenheit peinlich zu werden. Wie kam ich dazu, mich einer Situation auszusetzen, die es diesem Taxifahrer erlaubte, Spekulationen über meine geheimen Gelüste anzustellen? Was war das hier schon? Eine schlecht erhaltene, ja reichlich derangierte Venusfigur, obendrein eine nicht sonderlich bemerkenswerte provinzialrömische Arbeit, vermutlich aus einer örtlichen Werkstatt des dritten Jahrhunderts. Ich wendete endlich meinen Blick ab, versuchte eine gleichgültige Miene aufzusetzen und sagte: »Nun fahren Sie doch endlich weiter!«

Das also war das Vorspiel meiner Ankunft. Ich habe dir weder damals noch später davon erzählt, anfangs wohl, weil mir meine Rolle in dieser Episode ein wenig lächerlich vorgekommen sein mag; später gab es dann noch andere, tiefer begründete Hemmungen, von denen ich damals nichts ahnte.

Als all das, was ich hier im folgenden zu erzählen versuche, vorüber war, hast du mich gefragt, wie das anfing mit uns. Beim Nachdenken über diese Frage wurde mir eines klar: Es ist diese Figur, mit der alles begann. Nicht nur dieser verwitterte, in Teilen bis zur Unkenntlichkeit zerschrundene Stein, sondern vor allem das, was er einmal dargestellt hat. Oder besser: Was er auch heute auf eine Weise für mich in ein Bild setzt, die es mir zugleich immer mehr erschwert, die Bedeutung dieses Bildes zu begreifen.

Jetzt lachst du wahrscheinlich schon und sagst: Aber es ist doch alles so einfach! Doch du kennst ja auch meine Begriffsstutzigkeit angesichts solcher Dinge.

Wann haben wir einander eigentlich zum ersten Mal

gesehen? Ich meine, nicht nur beiläufig mit dem Blick gestreift, sondern bewußt wahrgenommen? Ich weiß nicht, wie sich das bei dir verhält. Ich jedenfalls habe dich erst beim gemeinsamen Abendessen bemerkt, und zwar zunächst eine dieser sprechenden Gesten deiner Hände, mit denen du manchen deiner Äußerungen erst die gemeinte Richtung weist. Irgendwie mittelmeerisch kam mir das vor, und ich war – nun erst auf dich aufmerksam geworden – fast überrascht, dich deutsch sprechen zu hören, wenn ich auch nicht genau verstehen konnte, was du sagtest. Der Tisch, an dem du zusammen mit zwei Kollegen gesessen bist, war zu weit entfernt. Einmal hast du zu mir herübergeschaut – erinnerst du dich? –, und ich habe vergeblich versucht, den Blick deiner dunklen Augen festzuhalten.

Kurz danach hast du deinen Stuhl zurückgeschoben und bist aufgestanden, um den Raum zu verlassen. Dein Weg führte dicht an meinem Platz vorbei. Ich sah dich auf mich zugehen, für einen Augenblick schob sich die Vision der lädierten Marmorfigur vor den Umriß deiner Gestalt, dann warst du schon vorübergegangen. Nur ein mir heute vertrauter Duft blieb für kurze Zeit spürbar. Übrigens habe ich keine Erinnerung mehr daran, wer damals mit mir am Tisch gesessen ist und was wir miteinander gesprochen haben.

Es kann auch sein, daß ich bei Tisch überhaupt kein Wort gesprochen habe. Inzwischen habe ich gemerkt, daß ich dazu neige, mich auf solchen Tagungen bis zu dem Zeitpunkt abzukapseln, zu dem ich mein Referat loswerden kann. Das mag seinen Grund darin haben, daß ich mich, sobald ich in ein Gespräch verstrickt werde, immer wieder genötigt sehe, Teile meiner Überlegungen schon vorab preiszugeben, und wenn ich dann später vor dem gesamten Publikum spreche und zu diesem Punkt meines

Referates komme, verliert mein Vortrag beträchtlich an Überzeugungskraft, da ich mich des Gefühls nicht erwehren kann, das alles schon einmal gesagt zu haben. Zumindest blicke ich in einer solchen Situation verständnisheischend zu meinem früheren Gesprächspartner, den ich notgedrungen mit einer Wiederholung des schon einmal Geäußerten langweilen muß, einer These womöglich, die dieser schon vorher beim Tischgespräch widerlegt zu haben meint, die ich jedoch nicht weglassen kann, ohne den schlüssigen Aufbau meines Vortrags zu gefährden.

Genau besehen fürchte ich demnach um den Verlust meiner Sicherheit, sobald ich mein Ohr Argumenten öffne, die meine Position erschüttern könnten. Idiotisch, nicht wahr? Was wäre denn das für eine Sicherheit, die sich so leicht außer Kraft setzen ließe? Wäre es nicht besser, eine solch trügerische Fiktion von vornherein aufzugeben? Wenn ich keine meiner Vorstellungen für absolut verläßlich hielte, könnte mich kein Mensch ins Unrecht setzen. Aber ich greife mit allem, was hier im Konjunktiv geschrieben steht, schon um einiges vor und vergesse, daß ich in der Rückschau über eine Zeit berichte, zu der mir solche Gedankengänge noch fremd waren.

Nach dem Abendessen ging ich durch eine der hohen, nach Art französischer Fenster geöffneten Saaltüren hinaus in den nächtlichen Park, um eine Pfeife zu rauchen. Von anderen Teilnehmern der Tagung, die in kleinen Gruppen hier draußen auf dem durch die Kronleuchter des Saals erhellten Vorplatz im üblichen Small talk des ersten Abends beieinanderstanden, hielt ich mich fern und ging tiefer hinein ins Dunkel, geleitet von der matten Helligkeit der Kiesstreuung auf dem Weg. In das Knirschen meiner Schritte mischte sich bald das Quaken von Fröschen und lockte mich weiter bis zu einem Teich, auf dem im milchigen Dunst über dem Wasser Seerosen schwammen. Inmitten der ovalen Wasserfläche war im Licht des aufsteigenden Mondes eine kleine Insel zu erkennen. Unter aufeinandergetürmten Steinblöcken schimmerte an ihrem Rand das Gefieder von Enten, die sich hier ihren Schlafplatz gesucht hatten. Zuweilen war ihr leises Quarren neben dem Quaken der Frösche zu hören.

Der Weg folgte dem Ufer rings um das Gewässer, und so kam ich, nachdem ich einige Male stehengeblieben war und vergeblich Ausschau nach Fröschen gehalten hatte, wieder zu meinem Ausgangspunkt zurück. Vor den erleuchteten Saalfenstern sah ich noch immer einzelne Teilnehmer auf und ab gehen, aber dich konnte ich nicht unter ihnen entdecken. Da klopfte ich schließlich meine Pfeife aus, ging auf mein Zimmer und legte mich zu Bett.

Lange Zeit konnte ich nicht einschlafen, ließ mir mein Referat durch den Kopf gehen, um mich noch einmal der Verläßlichkeit meiner Gedankenführung zu vergewissern, und konnte keinen Fehlschluß entdecken, obwohl mich eine Irritation plagte, deren Gründen ich vergeblich nachzuforschen versuchte, bis ich schließlich darüber einschlief. Irgendwann gegen Morgen – es war draußen noch dunkel – wachte ich abrupt auf und hatte einen Traum so deutlich vor Augen, daß ich ihn noch heute in allen Einzelheiten beschreiben kann:

Ich suche etwas ganz Bestimmtes, für mich außerordentlich Wichtiges und gehe dabei nach einer Methode vor, die mir völlig vertraut ist: Ich benötige dazu ein kleines Tier, das mir helfen soll, vielleicht eine Maus oder auch einen Frosch. Auf jeden Fall würde das Tier auf meine Tabakspfeife reagieren, dessen bin ich mir sicher.

Ich werfe also meine Pfeife auf den Boden. Dies geschieht, wie mir erst jetzt bewußt wird, im Freien. Es ist kühl, der Himmel bewölkt. Offenbar hat es vor kurzem geregnet; auf dem erdigen Weg stehen flache Pfützen.

Die Pfeife fällt in eine dieser Pfützen. Wasser spritzt auf. Sofort höre ich ein schrilles Quieken und bemerke, wie ein kleines Tier hochspringt. Ich suche in der Pfütze zunächst nach einer nassen Maus, entdecke dann aber einen sehr kleinen hellbraunen Frosch, der sich auf den Kopf meiner Pfeife gesetzt hat. In der Pfütze schwimmen weitere, noch kleinere Frösche, manche mit dem Schwänzchen der Kaulquappe zwischen den Hinterbeinen.

Als ich mich bücke und meine offene Hand hinhalte, springt der Frosch hinein. Er ist kühl und feucht und fühlt sich sehr lebendig an. Ich stecke ihn vorsichtig in die rechte Tasche meiner Jacke und mache mich auf die Suche.

Mit diesem Gedanken wachte ich auf, hatte jedoch keine Ahnung, wonach da gesucht werden sollte, und fragte mich, welchen Gewinn ein kleiner brauner Frosch auf solch zielloser Suche bringen könnte.

Frösche haben es in sich. Ausgeburten des Unterbewußten sind das. Eine Maus, das wäre eine klare, stocknüchterne Angelegenheit gewesen. Mäuse sind verfressen. Wohin soll einen eine Maus schon führen? Zum Käse oder zum Speck, wobei es lediglich darauf ankommt, ob Käse und Speck auf einem Teller liegen oder an einem Haken aufgespießt sind, dessen Bewegung möglicherweise eine Falle zum Zuschnappen bringt. Jedenfalls gibt es da eindeutige Alternativen.

Aber ein Frosch! Natürlich fiel mir mein Abendspaziergang ein, der mich unter dem Gequake von Fröschen am Teich entlanggeführt hatte. Traum als Weiterführung vorangegangener Eindrücke, das gibt's ja. Aber diese Erklärung, so einleuchtend sie auch sein mochte, befriedigte mich nicht und konnte mein Gefühl, auf unsicheres Terrain geraten zu sein, nicht vertreiben. Allzu deutlich spürte ich noch, wie die Frösche rings um meine Knöchel durchs flache Wasser sprangen und wie sich winzige Finger auf der Haut meines Handtellers regten. Was mir sonst noch zu diesem Thema einfiel, kannst du dir ja denken: der Frosch als Fruchtbarkeitsfigur und Sexualsymbol – so etwas hüpfte also durch meine Träume. Ich will das einstweilen nicht weiter vertiefen – es wird sich noch hinreichend Gelegenheit bieten, auf das verwirrende Treiben dieses schlüpfrigen Gelichters zurückzukommen.

Vom Frühstück weiß ich nichts mehr, erstaunlich genug für einen Menschen wie mich, der außerordentlich großen Wert auf eine solide Morgenmahlzeit legt und ohne eine solche sich zu keinerlei Aktivitäten fähig fühlt. Ich werde also mit hoher Wahrscheinlichkeit irgend etwas zu mir genommen haben – mein Selbsterhaltungstrieb läßt mich selten im Stich –, aber ob Tee oder Kaffee, Marmelade oder Wurst ist mir ebensowenig erinnerlich wie die Gesellschaft, in der ich dergleichen vermutlich verspeist habe.

Das nächste, dessen ich mich deutlich entsinne, ist der Augenblick, in dem ich aufs Podium stieg, mein Manuskript aus der Tasche zog und vor mich auf das Vortragspult legte. »Meine sehr verehrten Damen und Herren, liebe Märchenfreunde!« sagte ich und blickte erst dann auf das oberste Blatt, das sich zu meinem nicht geringen Entsetzen als völlig unlesbar erwies. Ich muß ziemlich lange auf die fremdartige und doch irgendwie vertraut wirkende Schrift geblickt haben, bis ich begriff, daß sie nur auf dem Kopf stand.

Zugegeben, ein lächerliches Versehen, das sich leicht

beheben läßt, was ich auch sofort mit einem hastigen Zugriff tat. Aber von da an überkam mich die Vorstellung, die verkehrten Buchstaben seien nur ein Signal dafür, daß auch all das, was sie ausdrücken sollten, auf eine mir undurchschaubare Weise verkehrt sei. Während ich also meine Wörter herunterhaspelte, konnte ich mich des Gefühls nicht erwehren, irgendwelchen zusammengefaselten Unsinn zu produzieren. Wie ein Ertrinkender klammerte ich mich an meine Wörter und blickte zunächst nicht ein einziges Mal von meinen wie stets handschriftlich abgefaßten Blättern auf.

Nun habe ich jedoch die Angewohnheit, mir bei Vorträgen dieser Art während der ersten Minuten des Sprechens einen Partner, häufiger wohl auch eine Partnerin im Publikum zu suchen, die ich gleichsam persönlich anrede und immer wieder anschaue, um ihre Reaktionen auf meine Äußerungen zu beobachten. Die Wahl eines solchen Partners treffe ich zumeist sehr emotional, geleitet von spontaner Sympathie, etwa von einem Aufmerksamkeit oder gespanntes Interesse verratenden Blick oder von einem Lächeln, mit dem ein Zuhörer auf einen ironischen Schlenker in meinen Ausführungen antwortet und mich dadurch zum Weiterreden ermutigt. Das ist es wohl überhaupt, was mich zu einem solchen Verhalten treibt: die Gier nach Bestätigung meiner Ansichten und nach Ermutigung, auf gleiche Weise fortzufahren. Vielleicht bin ich so etwas wie ein Unterhaltungstalent mit wissenschaftlichen Ambitionen.

Wie dem auch sein mag – nach und nach stellte sich die Routine des Vortrag-Haltens ein, und als ich zu jener Passage kam, mit der ich meine besonderen Erwägungen zum Märchenmotiv des Tierbräutigams einleiten wollte, war meine Contenance so weit wiederhergestellt, daß ich beschloß, den Kopf zu heben, um Ausschau nach einem möglichen Ansprechpartner zu halten. Du wirst dich vielleicht erinnern, daß ich diesen Entschluß bei jenem Satz in die Tat umsetzte, mit dem ich solche in Gestalt von Fröschen, Löwen, Bären oder nicht näher benannten grausigen Untieren auftretenden Sexualpartner als schamanistische Relikte aus abgetanen Vorstellungswelten bezeichnete, die wir mit unserem weiterentwickelten Bewußtsein längst hinter uns gelassen hätten. Genau bei diesen Worten blickte ich auf und schaute dir in die Augen.

Ich weiß nicht, ob das Zufall war oder ob mein Unterbewußtsein deinen Platz im Raum längst geortet und mir diese Blickrichtung aufgezwungen hatte. Jedenfalls war ich von diesem Augenblick an unfähig, mich nach einem anderen Kommunikationspartner umzusehen, und die Art, wie du die Augenbrauen hobst im Verein mit dem eher Zweifel andeutenden Lächeln, das deine Lippen so reizvoll kräuselte, brachte mich völlig aus dem Konzept. Ich kam ins Stottern und versuchte, sobald ich mich einigermaßen gefaßt hatte, meiner eben vorgebrachten Behauptung im nachhinein einen ironischen Unterton beizulegen, was begreiflicherweise kaum gelingen konnte. Von diesem Zeitpunkt an lief das sorgsam auf Kurs gesetzte Schiff meines Referates jedesmal aus dem Ruder, sobald ich wieder zu dir hinblickte, was zu vermeiden sich als völlig unmöglich erwies. Ich fürchte, am Ende meiner Ausführungen hätte keiner der Zuhörer sagen können, welche Meinung zum gegenwärtigen Nutzwert des Tierbräutigam-Motivs ich hatte vertreten wollen, und ich selbst am allerwenigsten.

Es fällt mir schwer, die Gefühle zu beschreiben, die mich damals in solche Verwirrung stürzten. Was mich so spontan auf deine Fährte gesetzt hatte, war wohl in erster Linie der Reiz deiner bezaubernden Körperlichkeit. Ob nun die Steinfigur, die sich mir kurz zuvor in den Weg gestellt hatte, meine Vorstellung noch dermaßen beherrschte, daß sich die durch ihren Anblick hervorgerufene Erregung auf dich übertrug, oder ob der Zauber deines bewegten Körpers, deine mittelmeerische Gestik, deine erahnbare Gestalt, als du auf mich zugeschritten kamst, der vorüberwehende Duft deiner Haut, ob all dies zusammen das sprungbereit in meinem Gedächtnis lauernde Abbild der Liebesgöttin hervorrief – wer will das entscheiden? Aber was spielen solche Fragen nach Ursache und Wirkung für eine Rolle angesichts eines Vorgangs, bei dem mythische Figur und individuelle Verkörperung miteinander zu verschmelzen scheinen?

Und doch vermute ich heute, daß schon damals mehr im Spiel war als bloße sexuelle Attraktion. Die redende Gestik deiner Hände, die mich als erstes ansprach – ging davon nicht mehr und anderes aus als eindeutige Signale eines weiblichen Geschlechtswesens an die Adresse meiner männlichen Körpersäfte? Heute frage ich mich das, aber damals wurde mein Hirn überschwemmt und blokkiert von ihren Ausschüttungen, und deshalb wurde ich durch deinen sichtbaren, wenn auch zunächst noch nicht formulierten Widerspruch zu meinen vorgetragenen Thesen nicht nur irritiert, sondern sogar verärgert, und zwar allein aus dem Grund, daß er den Reaktionen meines Körpers zuwiderlief und ein Hindernis zwischen uns aufbaute, das ein mögliches Einverständnis (was für eines wohl?) stören könnte.

Bei der meinem Referat folgenden Diskussion gerieten die literarhistorisch-philologisch orientierte Partei einerseits und die sozialpädagogisch oder gar soziologisch engagierten Teilnehmer andererseits sich dermaßen in die Haare darüber, was ich eigentlich hätte sagen wollen, und übertrumpften einander mit immer abwegigeren Interpretationen meiner Thesen, daß ich selbst kaum noch gefragt schien und mich aus dem Kampfgetümmel zurückziehen konnte. Du hast dich an diesem Meinungsstreit nicht beteiligt, sondern mich nur hie und da erstaunt angeblickt, wenn ich eine mehr als gewagte Deutung meiner Worte schweigend und ohne Protest hinnahm.

Bei Tisch saßen wir dann unversehens nebeneinander. Zufall kann das kaum gewesen sein, obwohl es zunächst so schien. Wahrscheinlich bin ich meiner Nase gefolgt wie ein läufiger Hund. Oder hast du dabei deine Hand im Spiel gehabt? Mit mir gespielt, während ich erst darauf aus war, mein Spiel mit dir zu treiben?

Die Frage, was du bei alledem empfunden und gedacht haben magst, ist ja bislang überhaupt noch nicht gestellt worden. Ich war zu diesem Zeitpunkt so befangen im Dunstkreis meiner eigenen Gefühle und Phantasien, daß mir gar nicht in den Sinn kam, einen Gedanken darauf zu verschwenden.

Du hast dich zunächst mit deinem linken Nachbarn unterhalten, einem jungen Mann mit sorgsam gestutztem schwarzem Kinnbart und randloser Brille (Mikoleit hieß der, meine ich mich zu erinnern). Ich fürchtete schon, er gehöre auf irgendeine Weise zu dir, und schloß erst während der Suppe aus einigen Floskeln eures Gesprächs zu meiner Erleichterung, daß eure Bekanntschaft erst auf dieser Tagung geschlossen worden sein konnte. Und doch regte sich schon so etwas wie Eifersucht in mir. Als dieser Herr Mikoleit oder wie auch immer für einen Augenblick mit dem Öffnen einer Bierflasche beschäftigt war, nahm ich meine Chance wahr und fragte dich kühn nach deiner Meinung zu meinem Vortrag. Ich hätte so etwas wie Widerspruch oder gar Mißbilligung in deiner Miene gelesen, sagte ich und fügte hoffnungsvoll hinzu: »Oder habe ich mich da getäuscht?«

Begierig wartete ich auf ein *Ja*, aber du hast den Kopf geschüttelt, den Löffel zur Seite gelegt und mich eine Weile nachdenklich angeschaut. Und dann folgte dieser Satz: »Was halten Sie nun wirklich von der Wahrheit der Märchen?«

Wahrheit, hast du gesagt. Das verschlug mir erst einmal die Sprache. Dieses Wort hatten weder ich noch die Teilnehmer der Diskussion gebraucht. Da war die Rede gewesen von mythischen Figuren, von Chiffren für Grunderfahrungen, von Symbolgestalten oder narrativen Weltdeutungen. Aber Wahrheit?

»Ist das nicht zu naiv, so zu fragen?« sagte ich und merkte, noch während ich sprach, daß ich damit meine Hilflosigkeit angesichts einer solch absoluten Kategorie zugab.

Dein Lächeln war völlig unbefangen bei deiner Erwiderung, naiv hieße dem Wortsinn nach angeboren, also auf natürliche Weise entstanden, und damit wärst du ganz zufrieden.

»Demnach waren mein Referat und die nachfolgende Diskussion nichts als Spiegelfechterei?« sagte ich aggressiver, als ich eigentlich beabsichtigt hatte. Doch deine Freundlichkeit war nicht zu erschüttern.

»Ich fand's ganz aufschlußreich, was da gesagt wurde«, hast du geantwortet. »Aber ich bezweifle, ob es das Wesentliche traf.«

»Und was halten Sie für das Wesentliche?«

»Das Leben.«

Spätestens an dieser Stelle überkam mich das Gefühl, daß du dich nicht an die Spielregeln hältst, die auf solchen Tagungen üblich sind. Wie soll ich dir das erklären? Hast du in deiner Kindheit mit deinen Freunden Indianer gespielt? Wäre ja möglich. Oder liegt ein solches Beispiel deinem weiblichen Erfahrungshorizont allzu fern? Ich will's trotzdem versuchen. Stell dir also vor, du hockst mit ein paar anderen friedlich im Obstgarten unter den Johannisbeerstauden in Erwartung eines fiktiven Angriffs eurer Spielkameraden, und statt ihrer kommt über den Zaun schreiend und tomahawkschwingend eine Horde leibhaftiger Irokesen gesprungen, die dein Blut sehen wollen.

So etwa empfand ich die Situation. Was ich bislang für einen ernsthaften Meinungsstreit gehalten hatte, war in deinen Augen offenbar nichts als eine Spielerei, und du wolltest jetzt wissen, wie ernst mir's nun wirklich mit diesem Thema ist, nämlich ob es mir ans Leben rührt. Ich fühlte mich bloßgestellt vor deinen olivbraunen Augen, die mir noch immer aufmerksam und mit einer Spur von Ironie entgegenschauten; dieser Blick jedoch und die Bewegung, mit der deine Lippen diese vitale Vokabel formten, weckten mir zugleich Lust auf diese Augen und diese Lippen.

Ich weiß nicht, ob du bemerkt hast, daß ich nun selbst drauf und dran war, von der dürren Theorie zum konkreten Leben hinüberzuwechseln oder – genauer gesagt – zu dem, was ich damals darunter verstand. Jedenfalls hast du das Gespräch abgebrochen und bist gegangen. »Habe ich Sie bedrängt?« hast du, schon im Aufbrechen, gesagt. »Das täte mir leid. Ich muß jetzt ein paar Schritte laufen.«

Gleich darauf sah ich dich draußen an den Fenstern vorübergehen und zwischen den alten Bäumen des Parks untertauchen. Da war ich aber selbst schon aufgestanden, um dir zu folgen; denn ich war kühn genug, deine letzten Worte als einen Hinweis an mich zu interpretieren, daß du dort draußen zu finden sein würdest.

Als ich mit raschen Schritten über den knirschenden Kies auf den überschatteten Eingang in die Tiefe des Parks zustrebte, steckte ich gewohnheitsmäßig die rechte

Hand in die Tasche meiner Jacke und spürte dort etwas Kühles, Feuchtes, das sich regte.

Da stand ich nun auf dem Weg, hörte ein paar Dutzend Schritte hinter mir noch die Stimmen der Leute, die nach dem Essen auf dem Vorplatz beieinanderstanden, und starrte auf den kleinen braunen Frosch, der in der Kuhle meiner rechten Hand hockte und mich mit seinen golden schimmernden Augen auf eine gewissermaßen überlegene Weise betrachtete. Es mag verrückt klingen, daß ein derart winziges Wesen den Eindruck von Überlegenheit erweckt haben soll, aber ich empfand das so, und dann sagte der Frosch auch schon mit leise quarrender, jedoch durchaus deutlich artikulierender Stimme: »Wenn du noch lange hier stehenbleibst, wirst du die Spur verlieren.«

»Wo soll's denn langgehen?« fragte ich. Es war heller Tag, die Sonne stand hoch am leicht bewölkten blauen Himmel, und ich sprach mit einem Frosch, ob du's nun glaubst oder nicht.

»Immer der Nase nach«, sagte er, »und mich kannst du einstweilen wieder in die Tasche stecken.«

Dies tat ich und machte mich auf den Weg, immer der Nase nach, ein Satz, den ich zunächst für die Anweisung hielt, geradeaus unter dem Schatten der alten Parkbäume immer weiterzulaufen. Doch war auch ein leichter Duft zu spüren, der mich weiterlockte, ein Duft, der mir schon vertraut zu werden begann und dem ich bedenkenlos, ja begierig folgte, immer der Nase nach.

Ich weiß nicht, wie lange ich schon so dahingelaufen war, als mir bewußt wurde, daß ich auf einen anderen Weg geraten sein mußte als am Abend zuvor. Unter meinen Sohlen war kein Kies mehr zu spüren, sondern feuchte, nachgebende, von Wurzeln durchzogene Erde. Ohne es zu bemerken, mußte ich den Park verlassen haben, denn rechts und links des gewundenen Pfades, der nach vorn einen nur wenige Schritte weiten Ausblick erlaubte, drängte sich dichter Wald heran, der streng nach Pilzen roch. Ungeheuer hohe, säulenartig aufgeschossene Buchen wuchsen hier, und zwischen ihren silbergrünen Stämmen wucherte ungezügelt das Unterholz, durchzogen von Geißblattranken, die wie loses Tauwerk von den schlankeren Stämmen herabhingen.

Ich hatte keine Vorstellung davon, auf welche Abwege ich geraten war, war mir durchaus bewußt, daß ich hätte umkehren sollen, um in die geordnete Welt des Parks und der Tagung zurückzukehren, war aber unfähig, meinen Schritt auch nur zu verzögern, ja ich eilte sogar rascher voran, vielleicht, weil ich noch immer diesen Duft wahrzunehmen meinte, oder auch getrieben von einer Neugier, die schon an Besessenheit grenzte, einer Neugier nach dem, was mich in oder hinter diesem Wald erwarten mochte.

Nach einiger Zeit begann sich das Gelände vor mir zu senken, der Pfad führte in weiten Schwingungen bergab, bis die ausgetretene Spur sich mehr und mehr unter dicht verwachsenem Grünzeug verlor. Engelwurz hatte da seine mit glatten, dunkelgrünen Fiederblättern behängten Doldenstengel emporgetrieben, und meine Füße streiften durch Springkraut, dessen Schoten unter der Berührung meiner Hosenbeine aufsprangen, daß die dunklen Samenkörner rings um mich hüpften wie winzige Frösche. Zugleich wurde das Gehölz niedriger, war mit Erlen untermischt, und nach einer neuerlichen Biegung öffnete sich unversehens der Ausblick auf einen See, dessen jenseitiges Ufer fern am Horizont von blauen Hügeln begrenzt war.

Eine Zeitlang blieb ich hier stehen und schaute hinaus

auf die weite, unter der schon tiefer stehenden Sonne unruhig flimmernde Wasserfläche. Aus dem Gebüsch vor mir flogen mit klatschenden Flügelschlägen ein paar Wildenten auf und pfeilten mit vorgestrecktem Hals auf eine Insel zu, die weitab vom diesseitigen Ufer etwa inmitten des Sees lag, allmählich aus dem Wasser ansteigendes Gelände mit Wiesen, Gebüsch und den ziegelrot gedeckten Dächern eines Dorfes. Zur Mitte der Insel zu wölbte sich eine übergraste, mit rötlichen Felsbrocken übersäte Anhöhe auf, die von einem runden, turmartigen Gebäude gekrönt war, eher breit als hoch, ähnlich der römischen Engelsburg.

Als vom See her der fischige Geruch nach lebendigem Wasser zu mir heranwehte, bekam ich Lust, meine Hände in die Flut zu tauchen, und lief rasch das letzte Stück über den Wiesenhang hinab bis ans Ufer. Hinter Weidengebüsch verbarg sich weiter rechts eine Hütte, von der ein ausgetretener Pfad zu einem Landungssteg führte, und dort schwamm, angebunden an einen Pfahl, ein breiter Kahn, in dem ein Paar Ruder lag.

Langsam ging ich am sandigen Ufer entlang auf den Steg zu, so knapp an der Wasserlinie, daß mir die kabbeligen Wellen zuweilen über die Schuhspitzen spülten. Einmal blieb ich stehen und grub aus dem feuchten Sand eine dunkle Muschelschale, die an der Innenseite von bläulich schimmerndem Perlmutt überzogen war. Ich erinnerte mich, daß ich in meiner Kindheit schon einmal eine solche Muschel am Ufer eines träge durch die Ebene strömenden Flusses gefunden und lange unter meinen geheimen Schätzen aufbewahrt hatte, bis sie eines Tages zerbrach und weggeworfen wurde. Mit der Muschel in der Hand schlenderte ich weiter, setzte mich auf den Steg und betrachtete das Wechselspiel der Farben, die bei jeder Bewegung über die seidenglatte Höhlung der Schale huschten.

»War wohl keine Perle drin?« sagte hinter mir eine seltsam gequetscht klingende Stimme.

Ich fuhr herum und erblickte unmittelbar hinter meinem Rücken, ohne daß ich ihn zuvor herankommen gehört hätte, einen untersetzten, etwas dünnbeinig wirkenden Mann in braungrünem Lodenzeug, der mich aus gelblichen Quellaugen anschaute. Das breite, bartlose, etwas flachnasige Gesicht wirkte sanft und freundlich. Spott schien dieser Mann nicht im Sinn zu haben.

»Nein«, sagte ich. »Gibt's das denn überhaupt?«

»Kommt darauf an, wie man sucht«, sagte er. »Wollen Sie übergesetzt werden?«, und dabei deutete er mit dem Kopf hinüber zu dem Inseldorf.

Ein Fährmann also. Bis zu diesem Augenblick hatte ich diese Möglichkeit überhaupt nicht erwogen, aber jetzt, als er mich fragte, schien es mir fast unausweichlich, daß ich mich von diesem Mann hinüberrudern ließ, zumal ich hier auf dem Steg eine kaum wahrnehmbare Spur des Duftes zu wittern meinte, der mich bis hierher gelockt hatte.

»Haben Sie heute schon jemanden übergesetzt?« fragte ich. »Ein Mädchen vielleicht oder eine junge Frau?«

»Ein Mädchen suchen Sie also?« Der Fährmann grinste. »Das hab' ich mir fast gedacht. Dann steigen Sie nur ein! Ich bring Sie hinüber.«

Es war mir unangenehm, daß dieser mir völlig unbekannte Mann so deutlich aussprach, wie er meine Frage verstanden hatte. Unter den Leuten, mit denen ich zumeist zu tun hatte, mochte man zwar auch aus den Worten eines Gesprächspartners mehr heraushören, als dieser hatte verraten wollen, aber es gehörte sich nicht, das so offen zu zeigen. Es gab gewisse Spielregeln, nach denen man beispielsweise darauf zu achten hatte, daß der andere, dessen Strategie man durchschaut hatte, nicht das Gesicht verlor, auch wenn man danach das Gespräch durchaus auf eine Weise weiterführen durfte, bei der der andere nicht zum Ziel kommen konnte. In solchen Spielchen, die oft die Debatten unter Kollegen bestimmten, war ich nicht ungeübt, und es ärgerte mich deshalb um so mehr, daß dieser ungehobelte Ferge mir keine Chance lassen wollte.

All das hätte mich eigentlich daran hindern sollen, in diesen Kahn einzusteigen, der träge auf dem wenig bewegten Wasser dümpelte, aber ich hatte meinen Fuß schon auf die feuchten Bodenbretter zwischen die Bänke gesetzt, ehe ich diesen Gedanken hatte zu Ende denken können, und verspürte nun noch weniger Lust, den Fuß wieder zurückzunehmen und mir danach noch weitere Anmerkungen über meine Absichten anzuhören. So zog ich den anderen Fuß nach und setzte mich auf die vorderste Querbank, während der Fährmann die Vertäuung löste, den Kahn vom Steg abstieß und gewandt in dem schwankenden Gefährt an mir vorbeiturnte, um die Ruder in die Dollen einzuhängen. Dann setzte er sich gleichfalls und brachte den Kahn mit tiefgreifenden Schlägen in Fahrt.

Beim Einsteigen hatte ich die Muschel in die Tasche gesteckt und dabei bemerkt, daß mir der kleine braune Frosch entschlüpft sein mußte. Vielleicht, dachte ich, hat ihn der Geruch des Wassers genauso angelockt wie mich, oder es hatte ihm schon genügt, mich auf die Spur gesetzt zu haben.

Während ich meine Hand über Bord hängen und die Finger durch das kühle Wasser streifen ließ, blickte ich hinüber zu der Insel, die langsam näherrückte, und fragte mich, was für einer Spur ich dort drüben zu folgen gedachte. Es wollte mir nicht gelingen, eine bildhafte Vorstellung von dir aus meinem Gedächtnis zu kramen. Eine vage Erinnerung an deine schwingenden Hüften, als du dich zwischen den Parkbäumen mit raschen Schritten meinen Blicken entzogen hattest – mehr war nicht aufzufinden.

Dennoch war ich sicher, daß ich auf der Insel finden würde, was mich auf diesen Weg getrieben hatte. Ich zweifelte keinen Augenblick daran, daß ich dir auf der Spur war, und es kam mir überhaupt nicht in den Sinn, mich zu fragen, warum du die Tagung verlassen und diesen weitläufigen Ausflug unternommen haben solltest. Mehr noch: Die Tagung war mir zu diesem Zeitpunkt völlig aus dem Bewußtsein geschwunden. Mein einziges Interesse galt der weiblichen Gestalt, die ich in dieser Richtung zwischen den Parkbäumen hatte voranschreiten sehen. Was suchte sie in diesem Dorf? Und wen suchte sie dort? Oder war sie zu diesem Turmgebäude hinaufgestiegen?

»Was ist das für ein Turm?« fragte ich den Fährmann und zeigte hinüber zur Insel. Doch der wendete nicht einmal den Kopf, blickte starr über meine Schulter zurück zu seiner Hütte und murmelte: »Dorthin gehen wir nicht.«

Eine Weile fuhren wir schweigend über den See; der Fährmann mit dem Blick zum Ufer und im gleichmäßigen Takt des Ruderns vor- und zurückpendelnd, ich den Blick voraus gerichtet auf diesen Turm, zu dem sie nicht gingen. Wer? Die Leute des Fährmannes? Die Dorfbewohner? Ich wußte es nicht.

Von der Höhe des Turms löste sich ein dunkler Punkt, schwebte näher heran, wurde als Vogel erkennbar, ein Vogel von beträchtlicher Größe, der auf weit ausgespannten, flappenden Schwingen heranflog, den geschnäbelten Kopf am langen Hals vorangestreckt.

»Ein Storch!« sagte ich. Die Begegnung schien mir bemerkenswert, denn ich hatte lange keinen gesehen. Mein

Hinweis schien den Fährmann zu erschrecken. Er krümmte sich noch tiefer über den Rudern zusammen und steigerte das Tempo seiner Schläge, als gelte es, einer Gefahr zu entkommen. Als er im Durchziehen der Ruder kurz zu dem Vogel, der jetzt einen weiten Kreis über uns zog, aufblickte, um sich gleich darauf wieder zu ducken, meinte ich, in seinen Augen den Ausdruck von Angst zu erkennen.

»Haben Sie etwas gegen Störche?« fragte ich und setzte, um der Sache eine scherzhafte Wendung zu geben, hinzu: »Die bringen doch die kleinen Kinder.«

»Bringen?« wiederholte er zwischen zwei hastigen Ruderschlägen. »Die holen sie ab! Und nicht nur Kinder.«

Ich verstand damals noch nicht, was er mit diesen Worten sagen wollte, sondern merkte nur an seinem Verhalten, daß ihn der Storch in panischen Schrecken versetzte. Erst als der Vogel in Richtung auf das nun schon ferne Ufer davonflog, beruhigte sich dieser sonderbare Schiffer.

Was waren das für Leute? Wohin war ich geraten? Immer stärker überkam mich die Vorstellung, daß dieser Kahn mit jedem Ruderschlag in ein archaisches Ambiente zurückgetrieben wurde, in eine andere Wirklichkeit, deren Bedingungen ich nicht durchschaute.

Inzwischen waren wir der Insel beträchtlich nähergekommen. Der Fährmann hielt jetzt nicht mehr gerade darauf zu, sondern lenkte den Kahn nach rechts, wo das Dorf lag. Während wir eine Landzunge umrundeten, öffnete sich hinter ihr der Blick in einen kleinen Hafen, dem sie als molenartiger Schutz diente. Am Kai hatten ein paar Fischerboote festgemacht, und darüber stieg ein felsiger Abbruch steil an bis zu dem etwa um drei Mastlängen höher liegenden Dorf, über dem der gewaltige Turm düster in den stahlblauen Himmel ragte.

Die Sonne war schon hinter einer rotviolett glühenden Wolkenbank am Horizont versunken, und dieser ziemlich dramatisch wirkende Anblick machte mir klar, daß ich zumindest für diese Nacht auf der Insel würde bleiben müssen. Während der Fährmann seinen Kahn am Kai festlegte, fragte ich ihn, ob es im Dorf eine Gelegenheit zum Übernachten gebe.

»Nicht nur eine«, sagte der und kniepte mir zu, als wären wir längst über eine Sache einig geworden, nur wußte ich nicht recht, über welche. Das hatte fast schon den Anschein, als betreibe dieser Mann eine Art von Zuhälterei, wenn auch auf recht arbeitsaufwendige Weise. Jedenfalls fragte ich ihn beim Aussteigen, was er für diese Überfahrt verlange, und erwartete, daß er für die fast einstündige Ruderarbeit eine ansehnliche Summe nennen würde.

»Gib mir die Muschel!« sagte er.

Als ich das Fundstück aus der Tasche zog und die im rosafarbenen Abendlicht irisierende Innenfläche betrachtete, bedrängte mich für einen Augenblick der Gedanke, ich dürfe diese Muschel um keinen Preis der Welt aus der Hand geben. Doch gleich darauf sah ich die Unsinnigkeit einer solchen Vorstellung ein, die sich durch nichts begründen ließ, und gab dem Mann, was er verlangte, froh, so billig davongekommen zu sein, und zugleich begierig, endlich dorthin zu gelangen, wohin er mich führen würde.

Wir standen schon oben am Kai, als dieser Handel abgeschlossen wurde. Kein Mensch war hier außer uns beiden, nur ein paar Enten schwammen zwischen den Fischerbooten im ruhigen Hafenwaasser.

Der Fährmann nahm aus dem Kahn einen Leinenbeutel, in dem er die Muschel sorgsam verwahrte, und bedeutete mir dann durch eine Kopfbewegung, ihm zu folgen.

In den steilen Abbruch des Kalkgesteins war eine Treppe geschlagen, die, sich den Formationen des Felsens anpassend, in unregelmäßigem Zickzack hinauf zum Dorf führte. Der untere Teil lag schon in grauem Schatten, nur an der Oberkante des Felsens zeigte ein scharf abgesetzter Streifen noch den rötlichen Widerschein der untergehenden Sonne.

Je höher wir über die Treppe hinaufstiegen, desto intensiver erschien mir die Färbung der westlichen Wolkenbank, und ich war begierig darauf, an diesem Abend noch einmal wenigstens einen Streifen der Sonne zu erblicken, aber diese Hoffnung erfüllte sich nicht. Auch als wir das obere Ende der Treppe erreicht hatten, traf kein blendender Blitz meine Augen. Ich stand dort noch eine Weile und schaute zu, wie sich der ferne Horizont endgültig verdunkelte.

Die Nacht brach rasch herein, als wir durch die engen, zuweilen steil auf- und absteigenden oder gar durch Treppen unterbrochenen Dorfgassen gingen. Die altersgrauen, würfelförmigen Häuser schienen ohne ein erkennbares Ordnungsprinzip auf der unebenen Hochfläche des Felsens errichtet und erst nachträglich durch steingepflasterte Wege zugänglich gemacht worden zu sein.

Wir begegneten nur wenigen Einwohnern, und diese schienen allesamt demselben Ziel zuzustreben wie wir, einem Wirthaus, wie sich bald herausstellte, bei dem sich am Abend offenbar das ganze Dorf zusammenfand. Schon ehe ich dieses Gebäude in der rasch zunehmenden Dunkelheit erkennen konnte, hörte ich im Näherkommen zunehmend lauter das Stimmengewirr, ein gleichmäßiges, wie aus einem einzigen vielgegliederten Organismus zum Nachthimmel aufsteigendes Geräusch, das alle, die noch nicht in diesen Chor eingestimmt hatten, und so auch uns, magisch anzog, und dann sah ich sie auch schon im flackernden Schein von Windlichtern unter den Bäumen eines Wirtsgartens an langen Tischen auf Bänken sitzen, diese kleinwüchsigen Leute mit den flachen Gesichtern, die sich in ihrem breiten, etwas gequetscht klingenden Dialekt unterhielten, ohne im geringsten ihre Lautstärke zu dämpfen.

Mein Begleiter steuerte mich zwischen den Bänken hindurch zielbewußt zu einem Tisch, der weit hinten schon am Rande des Gartens stand. Die Bänke an seinen Längsseiten schienen voll besetzt, doch als der Fährmann ein paar Worte sagte, rückten die Leute zusammen, um uns Platz zu schaffen. Dies geschah offenbar nicht von ungefähr, sondern an einer bestimmten Stelle, doch das wurde mir erst bewußt, als ich mich niedersetzte; denn da entdeckte ich dieses Mädchen, neben das ich hier geraten war. Der Anblick ihres Gesichts, das sie mir in diesem Augenblick zuwendete, traf mich wie ein Schock: Das warst du und doch auch wieder nicht. Man konnte ihr durchaus ansehen, daß sie zu diesen Leuten gehörte, deren Geschwätz ungedämpft durch das Laub der Bäume bis in den hohen Nachthimmel stieg, und doch trug sie auf eine schwer zu bestimmende Weise deine Züge.

Ob der Fährmann gewußt hatte, wer mich hier erwartete? Als ich ihn fragen wollte, weidete er sich ganz ungeniert an meiner Überraschung, kniepte mir neuerlich auf eine Weise zu, die jede Frage überflüssig machte, und hob sein Bierglas, um mir zuzutrinken.

Da erst bemerkte ich, daß man auch mir ein Glas hingestellt hatte, aber ich schaute schon wieder das Mädchen an, als ich den ersten Schluck von dem kühlen, säuerlich schmeckenden Bier trank. Oder habe ich damals dich angeschaut? Das weiß ich bis heute nicht. Ich weiß nur, daß ich ihren Schenkel warm und lebendig neben meinem spürte, so eng nebeneinander saßen wir auf der rohen Holzbank, und das Gefühl dieser körperlichen Nähe erregte mich ungeheuer.

»Wie heißt du?« fragte ich, während ich ihr in die olivdunklen Augen schaute, und die sahen nun wirklich aus wie deine Augen.

»Rana«, sagte das Mädchen. »Hast du das nicht gewußt?«

Heute kann ich mir denken, was sie damit sagen wollte, aber damals hatte ich noch immer nichts gemerkt und war um so mehr verwirrt, als ich deinen Vornamen noch nicht kannte und Ranas Gesicht im unruhigen Flackerschein des Windlichtes auf dem Tisch vom einen zum anderen Augenblick deinem Gesicht völlig zu gleichen schien und mir dann wieder so fremd vorkam wie diese Leute, die ringsum an den Tischen saßen und mit ihrem Geschwätz die laue Abendluft zum Vibrieren brachten, daß mir die Ohren schwirrten.

Auch der Fährmann hatte nun in den Chor eingestimmt und kümmerte sich nicht mehr um mich. Dieses wie eine Dünung aufbrandende und wieder abschwellende Geräusch übertönte jeden vernünftigen oder auch unvernünftigen Gedanken in meinem Hirn, und ich spürte, daß auch ich bald nur noch willenloser Teilnehmer dieses lärmenden Abendrituals sein würde, wenn ich nicht machte, daß ich davonkam.

Ganz allein wollte ich mich allerdings auch nicht in die Büsche schlagen, und so beugte ich mich hinüber zu Rana und raunte ihr zu, ob wir den ganzen Abend hier sitzenbleiben müßten. Während ich meinen Mund dicht an ihr Ohr brachte, um mich verständlich zu machen, nahm ich wieder ihren Duft wahr, und zwar so intensiv in dieser körperlichen Nähe, daß ich ihn gierig einatmete wie ein Rauschmittel.

Rana schüttelte lächelnd den Kopf und deutete statt einer Antwort auf das Gebüsch, das wenige Schritte von unserem Platz den Wirtsgarten begrenzte. Gleich darauf war sie von der Bank geglitten und im dunklen Laub der Sträucher untergetaucht. Ich zögerte keine Sekunde, ihrer Spur zu folgen.

Das gab eine atemberaubende Flucht! Ich hörte Rana vor mir wie ein aufgescheuchtes Wild durch die Zweige brechen und setzte ihr nach, daß mir die zurückschnellenden Ruten um die Ohren schlugen. Eine Weile rannte ich blindlings hinter ihr her, geleitet durch das Rascheln und Knacken im Gebüsch und weitergelockt von dem Duft, der auf ihrer Fährte zurückblieb. Die Jagd ging bergauf, nach einer Weile lichtete sich das Gebüsch, ich fühlte Gras unter den Sohlen, kam gleich darauf ins Freie und lief Rana, die hier stehengeblieben war, um auf mich zu warten, unter dem sternenübersäten Himmel geradewegs in die Arme.

Einen dunklen Augenblick lang standen wir so, ich konnte Ranas Kopf nur umrißhaft erkennen, fühlte aber um so lebendiger ihren heftig atmenden Körper und wähnte mich schon am Ziel meiner Suche. Doch das war ein Irrtum, und zwar nicht nur im Hinblick auf den Verlauf dieser Nacht, sondern in viel grundlegenderem Sinne.

Ehe ich mich's versah, hatte Rana sich schon aus meiner Umarmung losgemacht, hielt jetzt nur noch meine Hand und zog mich weiter den Hang hinauf. »Komm! Wir haben nicht mehr viel Zeit.«

Wenig später standen wir vor der Mauer. Sie war aus Bruchsteinen vom Inselfelsen gefügt und nicht höher, als daß man ihre Krone noch mit der Hand erreichen konnte. Darüber zeichnete sich schwarz und massig gegen den Nachthimmel die Silhouette des Turms ab. Die Mitte der

Insel schien zum Greifen nahe, und ich ahnte nicht, wie unendlich weit ich von ihr entfernt war.

»Hier?« fragte ich.

»Hier und jetzt!« sagte sie. »Komm, laß uns rasch über die Mauer steigen!«

Das war es eigentlich nicht, was ich mir vorgestellt hatte, denn ich hatte anderes im Sinn. Und dann fragte sie noch: »Du hast doch die Muschel?«

»Welche Muschel?« Ich hatte keine Ahnung, wovon sie sprach. Doch dann fiel mir ein, womit ich die Überfahrt bezahlt hatte. »Meinst du das Ding, das ich am Ufer aufgelesen habe? Die hab ich dem Fährmann gegeben.«

Ich merkte, daß sie erschrak, als sie das hörte. »Dann hätten wir uns den Weg hierherauf sparen können«, sagte sie. »Warum hast du sie ihm gegeben?«

»Er hat sie für die Überfahrt verlangt«, sagte ich. »Zunächst hatte ich so ein Gefühl, ich sollte sie um keinen Preis aus der Hand geben, aber dann kam mir das kindisch vor. Vernünftig betrachtet, bin ich bei dem Handel doch billig davongekommen.«

»Billig!« An der Art, wie sie mir dieses Wort hinwarf, merkte ich, daß sie zornig war. »Du hättest besser deinem Gefühl trauen sollen, statt billig davonkommen zu wollen. War dir diese Fahrt so wenig wert?«

»Darüber habe ich nicht nachgedacht«, sagte ich. »Ohne lange zu überlegen, bin ich in diesen Kahn gestiegen, weil ich einer Spur zu folgen glaubte.«

»Was für einer Spur?« fragte sie gespannt.

»Einer Duftspur. Vielleicht war es deine. Ich kann das jetzt nicht mehr unterscheiden.«

»Mit dieser Last von Unsicherheit wärst du ohnehin nicht über diese Mauer gekommen«, sagte sie.

Das wollte ich nicht auf mir sitzen lassen. »Soll ich dir zeigen, wie schnell ich auf der anderen Seite sein kann?«

»Tu das lieber nicht«, sagte sie. »Weißt du überhaupt, was dich drüben erwartet? Ohne die Muschel hättest du keine Chance.«

»Dann laß uns hierbleiben«, sagte ich und versuchte, sie in meine Arme zu ziehen. Doch sie schob mich von sich und schüttelte den Kopf.

»Nicht hier«, sagte sie. »Wenn du schon ein Frosch sein mußt, will ich dir zuliebe eine Fröschin bleiben. Komm!«

Als sie das sagte, kam es mir wieder so vor, als wärst du es, die mit mir spricht, obwohl ich keinen Sinn in ihre Rede bringen konnte. Sie ließ mir auch keine Zeit, nach einem solchen Sinn zu suchen, sondern lief rasch nach links an der Mauer entlang, so daß mir nichts anderes übrigblieb, als ihr zu folgen, wenn ich sie in dieser Nacht nicht verlieren wollte, und das wollte ich unter keinen Umständen; denn dieses *nicht hier* klang nach Weigerung und Zusage zugleich.

Nachdem wir die Kuppe des Turmhügels etwa zu einem Viertel umrundet hatten, blieb Rana stehen und wartete, bis ich bei ihr war. Sie lehnte an der Mauer, die noch ihre während des sonnigen Tages gespeicherte Wärme ausstrahlte, und blickte mir entgegen. Im Licht der Sterne konnte ich Ranas Gesicht deutlich erkennen.

»Schau mich noch einmal an«, sagte sie. »Vielleicht wird dann deine Erinnerung nicht völlig ausgelöscht, wenn wir dort unten am Ufer sind.«

Ich folgte ihrer Aufforderung nur zu gern, und da sie nun endlich einmal nicht lief, sondern stehenblieb und stillehielt, nahm ich sie auch gleich in die Arme, und diesmal ließ sie sich küssen. Ich schaute ihr dabei in die Augen und war nun wieder fast sicher, daß ich dich in den Armen hielt.

Doch in dieser Nacht war Sicherheit nicht zu gewinnen, soweit es so etwas wie Sicherheit überhaupt geben sollte, was ich mittlerweile bezweifle. Ehe ich mich's versah, glitt Rana zwischen mir und der Mauer zur Seite und davon, so daß mir nichts an den Händen blieb als das Gefühl des rauhen Gesteins. Sie rief: »Hinunter, immer tiefer hinunter bis ins Wasser!« und lief hangabwärts von der Mauer weg.

Eine hastige Nacht war das, und ich spürte in mir eine steigende Unruhe, die mich vorantrieb, während ich in der Duftspur Ranas abwärts rannte oder auch hüpfte; denn das Gelände endete hier dem Ufer zu zwar nicht in einem felsigen Abbruch, wurde aber doch zunehmend steiler abfallend, und der von niedrigem Buschwerk lokker bestandene und übergraste Hang war mit Gesteinsbrocken durchsetzt, die mich immer wieder zwangen, blindlings ins Dunkel zu springen.

So gelangte ich immer tiefer hinab und damit in die Reichweite eines gleichförmigen Geräusches, das von unten zu mir heraufdrang und mit jedem meiner Sprünge an Lautstärke und Intensität zunahm. Es war mir nicht erklärlich, daß ich auf dieser vom Dorf abgelegenen Seite der Insel aufs neue in den Geräuschpegel der Inselleute geraten sein sollte, aber was ich hörte, war unverkennbar das gleiche quarrende und mir völlig unverständliche Gerede, das zuvor den Wirtsgarten bis zur Unerträglichkeit gefüllt hatte und jetzt wieder den Hang heraufbrandete, um mich einzusaugen in seinen geschwätzigen Strudel, dessen ziehender Gewalt ich nicht mehr widerstehen konnte.

Während ich weiter von Stein zu Stein hinab ins Dunkle hüpfte, war weiter unten schon die matt schimmernde Fläche des Sees zu erkennen, aber dort waren keine Leute, obwohl das Gelärme mir die Ohren füllte; Leute waren dort keine, nur ein Frosch, der vor mir her über die Felsbrocken zum Ufer sprang, und ich eilte mich, seine

Spur nicht zu verlieren; denn ich war selbst ein Frosch, der sich mit weitem Satz von der letzten Stufe ins flache Wasser stürzte, um seine Fröschin zu finden mitten zwischen unzähligen anderen Fröschen, deren Gequake als dröhnender, alles umgreifender Akkord unter dem Nachthimmel stand.

Sobald auch ich im Wasser hockte, stimmte ich ein in den Chor meiner Artgenossen und wurde damit zu einem Glied dieses vielteiligen und doch einheitlich reagierenden Organismus, dessen zahllose Körper vom Regelkreis der Natur zu gleichem Verhalten getrieben wurden. Der Frosch, der dort im Flachwasser quakte, hatte – so wie all die anderen, die schon vor ihm dagewesen waren – seine Fröschin gefunden, hockte ihr auf in zuckender Umarmung, und beide verströmten sich in einem endlosen Orgasmus, während das Wasser ringsum aufschäumte, gesättigt vom befruchteten Laich unzähliger Froschpaare, denen die Stunde dieser korporativen Begattung unbarmherzig aufgezwungen war durch das Diktat ihrer Hormone, eine einzige pulsierende, Fruchtbarkeit produzierende Masse, vorbestimmt, das Wachsen und Vergehen der Natur in Gang zu halten, Insektenvertilger zu zeugen, die selbst wieder als Futter für Größere und Stärkere in der Nahrungskette dienen würden.

Diese letzte Erfahrung machte der Frosch jedoch erst gegen Morgen, als es schon hell wurde. Da kamen vom grauen Himmel die Störche herabgesegelt, landeten flatternd im flachen Wasser, stießen mit langen, spitzen Schnäbeln nach den Fröschen und dezimierten die morgenmatten, entkräfteten Paare, die eben für den notwendigen Nachwuchs gesorgt hatten. Der Frosch spürte eine dumpfe Beängstigung, hervorgerufen durch die am Himmel kreuzenden Vogelsilhouetten und später durch das Klappen der Schnäbel beim Zupacken.

Halbwegs zu meinem alten Bewußtsein kam ich erst dann, als ich selbst gepackt wurde und damit jäh mein eigenes Lebensende vor Augen sah. Der Storch hielt mich zwar fest zwischen die Kanten seines Ober- und Unterschnabels geklemmt, doch ohne mir über Gebühr weh zu tun. Er watete an Land und spuckte mich ins Gras.

»Du schmeckst mir nicht«, sagte er. »Was bist du denn für einer? Keine Spur von Froscharoma.«

Was sollte ich auf diese Frage sagen? Ich wußte ja selbst kaum, was für einer ich war bei diesem Ausflug in die Froschperspektive. »Ich beglückwünsche mich zu deinem feinen Geschmack«, sagte ich schließlich. »Eigentlich sollte ich ein Philologe und Märchenspezialist sein, wenn ich nicht in diese Froschhaut gefahren wäre.«

Den Storch schien das nicht weiter zu wundern. »Also in einen Frosch verzaubert«, sagte er, als käme das alle Tage vor. »Früher stieß dergleichen vorzugsweise Königssöhnen zu, doch sie sind offenbar selten geworden, und die wenigen, die es noch gibt, machen sich zumeist schon selber zum Narren. Du scheinst ja wenigstens ein Experte für diese Art von Mißgeschick zu sein, so daß ich mich eigentlich wundern muß, wieso ausgerechnet dir das passieren konnte.«

»Das weiß ich auch nicht«, sagte ich. »Irgendwie läuft das hier falsch. Eigentlich ist es doch so, daß der Prinz von einer bösen Zauberin in einen Frosch verwandelt wird, und erst später begegnet er dann der jungen Königstochter, die ihn erlöst.«

Den Storch schien meine Argumentation nicht zu überzeugen. »Du darfst das nicht so schematisch sehen«, sagte er. »Außerdem bist du kein Prinz, sondern ein Märchenexperte.«

Ich hatte das Gefühl, daß er mich nicht ganz ernst nahm, aber er versuchte immerhin, der Angelegenheit auf den Grund zu gehen, und fragte mich, wer mich verzaubert habe.

»Rana«, sagte ich, ohne zu zögern.

»Der Name kommt mir bekannt vor«, sagte der Storch. »Klingt nach zoologischer Nomenklatur. Wer soll das denn sein?«

»Das weiß ich selber nicht genau«, sagte ich. »Zuerst hielt ich sie für ein Mädchen aus dem Fischerdorf, aber mir kamen von Anfang an Zweifel; denn je näher ich sie kennenlernte, um so mehr ähnelte sie einer jungen Frau, die ich schon länger kenne.«

»Was du da erzählst, klingt mir aber sehr nach einer Zauberin«, sagte der Storch. »Wenn das so ist, dann läuft deine Geschichte doch ganz richtig. Jetzt brauchst du nur noch nach einer Königstochter zu suchen.«

Dieser Vorschlag entsprach meiner Stimmungslage in keiner Weise, und er schien mir zudem wenig praktischen Nutzen zu versprechen. »Was fängt ein Philologe mit einer Prinzessin von Geblüt an?« fragte ich also. »Um ehrlich zu sein: Ich bin auf die junge Frau aus, von der ich gesprochen habe, und ich gehe jede Wette ein, daß sie zugleich diese Rana gewesen ist, die sich zu guter Letzt auch in eine Fröschin verwandelt hat.«

»Du lieber Himmel!« rief der Storch. »Gleich zwei verzauberte Frösche! Ich gebe zu, das ist eine völlig neue Variante. Meine Güte, hoffentlich hab ich sie nicht zum Frühstück verschluckt.«

»Das glaube ich kaum«, sagte ich. »Als du mich geschnappt hast, hatte ich sie noch in den Armen. Außerdem hätte sie dir wahrscheinlich genausowenig geschmeckt wie ich.«

Der Storch verzog – wohl in Erinnerung an meinen unangenehmen Beigeschmack – angewidert die Schnabelwinkel. »Da magst du recht haben«, sagte er. »Man merkt sofort, wenn man euresgleichen zu kosten bekommt, und das ist gut so. Stell dir vor, wie riskant es sonst wäre, in einen Frosch verwandelt zu werden! Angesichts der üblichen Verlustquote durch Störche hätten das nur wenige überlebt, und mit der Erlösung, auf die ihr allesamt so versessen seid, wär's dann Essig. Ich verstehe nur eines nicht: Wenn sie dich in einen Frosch verzaubert haben soll, wer hat dann sie selbst verzaubert?«

Diese Frage machte mich nachdenklich, und mir kamen Zweifel, ob die Dinge so einfach lagen, wie der Storch meinte. Nach einer Weile antwortete ich mit einer Gegenfrage: »Sie hat gesagt, wenn ich schon ein Frosch sein müsse, dann wolle sie mir zuliebe eine Fröschin bleiben. Verstehst du das?«

Der Storch blickte gedankenvoll gen Himmel und sagte: »Laß uns das einmal ganz logisch betrachten. Mit diesem Satz behauptet sie zunächst zweierlei: Zum ersten, nämlich was dich betrifft, daß du überhaupt nicht anders konntest, als ein Frosch zu sein, also gleichsam aus innerer Veranlagung und ohne Einwirkung von außen. Zum zweiten besagt dieser Satz über sie selbst, daß sie unter der eben beschriebenen Voraussetzung eine Fröschin bleiben wolle, und zwar dir zuliebe. Dies besagt wiederum ein Dreifaches: Zum ersten, daß sie dich liebt, und das ist ein Faktum, das ohnehin alles andere umzustoßen imstande ist; zum zweiten, daß sie zumindest zu diesem Zeitpunkt schon oder noch eine Fröschin war, sonst könnte sie nicht von bleiben sprechen; und drittens, daß sie bei anderen Voraussetzungen die Möglichkeit gesehen hätte, sich und wohl auch dich aus dieser Froschgestalt zu befreien. Unter welchen Umständen hat sie das alles ausgesprochen?«

Ich fand es in dieser Situation sehr beruhigend, mit einem dermaßen logisch vorgehenden Wesen reden zu können, und erzählte in aller gebotenen Kürze, was sich dort oben am Fuße der Mauer abgespielt und wie Rana darauf reagiert hatte, daß ich die Muschel nicht mehr besaß.

»Natürlich«, sagte der Storch. »Das erklärt alles. Die Muschel hätte euch weiterhelfen können. Und du hältst dich für sparsam und bezahlst diesen aufgeblähten Frosch von Fährmann damit!«

»Er wollte sie haben«, sagte ich, aber damit kam ich auch bei dem Storch schlecht an.

»Wollte sie haben!« schimpfte er. »Gibst du jedem, was er von dir haben will? Da wird von dir bald nichts mehr übrigbleiben.«

Ich konnte noch immer nicht begreifen, was es mit diesem Ding auf sich haben sollte. »Ihr macht ein Theater wegen dieser Muschel, als wäre sie aus Gold und sonstwas wert. Dabei habe ich sie nur so im Vorbeigehen aufgelesen. Was für einen Nutzen hätte mir denn eine Muschel gebracht, als es darum ging, über die Mauer zu klettern oder hinunter zu den Fröschen zu hüpfen?«

»Hast du das noch nicht kapiert?« sagte der Storch. »Es geht nicht um irgendeine Muschel, sondern um diese eine, die du aufgehoben und eingesteckt hast. Warum hebst du so etwas auf? Weil es dir gefällt, und was dir gefällt, sagt etwas über dich aus. Was für ein Ding das ist, spielt keine Rolle. Es hätte auch ein Stein gewesen sein können oder ein Stück Treibholz. Diese Muschel war ein Stück von dir, als du sie aufgehoben hattest, und mit so etwas bezahlst du irgend jemanden, statt es aufzuheben für den Augenblick, in dem es darauf ankommt, etwas herzuschenken, das zu dir gehört.«

»Willst du damit sagen, daß ich auf diese Weise meine Froschhaut hätte loswerden können?« fragte ich.

»Möglicherweise«, sagte der Storch. »Aber glaube nur ja nicht, daß du jetzt noch schnell zum Ziel kommst. Nachdem du gleich von Anfang an alles gründlich vermasselt hast, wirst du jetzt eine langwierige Suchwanderung unternehmen müssen, und was das heißt, solltest du als Märchenexperte eigentlich wissen.«

O ja, dieser Begriff war mir durchaus vertraut, aber es wäre mir wohl nur im Traum eingefallen, ihn auf mich selbst anzuwenden. »In den Märchen, die ich kenne, wird eine solche Suchwanderung meistens vom weiblichen Partner unternommen«, sagte ich.

»Das ist eine Frage der Erzählperspektive«, sagte der Storch unerbittlich. »Höchste Zeit, daß sich auch mal ein Mann auf die Socken macht.«

»Als Frosch werde ich dabei nicht weit kommen«, sagte ich und dachte weniger an meine durchaus leistungsfähigen Sprungbeine, als an die Gefahren, denen ich in dieser Gestalt ausgesetzt sein würde; denn es war fraglich, ob sich jeder Storch als so umgänglich erweisen würde.

Dieser schien meine Gedanken erraten zu haben, denn er sagte: »Hier auf dieser Insel hast du dich derart froschmäßig benommen, daß du deine Reise auch als Frosch antreten müßtest. Das mag gefährlich sein, aber dafür wäre es für dich hier leichter, deine Spur wieder aufzunehmen. Drüben am anderen Ufer würdest du, sobald du den Boden berührt hast, wieder zum Märchenexperten. Dort kann es dir allerdings leichter passieren, daß du in die falsche Richtung läufst. Du hast die Wahl.«

Wie hätte ich mich entscheiden sollen? Wären wir einander heute näher, wenn ich dageblieben wäre? Ich weiß es nicht. Jedenfalls entschied ich mich für die mir doch vertrautere Existenz als Philologe; denn ich hatte es satt, als grünbrauner Frosch durch das Gras zu hüpfen, und erinnerte mich noch allzu genau an das Gefühl, hilflos in der Klemme eines Storchschnabels zu zappeln, und das wollte ich nicht noch einmal erleben.

Genau das passierte mir jedoch, sobald ich dem Storch meine Entscheidung mitgeteilt hatte. Ich fürchtete schon, es sei nun endgültig um mich geschehen, als er mich neuerlich in die Zange nahm und mit mir im Schnabel über die Wiese zu rennen begann, um hinreichend Schwung zum Auffliegen zu bekommen. Dann hob er sich auf seinen breit ausgreifenden Schwingen und trug mich sehr viel schneller zurück zum anderen Ufer, als der Fährmann gebraucht hatte, um mich herüberzurudern. In dieser unbequemen Lage bot sich mir kaum Gelegenheit, die weite Aussicht über die Insel und den lichtflirrenden See zu genießen. Drüben ließ der Storch, im Tiefflug zwischen den Büschen hindurchgleitend, mich einfach ins Gras fallen, und dort lag ich dann als ausgewachsener Märchenspezialist und schaute dem Vogel nach, wie er an Höhe gewann und zur Insel zurückkehrte.

Wenn ich jetzt schreiben würde, mir wäre in diesem Augenblick zumute gewesen, als sei ich dort an dieser Stelle aufgewacht, nachdem ich zuvor meine Froschexistenz auf jener Insel nur geträumt hatte, so würde das meine Empfindungen völlig falsch wiedergeben. Im Gegenteil: Ich konnte mich nicht von der Vorstellung befreien, ich sei aus einer ganz konkret erfahrenen Wirklichkeit in einen Bereich zurückgekehrt, der mir sehr viel blasser und unwirklicher erschien als meine Erlebnisse auf der Insel. Was ich dort am eigenen Leibe erfahren hatte, war hier in der vom sorgsam kultivierten Parkgelände umgebenen Tagungsstätte nichts weiter als ein papierener Gegenstand theoretischer Erörterung. Noch klang mir das lärmende Gequake der Frösche in den Ohren, und oben unter den Wolken flog ja noch der Storch, der mich so unsanft über den See transportiert und hier auf den gepflegten Rasen gespuckt hatte wie einen unverdaulichen Brocken.

Noch etwas benommen stand ich auf und versuchte mich zurechtzufinden. Es war früher Nachmittag. Die Sonne stand noch hoch am Himmel und spiegelte sich in einer Wasserfläche. Für einen Augenblick meinte ich, aus der Höhenperspektive meines Flugs im Storchschnabel den See zu überblicken mit der turmbekrönten Insel in der Mitte, ehe ich erkannte, daß ich am Rand des Teichs stand, den ich am Abend umrundet hatte und dessen Inselchen kaum Platz bot für ein Dutzend Enten.

Jenseits des Teichs, dort, wo der Weg auf das ehemalige Schloß zu führte, in dem nun über Märchen diskutiert werden sollte, sah ich vor der von den hohen Fenstern durchbrochenen Fassade allerlei Leute auf und ab gehen, Teilnehmer der Tagung, die das schöne Wetter zu einem Gespräch im Freien nutzten, ehe das Nachmittagsprogramm begann. Ich entsann mich, das Gebäude unter ähnlichen Umständen, also etwa zur gleichen Tageszeit verlassen zu haben, und diese Feststellung verwirrte mich. War ein ganzer Tag vergangen, seit ich durch Park und Wald zum See gegangen war? Oder war ich aus der Zeit herausgefallen und nun in derselben Minute zurückgekehrt, in der ich das Schloß verlassen hatte?

Dieser Gedanke beschäftigte mich noch, während ich über den kurzgeschnittenen Rasen hinüber zum Fahrweg ging, der vom Eingangstor zum Schloß führte, und als ich eine Buschgruppe umrundete, stand ich vor der Figur.

Diesmal konnte ich sie im hellen Licht des Tages betrachten, das die Sinnlichkeit dieses Körpers schattenlos preisgab und seine Beschädigung noch brutaler enthüllte. Und da meinte ich die Nachricht der gewaltsamen Zerschlagung dieses Gesichts zu begreifen. Wie auch immer seine Züge gewesen sein mochten, es mußte ein menschliches, von den Sehnsüchten des Bildhauers nach dem Idealbild einer Geliebten geformtes Gesicht gewesen sein, dessen auf den Betrachter gerichteter Blick die Erfüllung versprach, die jene Göttin als mythische Figur verkörperte. Und dann war einer gekommen und hatte dieses Gesicht zerschlagen, weil er seinen Anblick nicht mehr ertragen konnte. Anders war ein solcher Exzeß kaum zu erklären. Vielleicht hatte er sich betrogen gefühlt durch dieses Gesicht, weil er auf ähnliche Weise unter die Frösche geraten war, und empfand den herzangreifenden Ausdruck dieser Züge als eine Lüge, die vorspiegeln sollte, es gäbe so etwas wie eine seelische Kommunikation oder sonst ein gefühlvolles Brimborium, wo in Wahrheit nichts anderes herrschte als die Diktatur der Körpersäfte, die Begattung befahlen zur Vermehrung der Art, ein zwanghafter Vorgang, bei dem jeder gefesselt blieb an die Einsamkeit der eigenen Lust.

Ich starrte in das zerhauene Gestein dieses Kopfes, das die geschändete Göttin zur Unperson machte. Wie hatte doch der Taxifahrer angemerkt? Noch alles dran, was bei einer Frau wichtig ist. Alles was der eigenen Lust dienlich sein könnte. Ein Gesicht hätte nur gestört. Welchen Sinn sollte es haben, einen solchen seines ursprünglichen Sinns beraubten Torso den Besuchern dieses Parks zur Betrachtung anzubieten? Sollte er sie daran erinnern, wie weit es die Menschheit gebracht hatte, seit ein römischer Bildhauer seine Vorstellung von Liebe in dieser Statue zu verkörpern versucht hatte? Oder sollte der Torso als Beweisstück gelten, daß alles, was an unserem Körper gemeinhin als Zeichen edler Menschlichkeit gilt, nichts weiter als ein entbehrlicher und illusionsfördernder Zierat ist? Ich fand den Anblick unerträglich und wünschte, der beschädigte Gesteinsbrocken wäre nicht an diesem Platz aufgestellt worden.

Während ich noch in solche Gedanken verstrickt vor der Figur stand und die Möglichkeit erwog, daß jene verwirrenden Empfindungen, die meine Begegnung mit dir in mir ausgelöst hatte, keine andere Ursache und auch kein anderes Ziel hätten als biochemische Reaktionen und dadurch hervorgerufene Triebauslösungen in meinem Hormonhaushalt, und ich eine solche Vorstellung zu hassen begann, kamst du auf dem Weg vom Park her auf mich zugegangen. Für einen Moment erwog ich den Gedanken, mich in die Büsche zu schlagen, da ich mich in meinem Zustand einer solchen Begegnung keineswegs gewachsen fühlte, aber dann erkannte ich, daß du mich bereits gesehen hattest. Ich fragte mich, ob ich dir ein paar Schritte entgegengehen sollte, damit wir nicht ausgerechnet vor dieser Figur zusammentrafen, blieb schließlich doch an dieser Stelle stehen und blickte dir, wie ich meinte, trotzig entgegen, dir und damit auch dem, was da auf mich zukam, gewissermaßen die Stirn bietend.

Du hast diesen vermutlich recht unfertig wirkenden Ausdruck meines Gesichts verständlicherweise völlig mißdeutet, bist bei mir stehengeblieben und hast mich gefragt, ob ich dir böse sei wegen deiner irritierenden Fragen vorhin bei Tisch.

Ich schüttelte wortlos den Kopf und wußte zunächst eines: daß sich diese ganze Geschichte mit Rana und dem Storch in einer anderen Zeit abgespielt haben mußte, da offenbar noch keine halbe Stunde vergangen sein konnte, seit ich den Speisesaal verlassen hatte. Während ich dich anblickte, drängte sich mir die Ähnlichkeit zwischen dir und dem Froschmädchen geradezu auf, und die Vorstellung schoß durch meine Gedanken, daß auch du in Gestalt Ranas dort gewesen sein könntest, woher ich eben zurückgekehrt war. Beinahe hätte ich dich gefragt. Was du wohl geantwortet hättest? Noch heute wäre ich neugierig auf diese Auskunft. Damals jedoch hinderte mich am Aussprechen dieser Frage meine Furcht, du könntest mich für verrückt halten, und so sagte ich schließlich nur, du hättest mich in der Tat ganz erheblich irritiert, allerdings auf eine Weise, die ich keineswegs übelnehmen könne.

Als ich das sagte, irrte dein Blick für wenige Sekunden ab und streifte die Figur, vor der du mich angetroffen hattest, und ich fragte mich, ob du damit andeuten wolltest, daß du den tieferen Grund meiner Irritation durchaus begriffen hättest. Es kann allerdings auch sein, daß du nur einen Gegenstand gesucht hast, auf den du das Gespräch ablenken könntest; denn du hast mich gleich darauf gefragt, ob dieser Torso tatsächlich so alt sei, wie es den Anschein habe.

Ich weiß nicht, ob du dich an dieses Gespräch so genau erinnern kannst wie ich. Womöglich war es dir gar nicht so wichtig. Für mich jedenfalls hatte es etwas Doppelbödiges, so als bewege ich mich über eine Oberfläche, die jeden Augenblick einbrechen und mich ins Bodenlose stürzen lassen könnte.

»Alt genug«, sagte ich, »daß der Bildhauer noch an das geglaubt haben mag, was die Figur verkörpern sollte.«

Du hast mich jetzt nicht mehr angeschaut, sondern auf die Figur geblickt und mich gefragt, ob ich damit sagen wolle, er habe noch an die Macht der antiken Göttin geglaubt.

»Eigentlich schon«, sagte ich und erzählte dir, daß ich seinerzeit im Nebenfach Archäologie studiert und mich dabei unter anderem auch mit Skulpturen der späten Kaiserzeit beschäftigt hätte.

»Warum sagen Sie *eigentlich*?« hast du daraufhin gefragt, als sei der nachgeschobene Exkurs über meinen akademischen Bildungsgang ohne jeden Belang.

»Ihnen ging es ja um eine Zeitbestimmung«, sagte ich. »Doch ich frage mich jetzt, was damals diese Göttin für den Künstler tatsächlich bedeutet haben mag.«

»Meinen Sie, die Figur hätte für ihn eine andere Bedeutung gehabt als heute für uns?«

Uns, hast du gesagt, und dieses Wort fuhr mir wie ein heißer Stich ins Herz. Hast du schon damals uns beide gemeint? Oder war das nur so dahingeredet? Nach der genauen Zielrichtung deiner Frage konnte ich mich natürlich nicht erkundigen, und so sagte ich schließlich: »Vielleicht war der Künstler besser dran als wir spätgeborenen Vernünftler. Ist es nicht erhebender, an eine herzbewegende Göttin zu glauben, als an die Chemie der Hormone, die uns dergleichen edle Gefühle nur vorgaukeln?«

Als ich das sagte, hast du geradezu unwillig den Kopf geschüttelt und mich angeschaut, als sei ich nicht recht bei Trost, und das wirbelte mein Gemüt noch stärker durcheinander. Selbst deine Gesten des Mißfallens haben etwas so Liebenswertes, daß es schwerfällt, angemessen darauf zu reagieren. Damals machte mich dieses Unvermögen so aggressiv, daß ich in ziemlich heftigem Ton sagte: »Jedenfalls ist irgendwann einer dahergekommen und hat dieses Gesicht zerschlagen, weil er seinen Anblick nicht mehr ertragen konnte.«

»Das mag schon sein«, hast du gesagt, »aber dafür könnte es mancherlei Gründe geben, und nicht nur solche zu Lasten der Göttin. Kann denn einer, der Gesichter zerschlägt und das Schöne zu zerstören versucht, überhaupt recht haben?«

Ich spürte noch mein Erlebnis bei den Fröschen in den Knochen – oder soll ich sagen: Es verursachte mir eine fatale Art von Bauchgrimmen –, jedenfalls gab ich zu bedenken, daß man über den Begriff des Schönen geteilter Meinung sein könne. »Vielleicht«, fuhr ich fort, »hielt dieser Herostrat das Gesicht der Göttin für einen allzu schönen Betrug, was zugleich ein Beispiel wäre für die Fragwürdigkeit ästhetischer Kategorien.«

Als ich das gesagt hatte, hast du mir geradewegs in die Augen geschaut mit einem Blick wie ein Chirurg, der eben das Messer ansetzt, und hast gesagt: »Jemand muß Ihnen übel mitgespielt haben, daß Sie so reden können.«

Das traf. Ich war nahe daran, dich zu fragen, was dich das anginge. Jedenfalls war ich nicht bereit (noch nicht!), das Aufsteigen solcher Erinnerungen in mein Bewußtsein auch nur zuzulassen. Ein Augenblick panischer Angst, ehe ich meine Stimme wieder so weit zu beherrschen hoffte, daß ich es wagen konnte, dir zu antworten. »Vielleicht bin ich auf angenehmere Erfahrungen aus«, sagte ich so trocken wie möglich.

Ich merkte sofort, daß ich damit zu weit gegangen war. Deine Augen wurden undurchsichtig wie dunkles Gestein. »Dann sollten Sie sich's mit der Göttin besser nicht verderben«, hast du kühl und spöttisch gesagt, schon halb abgewendet und im Weggehen.

Auf dieser Tagung haben wir von da an kein Wort mehr miteinander gesprochen. Ich entsinne mich allerdings, daß unsere Blicke von Zeit zu Zeit aneinander hängenblieben, und ich hatte das Gefühl – oder war das eher meine Hoffnung? –, es täte dir leid, mich auf solche Weise abgefertigt zu haben. Aber keiner von uns war fähig, einen Schritt auf den anderen zuzugehen. Als ich am letzten Morgen zum Frühstück herunterkam, warst du schon abgereist.

Zweiter Teil

VERNÜNFTIGERWEISE HÄTTE ICH MIR SAGEN sollen, daß damit diese Episode – soweit sie überhaupt eine solche Bezeichnung verdient – vorbei und zu Ende war, ehe sie überhaupt richtig angefangen hatte. Auf der Heimfahrt versuchte ich mir einzureden, daß die Bedeutung, die ich unserer Begegnung zugemessen hatte, lediglich auf meiner eigenen, maßlos übersteigerten Interpretation einiger belangloser Geschehnisse und Wortwechsel beruhte. Was war denn schon geschehen? Nichts als ein flüchtiges Zusammentreffen, weder intensiver noch bedeutsamer als Dutzende von anderen auf ähnlichen Veranstaltungen.

Warum und womit sollte ich dich denn beeindruckt haben? Ich hatte auf dieser Tagung ohnehin keine besonders gute Figur gemacht, schien mir, obwohl mein Auftreten als Referent mir später zu meiner nicht geringen Verwunderung eine Planstelle als Dozent eingebracht hatte, und zwar aufgrund der Befürwortung eines einflußreichen Professors, der unter den Teilnehmern gewesen war. Ich weiß heute noch nicht, was ihn dazu bewogen haben mag. Möglicherweise die durch meine zeitweilige Irritation verursachte Ambivalenz und scheinbare Unverbindlichkeit der von mir eher stockend vorgetragenen Thesen – manche halten dergleichen ja für das Merkmal einer auf besondere Weise elaborierten wissenschaftlichen Denkweise. Genau besehen hätte ich demnach diese akademische Anstellung dir zu verdanken oder doch zumindest der irritierenden Wirkung des Blicks deiner Olivenaugen. Eigentlich eine hübsche Entdeckung, die ich eben erst gemacht habe.

Das alles ändert jedoch nichts daran, daß ich mir der Unzulänglichkeit meiner Äußerungen auf dieser Tagung durchaus bewußt bin, und dies nicht nur im Hinblick auf mein Auftreten als Referent, sondern auch in meinen Gesprächen mit dir. Wenn ich mir heute all das ins Gedächtnis zurückrufe, stelle ich zu meiner Erheiterung fest, daß ich mich dort auf mancherlei Weise zum Narren gemacht habe.

Der Zustand totaler Verwirrung, in dem ich mich nicht ohne dein Zutun befand, kann dir eigentlich nicht verborgen geblieben sein. Hat es dich amüsiert, diese Turbulenzen meines Gemüts zu beobachten? Zeitweilig hatte ich diesen Eindruck, aber im übrigen weiß ich überhaupt nicht, was dich bei alledem bewegt haben mag. Genau das aber ist der entscheidende Punkt: Habe ich mir nur eingeredet oder, noch genauer: Haben mir meine physischen Reaktionen auf deine anziehende Weiblichkeit nur vorgegaukelt, daß in diesen wenigen Stunden sich mehr ereignet hat als eine flüchtige Begegnung und ein wenig Aneinander-Vorbeireden, oder trifft zu, was mir trotz all meiner skeptischen Selbstbetrachtung nicht aus dem Sinn gehen will, nämlich daß es dort mit uns anfing, wie du dich ausdrückst? Unter anderem läuft das auch auf die Frage hinaus: Warst du mit mir auf der Insel bei den Fröschen?

Zeitweise war ich davon überzeugt. Aber was weiß ich schon von diesem schlüpfrigen Gelichter? Wenn ich über die hastige Nachlauferei durch die vom Gequake der Frösche vibrierende Nacht nachdachte, dann begann ich zu befürchten, daß ich dort – obwohl sich zunächst alles meinen Absichten zu fügen schien – auf ganz besondere Weise zum Narren gehalten worden bin.

Trotz alledem konnte ich mich nicht von der Vorstellung lösen, daß du auf der Insel gewesen bist, obwohl ich keinen sicheren Hinweis darauf in meinem Gedächtnis auffinden konnte, allenfalls ein vages Gefühl, vielleicht hervorgerufen durch jenen Duft, der mir auf dem Bootssteg in die Nase wehte und mich dazu verlockte, meinen Fuß auf das feuchte Bodenbrett des Kahns zu setzen.

Aber wo warst du dort drüben, wenn nicht bei den froschigen Dörflern? Vielleicht bist du weiter oben jenseits der Mauer als Löwin durch die Nacht geschritten, unberührt von meinen Nachstellungen, und allenfalls hie und da stehengeblieben, die rechte Vorderpranke verhoffend aufgehoben, wenn aus der Niederung das ferne Lärmen der Frösche heraufdrang und die Stille in deinem Bereich störte.

Ich komme nicht von ungefähr zu dieser scheinbar extravaganten Vorstellung, doch um dir deren Herkunft zu erklären – falls du diese nicht ohnehin kennst –, muß ich etwas weiter ausholen. Was ich bisher in diesem zweiten Teil meines Berichts geschrieben habe, zeugt vor allem von der Unsicherheit, die mich in zunehmendem Maße ergriff, wenn ich über unsere erste Begegnung nachzudenken versuchte, Unsicherheit über meine eigenen Empfindungen und noch weit größere Unsicherheit darüber, was du in diesen Tagen empfunden und gedacht haben mochtest.

Doch es gab auch eine Sicherheit, an die ich mich halten wollte: Nachdem ich dir begegnet war, wußte ich nicht nur, daß es den Menschen gibt, der du bist, sondern hatte obendrein und vor allem auf eine unerklärbare Weise erkannt, wie wichtig du für mich bist. Das wurde mir allerdings erst klar, als du nicht mehr da warst, also an der Art des Mangels, den ich empfand, ein Mangel körperlich fühlbarer Art, als sei mir etwas Lebenswichtiges vom Herzen gerissen worden. Jedenfalls durfte ich dich nicht mehr aus den Augen verlieren, ein Vorhaben, das du mir – unbewußt oder aus welchen Gründen auch immer – nicht sonderlich erleichtert hast.

Wir hatten so wenig miteinander gesprochen, daß ich lediglich deinen Familiennamen kannte, nicht jedoch deinen Wohnort, geschweige denn deine genaue Adresse. Unglücklicherweise stand dein Name nicht auf der Teilnehmerliste (hast du dich zu spät angemeldet?), und im Tagungsbüro wollte man mir, als ich danach fragte, diese Auskunft zunächst verweigern, weil es, wie die zuständige Dame sich ausdrückte, nicht üblich sei, Einblick in solche Daten zuzulassen. Erst als ich ihr vorlog, ich hätte dir den Sonderdruck eines von mir veröffentlichten Aufsatzes zum Problem der Suchwanderung im Märchen versprochen und versäumt, mir deine Adresse geben zu lassen, ließ sich die Sekretärin erweichen und sagte, bei mir als einem Referenten der Tagung könne sie wohl unter solchen Umständen eine Ausnahme machen.

Auf diese Weise erschlich ich mir die Kenntnis, daß du in München wohnst und dort als Kunsthistorikerin an einem Museum arbeitest. Obwohl ich nun zu wissen meinte, wo du zu finden sein würdest, stellte sich dies bald als Irrtum heraus; denn ich hatte, ohne es zu ahnen, damit meine eigene Suchwanderung schon begonnen, und solche Unternehmungen pflegen, wie aus meinen Studien mit unerbittlicher Deutlichkeit hervorgeht, reich an Hindernissen und sonstigen Unannehmlichkeiten zu sein. Manche Leute, die ich seither auf diesem langen Weg getroffen habe, würden allerdings sagen, ich hätte all diese Schwierigkeiten mir selber zuzuschreiben.

Einstweilen meinte ich, ein präzise benanntes Ziel in einer Münchener Straße zu haben, und da mir noch etwas Zeit blieb bis zu Semesterbeginn (die ich eigentlich mit Vorbereitungen für ein Seminar hatte füllen wollen), packte ich nach meiner Rückkehr von der Tagung meine Reisetasche nicht aus, sondern nur um, kaufte mir eine Fahrkarte und setzte mich in den nächsten Zug nach München.

Wie blindlings ich diesen Entschluß gefaßt hatte, wurde mir erst unterwegs allmählich klar. Ich hatte mir zwar ein paar Bücher eingesteckt, um meine Pflichten nicht völlig zu vernachlässigen und wenigstens in der Bahn mich ein wenig an das allzu leichtfertig angekündigte Thema *(Männliche Aspekte im Tierbräutigam-Märchen)* heranzutasten, aber ich ertappte mich alsbald dabei, daß ich ein und denselben Satz schon zum dritten Mal las, ohne auch nur annähernd zu begreifen, was er bedeuten sollte.

Meine Gedanken trieben aus dem Kielwasser des philologischen Textes seitwärts davon und verloren sich im Straßengewirr der Münchener Vorstadt, die ich noch zu Hause anhand eines Stadtplans erforscht hatte, um die Lage deiner Wohnung zu orten. Und erst als ich schon so weit gekommen war, mir diese Seitengasse vorzustellen (Altmünchener Mietshaus mit vier Stockwerken und viel historistischem Stuck um die Fenster, einst mariatheresiengelb getüncht, einer freundlichen Farbe, die unter staubgrauer Patina noch zu erahnen ist), aus der zwischen den Häusermauern wabernden Sommerhitze aufatmend in das kühle, dämmrige Stiegenhaus trat und langsam die ausgetretenen Treppenstufen emporstieg (vermutlich bis zum zweiten Stock), da erst wurde mir bewußt, daß ich meinen Besuch mit keinem Wort würde begründen oder gar rechtfertigen können. Hättest du mich wenigstens tatsächlich um diesen Aufsatz gebeten, mit dessen Hilfe ich mir deine Adresse erschwindelt hatte, dann hätte ich jetzt etwas in der Hand gehabt. Und wie gern ich ihn dir überreicht hätte! Aber du hattest nicht danach gefragt.

Daß ich dieses dünne, in braunen, packpapierartigen Karton eingebundene Heft unversehens in der Hand hielt und dir entgegenstreckte, als du die Tür deiner Wohnung geöffnet hast – ich konnte mich überhaupt nicht entsinnen, die Treppe heraufgestiegen zu sein und an der Türglocke geschellt zu haben –, das war schon Bestandteil des Traumes, in den ich übergangslos geriet:

Ich stehe auf einem Treppenabsatz vor der linken von zwei Wohnungstüren, die in eine dunkelbraun gestrichene, die volle Breite des Stiegenhauses ausfüllende Holzverkleidung eingelassen sind, wie man sie gelegentlich in älteren Mietshäusern zu sehen bekommt. Du hast eben die Tür geöffnet, nimmst aber das von mir angebotene Heft nicht entgegen, sondern kommst heraus aus dem Vorzimmer deiner Wohnung und gehst neben mir die rötlich marmorierten Steinstufen hinunter. Währenddessen höre ich aus der Tiefe des hallenden Stiegenhauses einen Hund bellen. Unten bei der Hintertür treffen wir ihn dann, ein ungeheuer großes schwarzes Tier, ähnlich einem Riesenschnauzer, das uns nicht beachtet und sich zugleich mit uns durch die schmale Tür ins Freie drängt.

Wir gelangen hier unmittelbar hinaus auf ein parkähnliches Wiesengelände, auf dessen leicht gewellten Rasenflächen einzelne hohe Bäume stehen, schlanke, gerade aufstrebende Stämme, die erst in großer Höhe ihre breit ausladenden, dunkelgrün belaubten Kronen tragen. Es ist früh am Morgen; die Sonne steht noch ziemlich tief am blaßblauen Himmel.

Während ich neben dir über das kurzgeschnittene Gras

gehe, sehe ich allerlei kleine Tiere herumlaufen, Vögel unterschiedlicher Art und Größe, Hunde; sogar ein Äffchen rennt auf allen vieren uns über den Weg. Du weißt zu erzählen, daß es einer alten Dame gehört, die es hier frei laufen läßt.

Als wir uns einer breiten Wasserstraße nähern, erkenne ich, wo wir uns befinden: Wir gehen auf den Nymphenburger Kanal zu, der vor uns wie abgeschnitten am Fuße eines leicht geneigten Wiesenhanges endet. Unten am Ufer sehe ich eine Gruppe von Kindern, die mit einem großen, goldblonden Tier spielen. Ich halte es zunächst für einen Hund, will es dir zeigen, doch du bist nicht mehr neben mir.

Allein gehe ich weiter den Hang hinab. Als das Tier den Kopf hebt und mir entgegenblickt, erkenne ich, daß es eine Löwin ist. Mir wird unheimlich zumute angesichts dieses gewaltigen Raubtiers, das sich hier im Freien aufhält, aber ich finde es auch schön, wie es dort mitten zwischen drei oder vier Kindern steht.

Dann bin ich, ohne daß ich mich dieser letzten Schritte entsinnen kann, schon dicht neben der Löwin und lege ihr meine Hand auf den Nacken. Unter dem kurzhaarigen, dichten Fell spüre ich die Wärme des Körpers und das Spiel der Muskeln und erschrecke über mich selbst, daß ich diese Berührung wage, ziehe meine Hand aber nicht zurück, weil ich dieses lustvolle Gefühl nicht mehr missen möchte.

In diesem Augenblick weckte mich das Klatschen, mit dem mein Buch zuklappte, ehe es mir aus der linken Hand glitt und polternd zu Boden fiel. Diese vibrierende Kraft jedoch spürte ich noch immer unter der Fläche meiner rechten Hand, und wenn es auch die plüschüberzogene Armlehne war, auf der sie lag, so war mir doch die erregende Nähe der Löwin so gegenwärtig, daß ich eher meinem Gefühl als meinen Augen zu trauen bereit war und längere Zeit auf das schmale, zimtbraune Polster starrte, als müsse es sich unter meinem Blick in das lebendige Tier verwandeln. Dann erst begann ich das Fahrgeräusch des Zuges wahrzunehmen und spürte eher als daß ich sah, wie sich draußen hinter dem Wagenfenster die Landschaft vorüberdrehte, dunkle Nadelwaldkulissen und gleich darauf welliges Wiesengelände. Weiter voraus stand im Gras dicht neben der Strecke ein großes, bräunliches Tier. Mein Herz sprang ihm entgegen, während es rasch näherrückte. Doch dann war es nur eine Kuh auf der Wiese, die, während ich vorübergezogen wurde, aufblickte und lässig mit dem Schwanz schlug, als wolle sie sagen: Vertu dich nicht!

Unter dem nachsichtigen Lächeln einer mir gegenübersitzenden älteren Frau klaubte ich das Buch vom Boden auf und versuchte gar nicht erst, in meiner Lektüre fortzufahren; denn draußen huschten bereits die Bauernhäuser des Dachauer Moos vorüber, eine Dorfkirche mit Zwiebelturm. Bis ich mein Gepäck gerichtet und die Jacke angezogen hatte, ratterte der Zug schon über Weichen zwischen Vorstadthäusern dahin und fuhr wenig später in den Münchner Hauptbahnhof ein.

Ohne mich länger aufzuhalten, habe ich ein Taxi genommen und dem Fahrer deine Adresse genannt. Vielleicht habe ich mich so beeilt, weil ich gefürchtet habe, mein Mut könne mir abhanden kommen, wenn ich in Ruhe oder gar bei Leberkäs und Bier nachdenken würde, wie ich dir meinen Besuch erklären sollte.

Ich hatte mich in solche Hast hineingesteigert, daß mir die Fahrt mit dem Taxi, die ziemlich lange gedauert haben muß, völlig aus dem Gedächtnis geschwunden ist. Meine Erinnerung setzt erst zu dem Zeitpunkt wieder ein, an dem ich vor diesem Haus stand und nicht glauben wollte, daß du darin wohnst, weil es ganz anders aussah, als ich es mir vorgestellt hatte. Keine hohe Stadthausfassade aus dem neunzehnten Jahrhundert, sondern ein schmuckloser Neubau, erst wenige Jahre alt und nur zwei Stockwerke hoch. Es war eines der letzten Häuser an einer in leichter Biegung etwas ansteigenden, mit ihren Vorgärten schon fast dörflich wirkenden Straße. Neben der Haustür fand ich das Schild mit deinem Namen und drückte sofort auf den Klingelknopf, ehe ich es mir anders hätte überlegen können.

Der Türöffner summte, ich drückte die Tür auf, stieg rasch hinauf bis zum zweiten Stock, fand deine Wohnungstür und läutete auch dort. Gleich darauf hörte ich Schritte hinter der Tür, spürte, wie mein Herz rascher und heftiger klopfte, und war auf deinen Anblick gefaßt, aber es war eine andere Frau, die mir öffnete.

Ich weiß nicht mehr, was ich in meiner Verwirrung gesagt habe. Wahrscheinlich habe ich meinen Namen genannt und irgend etwas gestammelt, etwa ob ich dich sprechen könne oder dergleichen. Als sie meinen Namen hörte, war dieser Frau anzumerken, daß er ihr nicht unbekannt war; denn ihr zuerst eher abweisender Blick verriet sofort Interesse. Etwas in ihrem Gesicht erinnerte mich an dich, obwohl sie blond war und viel hellere Augen hatte als du, grünliche, wenn ich mich recht erinnere.

»Da kommen Sie zu spät«, sagte sie. »Meine Schwester ist wenige Stunden nach ihrer Rückkehr von der Tagung in Urlaub gefahren.«

Meine Enttäuschung muß überdeutlich auf meinem Gesicht zu lesen gewesen sein, denn sie setzte nach einer kurzen Pause hinzu: »Sie sind doch wohl nicht eigens wegen ihr nach München gefahren?«, und als ich noch immer kein Wort herausbrachte, öffnete sie die Tür noch ein Stück weiter und sagte: »Ich möchte Sie nicht einfach so weggehen lassen. Darf ich Sie zu einer Tasse Kaffee einladen?«

Ich hatte den Eindruck, sie war neugierig darauf, mich kennenzulernen. Was hast du ihr eigentlich über mich erzählt? Das wüßte ich gerne.

Sie hat mir das natürlich nicht verraten, obwohl sie gleich auf dich zu sprechen kam, sobald wir einander gegenüber an dem niedrigen Tisch in deinem Wohnzimmer saßen. »Sie haben Glück, daß Sie wenigstens mich angetroffen haben«, sagte sie. »Ich bin eben gekommen, um die Blumen zu gießen, und wäre nicht lange geblieben.«

»Ein kurzes Glück also«, sagte ich und entdeckte mit Erstaunen, wie ähnlich sie dir war, wenn sie lachte.

»So war das nicht gemeint«, sagte sie, »und wegen mir sind Sie ja wohl nicht gekommen.«

Bei aller Höflichkeit konnte ich dieser Feststellung nicht widersprechen und fragte ohne Vorreden nach deinem Urlaubsort. Doch damit schien mein Glück schon zu Ende zu sein.

»Ich glaube nicht«, bekam ich zur Antwort, »daß es meiner Schwester recht wäre, wenn ich jemandem verriete, wo sie zu finden ist.«

Jemandem, sagte sie. Das war ein gewisser Trost für mich; denn wenn du überhaupt eine derartige Anweisung hinterlassen haben solltest, dann war diese offenbar allgemein gehalten und nicht nur auf meine Person beschränkt. Das mitwisserische Lächeln deiner Schwester ließ allerdings vermuten, daß sie sich ihren Teil dachte. Jedenfalls schien das, was sie aus deinem Mund über mich gehört haben mochte, keinen Anlaß zu bieten, ihre Diskretion zu lockern.

Mir fiel bei alledem ein, was der Storch gesagt hatte.

»Also doch eine Suchwanderung«, sagte ich halblaut, und als deine Schwester mich fragend anblickte, erklärte ich ihr, dies sei ein Begriff aus der Märchenforschung. »Auch dabei erfährt man nie die genaue Adresse dessen, den man sucht, aber die Leute, denen man unterwegs begegnet, geben einem wenigstens ein paar hilfreiche Sachen mit auf die Reise.«

»Sie wollen also weiterfahren?« fragte deine Schwester. »Und wohin?«

Diese Frage machte mich zornig. Gehört deine Schwester eigentlich zu jenen Menschen, die sich erst dann auf den Weg machen, wenn sie sicher sind, das Ziel zu kennen? Vielleicht tue ich ihr unrecht, aber damals kam's mir so vor. Möglicherweise gab's da auch einen spöttischen Unterton, ich weiß das nicht mehr so genau. »Irgendwohin«, sagte ich. »Glauben Sie, ich könnte jetzt zu Hause sitzen und an den Märchentexten herumbosseln, die mich auf diesen Weg getrieben haben?«

Sie blickte mich erschrocken an, wohl eher wegen des Tons, in dem ich das sagte, als wegen des Inhalts meiner Rede. Erschrocken darüber, daß ich sie daran hinderte, ins Unverbindliche auszuweichen. Sie besann sich eine Weile und sagte schließlich: »Dann muß ich wohl tun, was von den Leuten erwartet wird, die Sie unterwegs treffen.«

Während sie das sagte, stand sie schon auf und verließ gleich darauf das Zimmer. Kaum hatte sie die Tür hinter sich geschlossen, als ich mich schon in deinem Zimmer nach irgendeinem Anhaltspunkt umschaute. Unmittelbar mir gegenüber stand an der Wand ein bis zum Bersten gefülltes Bücherregal, und ich begann einzelne Titel auf den Rücken der Bände zu entziffern, als gäbe es hier eine geheime Botschaft zu entschlüsseln. Die oberen Fächer enthielten Märchensammlungen, lauter mir vertraute Bände, über die mein Blick rasch hinwegglitt, bis er an einem kleinformatigen schmalen Buch hängenblieb, das ich nicht kannte. *Verwandlungen* stand auf dem mit farbigen Ranken überzogenen Rücken. Mein Herz setzte für einen Schlag aus, getroffen von dieser Botschaft, die mir doch nicht weiterhalf.

In den höheren Fächern darunter standen Kunstbände aufgereiht, Rücken an Rücken exakt mit dem Regalbrett abschließend zu einer gewellten Fläche zusammengestellt: *Architektur der Renaissance, Leonardo, Palladios Villen, Piranesi, Turners Aquarelle, de Chirico* und dann ein großformatiger Band, der ein wenig aus der Reihe vorsprang, als sei er kürzlich benützt und rasch wieder zurückgestellt worden: *Fresken in Südtirol.* Ein Hinweis?

Die übrigen Bücher zeigten keine ähnliche Auffälligkeit, aber auf dem kleinen Schreibtisch unter dem Fenster lag ein aufgeschlagener Bildband, in dem möglicherweise eben noch jemand (deine Schwester?) geblättert hatte. Im nächsten Augenblick stand ich schon davor und erkannte auf dem Farbfoto sofort den Brixener Domplatz. Dann sah ich den Zettel, der wie ein Lesezeichen ein paar Seiten davor im Buch steckte. In Handschrift (deiner? Damals kannte ich sie noch nicht) war darauf notiert: *Brixen, Gasthof Zur Löwin.* Ehe ich ihn herausziehen konnte, hörte ich deine Schwester zurückkommen. Wie ein Kind, das Verbotenes tut, huschte ich zurück zum Tisch und saß schon wieder vor meinem Kaffee, als sie die Tür öffnete.

Sie gab mir einen kleinen Plastikbeutel, in dem ein paar runde Gegenstände zu ertasten waren. »Das könnte Ihnen weiterhelfen«, sagte sie und blickte dabei merkwürdigerweise hinüber zum Schreibtisch, auf dem der aufgeschlagene Bildband mit dem Zettel lag. Ob sie nur deshalb hinausgegangen war, um mir diese Chance zu geben? Das fragte ich mich noch immer, als ich schon wieder draußen vor deiner Wohnungstür stand. Vielleicht hatte sie mir nur etwas Beliebiges in den Beutel gesteckt und gelauscht, ob ich diese Gelegenheit wahrnehme? Aber die Gaben erschienen mir dann doch nicht auf solche Weise beliebig, als ich sie der Reihe nach herausnahm: einen rotbäckigen Apfel, der kühl und ein wenig rauhhäutig in meiner Hand lag, eine Walnuß und eine Eßkastanie. Dergleichen wuchs und reifte zwar auch hierzulande, aber ich nahm alle drei zusammen als typische Früchte des Landes an Etsch und Eisack dennoch als Bestätigung meiner Vermutung, verwahrte die drei Gaben in meiner Umhängetasche und kaufte mir auf dem Bahnhof eine Fahrkarte nach Brixen.

Die nächtliche Fahrt über zwei Landesgrenzen habe ich in Erinnerung wie einen wirren Traum. Der Zug war wenig besetzt; jedenfalls hatte ich ein leeres Abteil gefunden, verschanzte mich dort hinter zugezogenen Vorhängen, schaltete das Deckenlicht aus, lehnte mich in die Ecke beim Fenster und versuchte zu schlafen. Aber daraus wurde nicht viel, denn hier in diesem schmalen dahinrollenden Raum, der nur hie und da durch vorübergleitende grelle Lichter beleuchtet wurde, versuchte ich zum ersten Mal seit meiner überstürzten Abreise von zu Hause über einen möglichen Sinn dieser Unternehmung nachzudenken.

Was erwartete ich eigentlich? Alle denkbaren Peinlichkeiten, die sich aus einem solch überfallartigen und gänzlich unerwarteten Besuch ergeben könnten, malte ich mir aus bis zur Selbstzerfleischung. Vielleicht warst du gar nicht allein in die Ferien gefahren, sondern hattest dich dort in Brixen oder schon bei Antritt der Reise mit einem Mann getroffen, einem Geliebten, der dich nach euren täglichen Kunstwanderungen nachts in seine Arme schloß. Ich stellte mir vor, wie ich morgens überraschend an euren Frühstückstisch trete, spürte, wie mich dein abweisender Blick an den Boden nagelt, während dein Begleiter mich spöttisch lächelnd fragt, was ich eigentlich von dir wolle, um mich dann, als ich nur Unverständliches hervorzustottern weiß, mit einer knappen Handbewegung vom Tisch zu scheuchen wie einen lästigen Hund, der um eine Wursthaut bettelt.

Vielleicht hattest du dich auch einer Reisegruppe angeschlossen, irgendwelchen schwatzhaften Kulturbürgern, die, ständig mit gezückten Photoapparaten nach allen Windrichtungen zielend, von einem Fremdenführer durch Altstadtgassen, Kirchen und bemalte Kreuzgänge getrieben wurden, eine fröhlich dahintrampelnde Schutztruppe, geil nach Kunstgenuß, die es mir unmöglich machen würde, mich dir zu nähern. Schon sah ich ein paar welkende Gymnasiallehrerinnen tuschelnd die Köpfe zusammenstecken und mit beziehungslüsternen Blicken eine Verbindung zwischen dir und mir knüpfen, eine Verbindung solcher Art, die dich daran hindern mußte, auch nur ein Wort mit mir zu wechseln.

All das und ähnliches mehr spulte sich wie ein quälend trivialer Film in meinem Hirn ab, jedoch so, als sei es mir völlig unmöglich, diesen alptraumhaften Ereignissen auszuweichen; denn ich blieb bewegungslos in meiner Ecke sitzen, machte keine Anstalten, bei der nächsten Station den Zug zu verlassen, um zurückzufahren. Ich zog es überhaupt nicht in Betracht, meine Reise abzubrechen, nahm das Risiko in Kauf, mich bis auf die Knochen zu blamieren, gierig darauf, deinen Blick entgegenzunehmen und in deinen Augen zu lesen, was du von mir hältst.

Das war es wohl in der Hauptsache, was mich auf diesem Weg vorangetrieben hatte, seit ich deinem Blick zuletzt begegnet war, dort im Park vor der Figur mit dem zerschlagenen Gesicht, diesem chirurgischen Blick, mit dem du begonnen hattest, das in meinem Unterbewußtsein verkapselte Geschwür aufzuschneiden, das ich vor mir selbst verbarg. Aber ich ließ nicht zu, daß sich meine Erinnerung bis zu diesem geheimen Ort vorantastete, stand auf, schaltete das Licht an und holte das Buch heraus, in dem ich schon auf der Fahrt nach München zu lesen versucht hatte.

Mit einer alten Fahrkarte hatte ich eine Stelle angemerkt, die von Suchwanderungen handelte. Welches Interesse mich auch dazu veranlaßt haben mochte, das Lesezeichen an dieser Stelle in das Buch zu legen, es schien mir jetzt überholt und außer Kraft gesetzt durch die Umstände, unter denen ich mich nunmehr auf diesen Text einließ, sozusagen mit dem Interesse des Betroffenen.

An einem Satz blieb ich hängen: »Wenn die Suchwanderung«, stand da zu lesen, »fast stets der weiblichen Erzählfigur zugewiesen wird, die der Spur des durch ihre Schuld allzu früh erkannten und dadurch verscheuchten Geliebten folgt, so setzt dieser Vorgang ja eine Art Fluchtwanderung eben dieses Geliebten voraus, der offenbar noch nicht bereit gewesen ist, sich erkennen zu lassen, und statt dessen lieber das Weite sucht.« Diese Wendung mißfiel mir. Das klang so, als sollte hier eine Schuld zutage gefördert werden, wo bislang keine erkennbar gewesen war. Ich fühlte mich persönlich angegriffen und war geradezu erleichtert, als der österreichische Zollbeamte die Abteiltür öffnete, um meinen Paß zu kontrollieren und mich nach Konterbande zu befragen.

Als er gegangen war, löschte ich das Licht, zog die Schuhe aus und legte mich hin, um nun doch ein bißchen zu schlafen. Das Geräusch der rollenden Räder schwand nie aus meinem Bewußtsein, und ich döste vor mich hin, bis mich nach etwa zwei Stunden der italienische Grenzbeamte noch einmal aus dem Halbschlummer riß und nach meinen Papieren fragte. Den Rest der Fahrt blickte ich aus dem dunklen Abteil hinaus in die nächtliche Gebirgslandschaft, durch die der Zug rasch zu Tal brauste, dem Ort entgegen, an dem ich dich zu treffen hoffte, um mich in deinen Augen zu spiegeln.

Gegen Mitternacht stieg ich vor dem Hotel, in dem ich dich vermutete, aus dem Taxi. Du kennst ja den Betrieb. Natürlich war schon alles dunkel, die Tür verschlossen, und ich mußte den Nachtportier herausklingeln, der erst nach längerer Wartezeit die Tür aufsperrte. Er schaute mich mit verschleierten Augen an wie ein seltsames Traumbild, das unvermutet in seinen ersten Tiefschlaf eingebrochen war, und schien erst dann allmählich zu erwachen, als ich ihn schon zum dritten Mal gefragt hatte, ob noch ein Zimmer zu haben sei.

Überflüssigerweise wollte er wissen, ob ich angemeldet sei, und als ich das verneinte, schlurfte er davon und tauchte im Dunkel eines schluchtartigen Ganges unter. »Nicht angemeldet«, hörte ich ihn räsonierend vor sich hin murmeln, »nicht angemeldet und will ein Zimmer. Gäst' sind das heutzutage!«, und als er merkte, daß ich ihm folgen wollte, drehte er sich jäh um und sagte barsch: »Warten'S! Muß erst nachschauen.«

Ich nahm sein Gebaren in Kauf als ein ohnehin zu erwartendes weiteres Hindernis dieser ungeplanten Reise und war schon froh, als der sonderbare Hausknecht nach längerer Zeit wieder erschien und mich hereinwinkte. Ich folgte ihm tastend durch die Düsternis des Gangs bis zu der von einer müden Glühbirne schwach beleuchteten Rezeption, wo er mir wortlos einen mit Nummernschild versehenen Schlüssel in die Hand drückte und mit dem Daumen treppauf wies. Meine Frage, ob du in diesem Haus logierst, ignorierte er völlig und zog sich knurrend in einen Raum hinter der Rezeptionsbarriere zurück.

Erst als ich in dem mir zugewiesenen Bett lag, kam mir der Gedanke, daß ich das Schweigen dieses grimmigen Türhüters durch ein nicht zu knapp bemessenes Trinkgeld möglicherweise hätte brechen können, doch ich konnte mich nicht zu dem Entschluß durchringen, das Bett zu verlassen, mich notdürftig anzukleiden und den brummigen Cerberus nochmals aus dem Schlummer zu reißen. Womöglich war der bei Tage schwatzhaft und würde dich – zumindest beim Personal – ins Gerede bringen. Wenn dir dergleichen zu Ohren käme – ich sah dich schon mimosisch zurückzucken und die zarten Blätter einfalten unter dem unerwarteten Regenguß meines Annäherungsversuchs.

All diese Umstände, dachte ich, für etwas, das mir im Augenblick wenig Nutzen bringen könnte und sich am nächsten Morgen ohnehin herausstellen würde. Aber wahrscheinlich war ich nur zu schläfrig.

Ja, dieser nächste Morgen. Da war dann alles ganz anders, als ich es erwartet hatte. Ich betrat den Frühstücksraum und fand mich sofort Auge in Auge mit dir, und dein Blick wirkte auf mich so, als hättest du mich sehnlichst erwartet und seist froh, daß ich endlich eingetroffen war. Diese Entdeckung wirbelte mein Innenleben beträchtlich durcheinander und blies all die weitschweifigen Erklärungen für mein Erscheinen, die ich mir beim Rasieren zurechtgelegt hatte, augenblicklich aus meinem Hirn. Während ich noch in der Tür stand und nicht wußte, wie ich reagieren sollte, hast du mich, offenkundig wohlgelaunt, an deinen Tisch gewinkt, und dort saß ich dir dann gegenüber, wußte der Bedienung kaum zu sagen, ob ich Tee oder Kaffee haben wolle und fühlte mich überfordert von der Entscheidung, ein Ei oder Orangensaft zu wählen.

Hast du gewußt, daß ich kommen werde? Ein Anruf

deiner Schwester oder ein Tip des Nachtportiers? Oder hast du meine Ankunft wider alle vernünftigen Überlegungen tatsächlich erhofft? Du hast mir das nie verraten und auf meine Fragen immer nur auf eine Weise gelächelt, als müsse ich das selbst wissen oder wenigstens selbst herausfinden. Aber ich merke, daß ich mit diesen Worten dein Verhalten lediglich interpretiere und damit nur meinen eigenen Gemütszustand zu diesem Zeitpunkt verrate.

Du schienst jedenfalls von dergleichen Fragwürdigkeiten gänzlich unbeschwert zu sein. Dein Vorschlag, ob ich dich auf deinem geplanten Ausflug in Richtung Verona begleiten wolle, blies als unvermuteter Windstoß in das Segel meiner Wünsche und ließ mich das Frühstück in ungewohnter Eile zu Ende bringen, weil ich es kaum erwarten konnte, in deinem Leihwagen neben dir nach Süden zu fahren. Nur meine Tasche holte ich noch rasch aus dem Zimmer, um die drei Gaben deiner Schwester immer zur Hand zu haben.

Während du den winzigen Fiat über die Landstraße in Richtung Bozen gesteuert hast, versuchte ich dich zu unterhalten, indem ich alles mögliche an Wissenswertem und weniger Wissenswertem über Geschichte und Kultur dieser Landschaft hervorkramte, die mir schon seit meiner Studienzeit und auch noch durch mehrere spätere Reisen vertraut ist. Heute frage ich mich allerdings, ob ich dir nicht schon kurz vor Klausen auf die Nerven gefallen bin mit meinen äußerst detaillierten Anmerkungen zur frühgeschichtlichen Besiedlung des Burg- und Klosterbergs von Sabiona, das später Säben genannt wurde. Schon damals fürchtete ich für einen Augenblick, ein gewisses Befremden zu erkennen in der Art, wie du die Brauen gehoben hast, als ich mich in Erläuterungen zur archäologischen Erschließung des zugehörigen, ziemlich umfangreichen Gräberfeldes verlor, dessen Bestattungen ohne Unterbrechung vom späten vierten Jahrhundert bis in die zweite Hälfte des siebten Jahrhunderts reichen und eben noch die ersten bajuwarischen Eindringlinge in das ursprünglich romanische Gebiet belegen. Du siehst, sobald ich dieses Thema berühre, reißt mich mein Interesse dahin, und ich verstricke mich schon wieder im Speziellen. Damals trug mich jedenfalls die Lust, mein Wissen vor dir ausbreiten zu können, über diese Untiefe hinweg und ließ mich nicht zögern, genaue Angaben über Grab- und Bestattungssitten sowie zu Trachtzubehör und Schmuck dieser Toten hinzuzufügen.

Vielleicht hast du dich auch nur amüsiert über diese ziemlich abwegige Form männlichen Balzverhaltens, die mich dazu trieb, mein akademisches Gefieder vor dir zu spreizen. Jedenfalls gelang es mir nicht, deine gute Laune zu beeinträchtigen, und du hast sogar an meinen Ausführungen ein gewisses Interesse gezeigt, indem du dich danach erkundigt hast, ob in diesen späten Gräbern bajuwarische Männer bei romanischen Frauen lägen. Dabei hast du deine rechte Hand vom Steuerrad zu einer beredten Geste gehoben und mir einen solch schrägen Seitenblick zugeworfen, daß ich mich allen Ernstes fragte, wie ich das verstehen soll. Deine mittelmeerische Gebärde legte mir die gewagtesten Interpretationen nahe.

Überdies konnte ich deine Frage nicht beantworten. Ich wußte nur von Einzelgräbern, deren Beigaben die Herkunft der Toten verrieten. Allerdings erschien es mir schwer vorstellbar, daß die neuen bajuwarischen Herren nicht den Reizen der dunkeläugigen Romaninnen erlegen sein sollten. Wer aber im Leben bei wem gelegen hatte, ließ sich genausowenig beantworten wie die Frage, ob dies mit Gewalt oder in Zärtlichkeit geschehen war oder ob beide einander fremd geblieben waren bis in den Tod.

Du hast mich verwirrt. Ich glaubte dich zu kennen als eine eher spröde, jedem Annäherungsversuch sich rasch entziehende Frau und fand dich nun auf eine erstaunliche Weise verändert. Auch deine zwar nicht aggressive, aber doch temperamentvolle Art zu fahren überraschte mich, deine schnellen Reaktionen auf die rasch wechselnden Situationen des lebhaften Straßenverkehrs wie auch deine zornigen Kommentare, wenn dir unversehens ein Wagen in die Quere kam. Ich gewann geradezu den Eindruck, daß zunehmend südlicheres Gebaren über dich kam, je weiter wir nach Süden fuhren. Du hattest es eilig, die bedrängenden Porphyrschluchten des Eisacktales hinter dich zu bringen, und schienst erst aufzuatmen, als die Landschaft vor uns sich weit öffnete zum Bozner Becken.

Sobald die Stadt hinter uns lag, drängte dich nichts mehr voran. »Wir fahren jetzt einen kleinen Umweg, weil ich Ihnen etwas zeigen will«, hast du gesagt und bist von der Hauptstraße abgebogen zu den Weindörfern des Überetsch. Auf einmal schienst du unendlich viel Zeit zu haben, bist mit deinem kleinen Auto gleichsam im Schlenderschritt zwischen Rebenhängen und Kastanienhainen dahingezuckelt und hast hie und da angehalten, um mir einen altersgrauen, erkerbewehrten Ansitz zu zeigen, doch wenn ich dich fragend anblickte, hast du immer wieder gesagt: »Das ist es noch nicht. Warten Sie nur, Sie werden schon sehen«, und mich auf diese Weise immer neugieriger gemacht.

Einmal hast du den Wagen in eine kleine Parknische gesteuert, die von Kastanienbäumen gesäumt war. Als ich dich fragte, was du hier willst, hast du gesagt: »Die ersten Maroni sind reif!« und auf die am Boden liegenden stachelbewehrten Kapseln gedeutet, von denen manche aufgeplatzt waren und die glänzendbraunen Früchte verstreut hatten.

Dann habe ich dir fasziniert zugeschaut, wie du die Eßkastanien mit einem kleinen Federmesser, das du offenbar für solche Zwecke in deiner Handtasche bei dir trägst, geschält, von den herben bräunlichen Häutchen befreit und die hellen Kerne roh wie sie waren mit kaum verhehlter Gier in den Mund gesteckt und zerkaut hast. Höflich wie du bist, hast du auch mir eine Kostprobe angeboten, aber du schienst erleichtert zu sein, als ich sagte, daß ich Kastanien in geröstetem Zustand vorzöge.

Noch nie hatte ich jemanden etwas so leidenschaflich und hemmungslos essen gesehen, und dieser Anblick erstaunte mich um so mehr, als ich dich bisher als eher zurückhaltenden und äußerst beherrschten Menschen kennengelernt hatte. »Schon als Kind hatte ich diese Leidenschaft für rohe Maroni«, hast du zwischendurch gesagt und dabei heftig auf den harten Kernen herumgekaut. Daran also hatte deine Schwester gedacht, als sie mir die Kastanie eingepackt hatte (hast du davon immer einen Vorrat zu Hause?). Als du keine reifen Kastanien mehr finden konntest, war ich versucht, dir die Gabe deiner Schwester anzubieten, aber dann fiel mir noch beizeiten ein, daß man im Märchen dies nur im äußersten Notfall tun darf, und ein solcher lag hier mit Sicherheit nicht vor. Du hattest noch immer den letzten Kern zwischen den Zähnen, als wir weiterfuhren.

Der See, der sich nach Kaltern links der Straße in einer weiten Bodenmulde ausbreitet, war offenbar auch nicht das, was du mir zeigen wolltest. Mir fiel bei diesem Anblick ein anderer See ein; eine Insel gab es hier allerdings nicht. Als durch das offene Wagenfenster ein fischiger Geruch hereinwehte, kam mir der Gedanke an Frösche, aber um diese mittägliche Stunde war nicht die Zeit, in der sie ihren quakenden Chor angestimmt hätten, und überdies wäre er wohl vom Fahrgeräusch des Wagens übertönt worden.

Wenig später tauchte vor uns der Kirchturm von Tramin auf. »Dort gibt's ein gutes Gasthaus«, hast du gesagt, aber auch das erwies sich noch nicht als der Grund dieses Umweges, obwohl das Mittagessen, das wir dort verspeisten, in der Tat vorzüglich war. Das Wesentliche hast du mir dann erst auf dem Verdauungsspaziergang präsentiert, den du nach dem Essen vorgeschlagen hast, steil hinauf zwischen Weingärten zu einer Kirche, deren Gebäude von dem massigen romanischen Turm beherrscht wird. Vom raschen Gehen hatte ich Sodbrennen, als wir oben ankamen, aber das vergaß ich schnell, sobald wir den Raum durch die südseitige Tür betreten hatten und ich sah, wie die Farben der Fresken, deren Bildergeschichten die Wände des gotischen Schiffs bis hinauf in die Zwickel der Rippengewölbe bedeckten, im Dämmerlicht aufleuchteten.

Ehe ich näher herantreten konnte, um Einzelheiten zu erkennen, hast du mich jedoch bei der Hand gepackt und hinübergezogen in das zweite, parallel verlaufende, jedoch ältere Schiff dieser Kirche, noch dunkler unter der drückenden Flachdecke, und du hast mich nicht eher freigegeben, bis wir vor den Malereien in der runden romanischen Apsis standen.

Da habe ich dann endlich gesehen, worauf du schon die ganze Zeit über ausgewesen bist: jene leidenschaftlich und verbissen gegeneinander kämpfenden Mischwesen, halb Mensch, halb Tier. Nichts von edler Einfalt und stiller Größe, sondern zornverzerrte, brüllende Fratzen, nackte menschliche Oberkörper, die aus tierischen Unterleibern herauswuchsen. Das war kein philosophierender Zentaur, der da nach rechts zu springen versuchte und doch nicht konnte, sondern ein wilder Kerl mit dem Leib eines bulligen Kampfhundes, der dem schlangenwürgenden Unhold daneben eines seiner muskulösen Vogelbeine auszureißen versuchte, während dieser ihn bei den wirren Haaren gepackt hielt und seinen Kopf herabriß; doch der Vogelbeinige gab damit zugleich einem fischschwänzigen Bogenschützen die Bahn frei, seinen Pfeil auf ihn selbst abzuschießen. Ein breiter Fries solcher Ungetüme tobte über die Mauer, weiter rechts eines, dessen bestialischer Kopf unmittelbar auf dem breit ausladenden geschwänzten Gesäß aufgewachsen war, ein hundsköpfiger Schlangenbändiger mit Entenfüßen und ein Wasserweib, das seine beiden Fischschwänze zu einer Geste der Verweigerung übereinandergeschlagen hatte und zwischen ihnen hindurchspähte.

Links und rechts der Apsis standen, in ihr Mauergeviert eingesperrt, zwei häßliche Atlanten, links ein bärtiger Mann und rechts eine unförmig fette Frau, die bösartig grinsend die Zähne zeigten. Beide schienen unter der Last der mit heiligen Bildern ausgemalten oberen Zone der Apsis fast zusammenzubrechen. Dieser unglaubliche Gegensatz zwischen den oben mit ruhigen Gebärden miteinander redenden Aposteln und den Mißgestalten einer höllischen Unterwelt, die auch zu beiden Seiten der Apostel lauerte, verschlug mir die Sprache, und je länger ich dort stand und auf diese Bilder starrte, desto näher kroch die Angst, diese Ungeheuer könnten unversehens von der Mauer herunterspringen und mich in ihren wüsten Reigen hineinzerren.

»Warum hast du mich hierher gebracht?« habe ich schließlich gefragt und erst danach gemerkt, daß ich unfähig war, angesichts dieser bedrohlichen Vision das höfliche *Sie* zu gebrauchen.

»Damit du das siehst«, hast du gesagt. Und nach einer Weile: »Sie erinnern mich an die entstellte Figur im Park. Auch das hier sind, wenn man einer bestimmten Deutung folgen will, Entstellungen antiker heidnischer Gottheiten, deren man sich zur Zeit der Romanik nur noch erinnerte als dämonisch-zwitterhafter Verkörperungen menschlicher Leidenschaften und Lüste. Über deren unbarmherziger Gewalt hebt sich das Himmlische ab als ein unzugänglicher Bereich oder auch als eine Bedrückung, die uns unter ihrem Anspruch fast zusammenbrechen läßt wie dieses entstellte Menschenpaar, das manche für die Ureltern der Menschheit halten, die hier mit eingeknickten Beinen auf der Erde stehen und die Last des Überirdischen kaum ertragen können. Könnte es nicht sein, daß dieser barbarische Zerschlager der Venus nur im Sinn hatte, die unerreichbar makellose Göttin seiner eigenen beschädigten Menschlichkeit ähnlicher zu machen?«

Dieser letzte Satz erstaunte mich, und als ich seiner Bedeutung nachsann, erkannte ich wieder einmal, wie wenig ich von dir wußte, wenig über deine Wünsche und nichts über deine Beschädigungen. »Komm«, sagte ich, »laß uns hinausgehen ins Freie« – du hast mich daraufhin angeschaut, als wolltest du mich fragen, wo das sei –, und als du dann draußen vor der Tür stehen geblieben bist, habe ich dich in die Arme genommen und dich daran erinnert, daß wir dort drinnen angefangen haben, du zu einander zu sagen. Das müsse jetzt besiegelt werden, was dann auch geschehen ist, wie du weißt.

Ich habe diese Szene überhaupt nur deshalb für dich aufgeschrieben, damit du erfährst, wie ich sie empfunden habe, und weil ich nicht wissen kann, was dabei für dich von solcher Wichtigkeit gewesen ist, daß du es dir gemerkt hast. Bei alledem ist ja immer das Problem, wie der andere einen solchen Vorgang erlebt und wahrnimmt, und deshalb neigt man allzu leicht dazu, die eigenen Empfindungen auch dem anderen unterzuschieben. Doch was weiß ich, wer du bist? Damals lag mir diese Frage allerdings sehr viel ferner als heute, wo ich sie mir wenigstens stelle.

Von Mezzolombardo aus hast du dann die Autobahn benutzt, um – wie du gesagt hast – rasch in die Gegend um Verona zu kommen, wo du dich erst würdest zurechtfinden müssen, um zu einem bestimmten Ziel zu gelangen. Das klang in meinen Ohren alles recht mehrdeutig und gab mir Anlaß zu gewagten Spekulationen. Schließlich hatte ich dich wider alles Erwarten eben noch in den Armen gehalten, und diese von mir noch kaum begriffene Erfahrung ließ mir, je länger ich darüber nachsann, deine überstürzte Abreise von der Tagung in völlig neuem Licht erscheinen, einem Licht, dessen scheinbare Helligkeit ich eifrig anfachte und dazu nutzte, meine eigene Person in deinem Verhalten zu spiegeln, und es schmeichelte mir, einen solchen Eindruck auf dich gemacht zu haben, daß du offenbar keinen anderen Weg hattest sehen können, als dich durch eine rasche und nun auch noch vergebliche Flucht zu retten.

Ich weiß nicht, ob du dir vorstellen kannst, wie intensiv ich mich in dem Netz derartiger Spekulationen zu verstricken bereit war, während wir an den fast kahl wirkenden Bergen des Trentino vorbei über die Autobahn fuhren. Ich fand die Landschaft hier eher schroff und abweisend mit ihren von niedrigem Gehölz wie mit Pelzwerk überzogenen, wenig gegliederten Felshängen rechts und links des Tales, die nach und nach an Höhe verloren, eine Zone der Bedrückung, die rasch überwunden werden mußte, bis die Etsch kurz vor Verona aus dem Gebirge heraustrat und in breiter Flut ins mehr oder minder flache, nur noch von vereinzelten Hügeln und Bodenwellen belebte Land hinausströmte.

Von der Abfahrt Verona aus hast du zu meiner Überraschung nicht die Richtung in die Stadt eingeschlagen (ich hatte mir schon einen Besuch im Hof des Hauses der Capuletti vorgestellt, wo ich den Romeo hätte spielen können!), sondern bist nach einem kurzen Blick auf die Straßenkarte in einen schmalen Fahrweg eingebogen, der sich zwischen Obstgärten und pergolaförmig gezogenen Weinreben dahinwand und gelegentlich durch Weiler mit flach gedeckten, teilweise baufälligen Bauernhäusern und dürftigen kleinen Barockkirchen führte, von denen der Putz bröckelte, ohne daß den Bauwerken dadurch ihre Würde genommen worden wäre.

Hie und da verzweigte sich unser Weg, und ich merkte, daß du dich stets nach Südwesten zu halten versuchtest, soweit dies die befahrbaren Wege zuließen. Schließlich hattest du dann wohl doch die Orientierung in diesem Netz von Feldwegen verloren und mußtest einen Bauern nach dem Weg fragen. Dein Italienisch klang so, als hättest du dich längere Zeit im Land aufgehalten, und deine Gestik unterschied sich kaum von jener des Befragten, der mit weit ausholenden Gebärden beschrieb, an welche Abzweigungen du dich halten solltest.

Dann ging es weiter über einen Karrenpfad, zwischen dessen Räderspuren Gras und Kräuter so hoch aufgeschossen waren, daß man sie am Wagenboden entlangstreifen hörte wie eine Bürste. Bitterer Geruch nach Beifuß und Wermut wehte durchs Fenster herein. Wir umrundeten auf diese Weise zur Hälfte einen sanft ansteigenden, flach kegelförmigen Hügel und stießen auf dessen Rückseite wieder auf eine Ansiedlung. Das verbeulte und abgeblätterte Ortsschild war kaum zu entziffern, aber dir schienen die lesbaren Reste zu genügen: »Wir sind gleich am Ziel.«

Vor dem Dorfgasthaus ließen wir den Wagen stehen und gingen an den letzten Häusern vorüber, am Fuß des Hügels entlang durch Rebgärten auf ein parkähnliches Gelände zu, das von einzelnen, hoch emporzüngelnden schmalen Zypressen überragt wurde. Du warst mir immer um ein paar Schritte voraus, als könntest du es kaum erwarten, endlich dort anzukommen, wohin du unterwegs warst. Schließlich bog unser Weg in eine Allee von überalterten Pappeln ein, deren hohle, zum Teil schon geborstene Stämme sich nur noch mühsam mit Hilfe einiger aus der zerfurchten Rinde emporstrebender belaubter Schößlinge am Leben erhielten, und zwischen den beiden Baumzeilen blickte uns die klassische Front einer Villa entgegen, deren ebenmäßig gegliederte Fassade mit dem säulengetragenen antikischen Giebelfeld die entwerfende Hand Palladios verriet.

Im Näherkommen wurden nach und nach die Beschädigungen dieses architektonischen Kleinods sichtbar, der rissige, stellenweise abgefallene Mauerbewurf, zerbrochene Fensterscheiben und aus den Öffnungen herausgeschlagene Rahmen. Offenbar hatte man in einem letzten Versuch, das Gebäude am Leben zu erhalten, vor Jahren im unteren Stockwerk eine Art Trattoria eingerichtet; schon wieder verblaßt und allmählich mit der verwitterten Fassade verschmelzend, waren neben der Eingangstür noch Reklameschilder für San Pellegrino und Campari zu erkennen. Aber all das konnte letztlich nicht die wunderbare Ausgewogenheit dieses Baus stören, die sich, als wir endlich davor standen, ganz unseren Augen enthüllte. Jedenfalls war das mein Eindruck, denn es gelang mir, jenseits aller Unvollkommenheiten und Beschädigungen die ursprünglich gedachte Form der Villa mir vor Augen zu stellen, also etwas zu sehen, das eigentlich gar nicht mehr da war.

Diese Vorstellung versuchte ich dir mit einigen recht unzulänglichen Worten mitzuteilen und schloß daran die Frage, wie es auf die früheren Bewohner gewirkt haben müsse, täglich dem Gesetz dieses Ebenmaßes unterworfen gewesen zu sein. »Was waren das für Menschen!«

Diesen Satz, eher als Ausruf gedacht oder allenfalls als rhetorische Frage, hast du sofort aufgegriffen und mit der Gegenfrage erwidert, ob ich das wirklich wissen wolle. Als ich nicht gleich antwortete, hast du gesagt: »Komm, ich will dir zeigen, was sich hinter dieser edlen Fassade verbirgt«, und bist mir voraus nach rechts an der Vorderfront der Villa und noch ein Stück weiter an der Umfassungsmauer des zugehörigen Parks entlanggegangen bis zu einer Stelle, wo diese auf einer Breite von etwa einem Meter eingestürzt oder auch durchbrochen worden war. Wir mußten über die in der Bresche übereinandergewürfelten Steinquader klettern und gerieten in ein verwildertes Grundstück mit meterhoch aufgeschossenen Disteln und Beifußstauden.

Ohne zu zögern, hast du versucht, in diese Wildnis einzudringen, deren Fangruten mit tausend Haken und Dornen an deinen Kleidern rissen, doch du schienst wie besessen, und deine Augen verrieten eine geradezu hemmungslose Gier nach dem Geheimnis dieses Gartens. Ich weiß heute noch nicht, was da über dich gekommen ist, jedenfalls hatte ich den Eindruck, daß du dich auf keine Weise würdest zurückhalten lassen. Da brach ich mir einen armstarken Ast aus dem überall ungeordnet wuchernden Buschwerk heraus und bahnte dir wie mit einer Machete einen Weg durch Brennesselwälder und Brombeerranken zur Rückfront der Villa.

Hier trafen wir auf die Reste einer um vier oder fünf Stufen erhöhten, mit Marmorplatten gepflasterten Terrasse, auf der das Grünzeug nur in den Ritzen des Bodenbelags wuchs und nicht so üppig ins Kraut schießen konnte. Von diesem etwas erhöhten Platz aus konnten wir wenigstens den vorderen Teil des ehemaligen Parks einigermaßen überblicken. Bei genauem Hinsehen ließen sich die einstigen, von Hecken gesäumten Wege erahnen wie ein Palimpsest unter dem wuchernden Leben des Wildwuchses; denn auf ihrem festgetretenen Kies war der Bewuchs spärlicher. Die Hecken jedoch waren längst zu fast baumhohem Gebüsch ausgewachsen.

Das alles wäre nicht weiter bemerkenswert erschienen, eben nur ein verwilderter Park. Das Besondere daran waren jedoch die Marmorfiguren, die überall zwischen dem ungebändigten Buschwerk und aus den dschungelartig verwachsenen Ranken von Brombeerstauden, Waldrebe und verwilderten Rosenbüschen ihre Glieder herausstreckten, dort ein zartgliedriger Frauenarm, dessen Finger spielerisch nach herabhängenden Geißblattblüten zu greifen schienen; an einer anderen Stelle drängte sich das zottige Haupt eines gewaltigen Stiers durch die dunkelgrünen Wolken von Buchsbaumbüschen. Mit jedem Blick entdeckte ich in dieser Wildnis noch mehr und häufig kaum deutbare Teile von Skulpturen, dort ein vielsprossiges Hirschgeweih, da den geifernd aufgerissenen Rachen einer Schlange oder den weitgespannten Flügel eines auffliegenden großen Vogels.

Auf meine Frage, ob du schon einmal hiergewesen seist, hast du den Kopf geschüttelt und gesagt, man habe dir nur von diesem Ort erzählt und du seist eigens hierher gefahren, um die Villa und vor allem den Garten endlich selbst zu sehen.

»Chaotisch«, sagte ich und meinte damit den jetzigen verwahrlosten Zustand, aber du hast mich sofort berichtigt.

»Natürlich«, hast du gesagt. »Ein Chaos. Aber das war es von Anfang an. Ein geplantes Chaos hinter der klassischen, wohlgeordneten Fassade Palladios. Ich will mich jetzt hineinbegeben. Kommst du mit, oder ist dir das zu beschwerlich?«

Diese Expedition erinnerte mich an einen Film über die

Entdeckung von Ruinenstädten der Maya im Dschungel von Ecuador, den ich einmal gesehen hatte. Wir mußten die Skulpturen oft erst aus dem Gewirr von belaubtem Geäst und rankenden Schlingpflanzen befreien, ehe erkennbar wurde, was sie darstellen sollten, und was sich auf solche Weise enthüllte, waren samt und sonders groteske Ausgeburten einer wildwuchernden Phantastik, teils als satirischer Kontrapunkt zu mythologischen Themen, teils auch in bloßer Willkür ohne jeden derartigen Bezug aus dem schneeigen Marmor herausgehauen wie jener abstruse Elefant, auf den wir zuerst stießen, dessen Rüssel in einem Schlangenkopf mit weit aufgerissenem, giftzahnbewertem Rachen endete. Erst als wir die Efeuranken vom Körper des unförmigen Tiers abgeschält hatten, wurde erkennbar, daß auf seinem Rücken eine nackte Frauenfigur ausgestreckt lag, auf die der Schlangenrüssel herabzustoßen drohte, während die Frau ihm mit dem Ausdruck von Lust, ja von Gier entgegenblickte.

Ehe du noch irgend etwas zu dieser sonderbaren Komposition äußern konntest, hatte ich schon eine rasche Erklärung bei der Hand, sprach von einem gräflichen Herrn dieses Hauses, der – sei es aufgrund seiner Machtfülle oder auch wegen seiner überdimensionalen Körpermaße – den Elefanten zu seinem Symboltier gewählt hatte und das frivole Spiel, das er mit Frauen zu treiben pflegte, auf solche Weise ganz offen und ohne jede Scham hatte von dem Künstler darstellen lassen. All das reimte ich mir hastig zusammen, wohl weniger, um den Sinn dieser Gruppe zu ergründen, als deshalb, um deine Reaktion auf meine Deutung beobachten zu können und die Widerspiegelungen meiner flink hervorgezauberten Gedanken auf deinem Gesicht zu genießen.

Ich weiß nicht, was du damals wirklich über meine Faseleien gedacht hast; ernsthaft in Erwägung zu ziehen waren sie gewiß nicht, aber du hast dieses Spiel aufgenommen und mich lachend gefragt, woher ich solche Details wisse oder ob ich gar selber auf eigene Erfahrungen zurückgreifen könne.

Inzwischen waren wir tiefer in das Dickicht eingedrungen und entdeckten dort weitere Monstrositäten, mit denen wir unseren Spaß trieben, etwa in einem zersprungenen Brunnenbecken jenes aus einem einzigen geschuppten Fischschwanz herauswachsende Paar, das auf solche Weise aneinandergefesselt und zugleich in einen heftigen Kampf verstrickt war. Beide bogen ihre Körper weit aus der gemeinsamen Wurzel zurück, um aus dem so gewonnenen Abstand ihre Waffen gegeneinander gebrauchen zu können; der mit zottigen Barteln behangene Wassermann hielt in der zurückgeschwungenen Faust einen Dreizack, mit dem er auf die nackte Brust seiner von ihm untrennbaren Gegnerin zielte, während diese ihm ein gebogenes Fischermesser unter der geöffneten Achsel in den Leib zu stoßen versuchte. Beide starrten einander in die Augen, und ihre haßverzerrten Gesichter ließen keinen Zweifel daran, daß dieser Kampf tödlich enden mußte, gleichviel, wer den anderen zuerst traf; denn sterben würden sie beide.

Aus den Abgründen meiner Verdrängung spürte ich kaltes Entsetzen aufsteigen angesichts dieser tödlichen Verwachsung, aber ich stieß es mit Gewalt zurück in seinen stummen Untergrund und kommentierte den Umstand, daß beide Figuren aus einem gemeinsamen und dem Anschein nach geschlechtslosen Unterleib emporsprossen, mit einer frivolen Bemerkung etwa des Sinnes, daß die Unfähigkeit zur Lust offenbar Haß erzeuge. Dein Lachen klang, wenn ich es heute mir in Erinnerung rufe, allzu forciert, aber das nahm ich damals wohl nicht wahr oder wollte es nicht wahrnehmen.

Von da an wurde ich dieses unterschwellige Gefühl einer Bedrohung nicht mehr los, obwohl wir beide uns den Anschein gaben, als sei es ein einziger Spaß, diese monströsen Plastiken von ihren Verhüllungen zu befreien und in ihrer brutalen Nacktheit zu betrachten, etwa jenen mit einem Zwölfendergeweih gehörnten Poeten, der aus einem aufgeschlagenen Buch rezitierend eine Frauengestalt anhimmelte, die seine Geste der Verehrung mit einem eitlen Lächeln beantwortete, das man auch lüstern hätte nennen können; denn dicht hinter ihr, fast mit ihr verschmolzen, stand ein breitmäuliger Unhold, von dessen froschigen Fingern sie sich betasten ließ.

Wir entdeckten Menschen, die in Schildkrötenpanzer eingeschlossen waren, unfähig, einander zu berühren. Eine Leda-Gruppe befreiten wir aus ihren pflanzlichen Verstrickungen, nur um danach ihre viel üblere erotische Verstrickung zu entdecken. Die Verwandlung des Göttervaters in einen Schwan war in dieser Version nur unvollständig gelungen: auf dem Vogelkörper mit den hochgewölbten Schwingen saß noch immer das bärtige Haupt des Zeus, und auch seine muskulösen Beine stemmte er mit eingekrallten Zehen zu seiten des gefächerten Vogelschwanzes in den Boden. Im übrigen war er jedoch schon so weit zum Vogel geworden, daß er sein Vorhaben offensichtlich nicht mehr ausführen konnte, auch wenn Leda durchaus bereit schien, ihn mit sehnsuchtsvoll ausgebreiteten Armen zu empfangen. Das verzerrte Gesicht des unfähigen Liebhabers drückte deutlich genug seine Verzweiflung aus – eine komische Situation, die uns aufs neue zum Lachen brachte, aber ich spürte auch, wie mir dieses Lachen auf den Lippen gefror, während ich mich abwandte und mich wieder ins Gebüsch schlug, um diesen Anblick loszuwerden.

Es begann schon dunkel zu werden, als ich unversehens

den Kopf der Löwin sah. Ihr Körper war eingesponnen in das Geflecht verwilderter Weinreben, an denen vereinzelt Trauben hingen, deren Beeren sich schon blau färbten. Während ich die belaubten Ranken von den Schultern der Löwin streifte, meinte ich, mit der Fläche meiner Hände wieder das kraftvolle Spiel der Muskeln unter dem kurzhaarigen Fell zu spüren, und mein Herzschlag stockte, als ich unter dem schönen Tier im ausgewachsenen, verfilzten Gras einen Mann liegen sah. Mag sein, daß meine Augen im schwindenden Licht getäuscht wurden, aber ich glaubte zu erkennen, daß dieser Mann mir glich wie ein Zwillingsbruder. Er lag ausgestreckt unter der Löwin, die über ihm stand und ihm in die Augen blickte, den Rachen halb geöffnet, und es war nicht zu entscheiden, ob sie ihm das Gesicht lecken oder die Kehle durchbeißen wollte. Selbst der Liegende schien dies nicht zu wissen, denn ich hätte nicht sagen können, ob aus seinen Zügen Furcht sprach oder Freude über die Nähe der Geliebten.

Eine Weile stand ich dort und blickte herab auf mein Ebenbild. Dann hörte ich Zweige knacken unter Tritten, die sich durch das Gebüsch näherten, und fühlte selbst, was dieser mir gleichende Mann zu fühlen schien: Furcht vor dem sich Nähernden und aufkeimende Freude. Gleich darauf warst du neben mir.

Ohne mich lange zu besinnen, habe ich dich dort umarmt mit einer Heftigkeit, die dich erschreckt haben muß. Für einen Augenblick wurdest du in meinen Armen starr wie ein Stück Holz. Doch dann hast du wohl gemerkt, daß ich bei dir Schutz vor meiner eigenen Angst suchte. Du weißt, wie wir uns geküßt haben, dort zwischen den Weinreben bei der Löwin und dem Mann, in dem ich mich selbst zu erkennen glaubte. Dieser Kuß war anders als jener oben bei der Kirche, der einer Form Genüge tun sollte, oder ehrlicher: den ich mir mit Hilfe dieses formellen Anlasses erschlichen habe; er war völlig anders, war das Zeichen einer Flucht in deine Arme vor den Ungeheuern und Schrecknissen dieses wuchernden Gartens, einer Flucht vor den Beängstigungen und deren Verdrängung durch die Lust, deine Lippen, deinen Körper zu fühlen.

Es war schon fast Nacht, als wir voneinander abließen. Überall hockten rings um uns im Dunkel schwarze Alpträume, die mit Schlingen und Dornen nach uns griffen, während wir uns einen Weg hinaus ins Freie zu bahnen versuchten. Schweigend gingen wir zurück zu dem Wirtshaus, vor dem du den Wagen hattest stehen lassen.

»Laß uns hierbleiben«, sagte ich mit wenig Hoffnung, als du schon die Wagentür aufgeschlossen hattest. Du hast mich einen Augenblick lang angeschaut und dann die Tür wieder zugeworfen. Was dann folgte, ist mir nur vage in Erinnerung, als hätte ich es in einer Art Trance erlebt: die verrauchte Wirtsstube, in der drei oder vier Männer saßen, aus kleinen Stutzgläsern Rotwein tranken und laut aufeinander einredeten, als müsse gleich ein gewaltsamer Streit ausbrechen; die in eine fleckige Kittelschürze gekleidete Wirtin, die mir einen spannenlangen Schlüssel gab und mit dem Kopf auf die Treppe zum Obergeschoß deutete; das Zimmer mit dem altväterischen Doppelbett und dem kitschigen Heiligenbild darüber, als müsse auch hier wieder die überirdische Welt zugegen sein. Ich weiß noch, daß ich ein trüb leuchtendes Lämpchen auf dem Nachttisch neben meinem Bett anknipste und das Deckenlicht löschte, als du plötzlich in sehr bestimmtem, geradezu hartem Ton gesagt hast: »Kein Licht, bitte!« Im Stockdunkel dann das Rascheln beim Abstreifen von Kleidungsstücken, das Seufzen der Federmatratze, das Eintauchen in deinen Duft und dann dieses unbeschreibbare Gefühl von meinem Körper an deinem Körper, das mich einhüllte wie ein jäh aufglühender Feuerball.

Sehr viel später in dieser Nacht lag ich wach und hörte dich neben mir ruhig atmen. Du warst dort eingeschlafen, wo ich anfangs gelegen hatte. Wenn ich meine Hand ausstreckte, konnte ich deinen Körper berühren und, wenn ich wollte, jenseits deines Körpers die Lampe auf dem Nachtkasten.

Warum ich dich sehen wollte, trotz deiner Bitte? Genau kann ich das auch heute noch nicht sagen. Vielleicht hatte ich Angst, daß es gar nicht du bist, die neben mir atmet, sondern irgendein Nachtmahr oder so ein Unwesen aus dem verwilderten Garten. Vielleicht verlangten meine Augen auch nur nach der gleichen Befriedigung wie meine anderen Sinne. Ich erinnere mich noch, daß ich dich um jeden Preis sehen zu müssen glaubte, wie hoch dieser Preis auch sein würde. So tastete ich schließlich nach dem Nachtkasten, fand den Knopf und drückte ihn.

Ich sagte ja schon, daß die Lampe nur ein schwaches Licht gab, aber für einen Augenblick sah ich dich völlig unbedeckt neben, ja im Hinüberbeugen fast unter mir liegen, und mein Herz bebte vor deiner Schönheit. Doch dann war dieser Augenblick schon vorüber. Du hast die Augen aufgeschlagen und mich angeblickt wie einen Fremden, der ungebeten in deinen Schlaf eingedrungen ist. Aber das waren schon nicht mehr deine Augen, sondern die schmalen Augen der Löwin, die ohne Hast vom Lager glitt, mit einem geschmeidigen Satz zur Tür sprang, diese mit einem Prankenhieb öffnete und dann im Dunkel verschwunden war.

Heute schreibe ich das ruhig aufs Papier. Damals jedoch war ich starr vor Entsetzen und keines vernünftigen Gedankens fähig, geschweige denn einer Bewegung, und mein Herz zitterte vor Angst, diese Löwin könne zurückkehren und mit bißbereitem Rachen über mir stehen.

So lag ich, bis draußen der Tag heraufdämmerte. Mit steigendem Licht erschien mir der Schrecken dieser Nacht immer unglaubhafter, doch du warst nicht mehr da, daran gab es keinen Zweifel, und wenn ich in dieser Nacht geglaubt haben sollte, meine Suchwanderung sei schon an ihr Ziel gelangt, so wußte ich jetzt, daß sie erst eigentlich anfing mit dieser fast schon klassischen Szene. Deine Kleider, deine Tasche lagen noch im Zimmer, und dein Duft stieg aus den Kissen und steigerte meinen Schmerz, daß du mich verlassen hattest.

Es ist merkwürdig mit Gerüchen: Sie stimulieren mein Erinnerungsvermögen auf eine unerhört präzise Weise und stellen mir sogar weit zurückliegende Erlebnisse aus meiner Kindheit vor Augen, etwa den Geschmack des Blattes von irgendeinem Gartenunkraut, das ich damals gekaut und seither nie mehr gekostet habe, und schon weiß ich wieder, wie es war, in diesem Garten zu sein; oder eine Muschel, die ich aus dem Regal nehme, trägt noch den Geruch des Meeres in sich, den ich nicht mehr gerochen habe, seit ich mit sieben Jahren zum letzten Mal über einen Strand gegangen bin, und sogleich spüre ich den feinen Sand zwischen den Zehen und sehe, wie die auslaufende Brandung über den Strand heranschwemmt. Ein Tropfen Arnikatinktur weckt in mir das Bild einer Bergwiese im Sommer, und so war es auch damals in diesem Zimmer, als dein Duft noch an mir und um mich war, völlig unmöglich, den Gedanken an dich zu verdrängen. Unsere Geruchsnerven treiben unerbittliche Spiele mit unseren Gehirnzellen.

So trieb es mich aus dem Haus, als das Tageslicht unbarmherzig die Armseligkeit des Zimmers enthüllte, in dem du nicht mehr warst. Der Wirtin, die wirren Haars in die Schankstube trat, als ich herunterkam, drückte ich einiges mehr als den geforderten Betrag in die Hand und floh vor ihrem spöttischen Grinsen ohne Frühstück aus dem nach abgestandenem Zigarettenrauch und verschüttetem Wein stinkenden Raum.

Dein Wagen stand noch vor der Tür, und so ging ich in der vagen Hoffnung, dich in welcher Gestalt auch immer vielleicht dort vorzufinden, noch einmal unseren Weg hinüber zur baufälligen und doch so schönen Villa, dieser harmonisch so ausgewogenen Palladio-Fassade vor den Ausgeburten einer verwilderten Phantasie, noch einmal stieg ich durch die Bresche in der Mauer und setzte mich dem Anblick der grotesken Figuren aus, und während ich in ihre starren Augen blickte und mich in ihre erstarrten Gesten des Entsetzens oder der Lust vertiefte, erschienen sie mir als Widerspiegelungen meiner eigenen Innenwelt, die ich vor mir selbst zu verbergen versucht hatte und die hier offen zutage lag, dem grellen Licht der Morgensonne ausgesetzt.

Wahrscheinlich sehe ich das erst heute so. Damals begannen mir solche Erkenntnisse allenfalls vage ins Bewußtsein zu steigen, und ich habe sie zusammen mit der allgemeinen Frustration dieses Morgens, an dem ich dich auch dort im Garten nicht mehr finden konnte und meine Verlassenheit in der Gesellschaft all der mich marmoräugig beobachtenden Figuren um so peinigender empfand, rasch durch eine ablenkende Beschäftigung zu verdrängen versucht. Dazu kam mir eine Entdeckung gerade recht, die ich erst an diesem Morgen machte: Die das Gebüsch überall durchschlingenden und stellenweise bis zu doppelter Mannshöhe emporgewucherten Brombeerranken hingen voller reifer dunkelvioletter Früchte, von denen ich mir alsbald Händevoll in den Mund zu stopfen begann. Als ich keine Beeren mehr erreichen konnte, fing ich an, mich in diesen Dschungel hineinzuarbeiten, ohne Rücksicht darauf, daß mir die nadelscharfen Stacheln über die bloßen Hände fetzten und durch die Kleidung hindurch die Haut an Brust und Schenkeln aufrissen. Blutend fraß ich mich hinein in das Dornengestrüpp, versuchte die dürren und deshalb um so schärfer kratzenden Ranken des Vorjahrs niederzutreten, um voranzukommen zu den Beeren, die ein Stück weiter voraus in Trauben zwischen den dunkelgrünen, stachelbewehrten Blättern winkten, trampelte mir eine Bresche in das Verhau, bis ich die fruchtenden Schößlinge zu mir herabbiegen und die Beeren mit den Lippen abstreifen konnte, daß mir der Saft übers Kinn rann.

Eine schier unersättliche Gier nach Süßem trieb mich voran, ließ mich durch das kratzende und stechende Geschlinge brechen und Beeren hinunterschlingen, und ich weiß nicht, wie lange ich das so weitergetrieben hätte, wenn ich nicht, von wütenden Wespen umschwirrt, unversehens auf einen Wiesenhang hinausgeraten wäre, der vor mir sanft abfiel bis zu einem weiten Wasserspiegel, der nicht fern vom Ufer im Morgennebel verschwamm.

Ich ging hinunter zum Ufer, tauchte meine zerkratzten Hände ins kühle Wasser und wusch den rotvioletten Saft von den Fingern. Dabei streifte ich mit dem Daumen über eine scharfe Kante und zog aus dem Sand eine Muschelschale ähnlich jener, die ich damals dem Fährmann zum Lohn gegeben hatte. Sie war ihr ähnlich, aber doch nicht identisch; denn als ich sie umdrehte, um die hell schimmernde Innenseite zu betrachten, fand ich den Perlmuttüberzug an einer Stelle zu einem wulstigen Knoten aufgeworfen, einer Fast-Perle, die im milchigen Morgenlicht glänzte.

Angesicht dieses Fundes fragte ich mich zum ersten Mal, wohin ich hier geraten sein mochte jenseits des stachligen Dickichts der Brombeerstauden, durch das ich mich gekämpft hatte wie Dornröschens Prinz. Unwillkürlich blickte ich am Ufer entlang, und da sah ich auch schon einen Landungssteg, an dem ein Ruderboot festgemacht war, und ein Stück darüber auf der Uferböschung eine Hütte, die mir allerdings anders auszusehen schien als ich jene in Erinnerung hatte, in der mein Fährmann wohnte. Dennoch war ich fast sicher, daß ich aus dem verwilderten Garten absonderlicher Lüste an das Gestade jenes Sees gelangt sein mußte, an dem ich unter die Frösche geraten war.

Diesmal wußte ich um den Wert der Muschelschale und wollte sie nicht wieder verlieren, und aus diesem Grund versuchte ich auf die Dienste eines Fährmannes zu verzichten und mir das Boot auszuleihen, ohne lange zu fragen. Während ich noch auf den See hinausblickte, begann sich der Nebel zu heben, stieg opalen schimmernd der Sonne entgegen und gab den Blick über die weite Wasserfläche frei, in deren Mitte, zunächst vage, doch gleich darauf scharf gezeichnet, die Insel mit dem Turm aus dem Dunst tauchte, wenn auch mit verändertem Umriß, als befände ich mich an einer anderen Uferstelle als damals.

Gedeckt von ein paar buschig ausgewachsenen Weiden schlich ich im flachen Wasser am Ufer entlang auf den Landungssteg zu, erreichte ihn mit ein paar Sprüngen über das letzte ungeschützte Stück des Strandes, machte das Boot los, schwang mich hinein und stieß es ab. Ich hatte eben erst die Ruder in die Dollen eingesetzt, als ich den Eigner des Bootes aus der Tür seines Hauses stürzen sah. Es war tatsächlich nicht derselbe Mann wie jener, der mich beim ersten Mal hinübergerudert hatte. Laut in der quakenden Sprache der Inselbewohner schimpfend rannte er hinunter zum Steg, aber bis er die Anlegestelle erreichte, hatte ich das Boot in Fahrt gebracht und war schon ein Dutzend Bootslängen vom Steg entfernt. So leicht gab sich dieser Mann jedoch nicht geschlagen. Mit einem weiten Satz hechtete er ins aufplatschende Wasser und schwamm mir mit kräftigen Stößen nach wie ein überdimensionaler Frosch.

Ich legte mich gewaltig in die Riemen, aber ich verlor das grimmig verzerrte Gesicht des Schwimmers im Kielwasser meines Bootes nicht aus den Augen, und als er sich beim Durchziehen der Arme hoch aus den strudelnden Fluten hob, sah ich, daß er quer zwischen den Zähnen ein langes Fischermesser hielt. Dieser Anblick verlieh mir die Kraft, noch ein paar Schläge zuzulegen, aber es gelang mir nicht, den Verfolger abzuschütteln; eher hatte ich den Eindruck, daß er langsam aber stetig näher kam. Das mochte auch daran liegen, daß ich kein sonderlich geübter Ruderer bin. Nach etwa einer halben Stunde harter Arbeit wurden mir die Riemen schwer wie Blei, wenn ich sie beim Vorbeugen aus dem Wasser hochdrücken wollte, und meine Handflächen brannten. Hie und da drehte ich den Kopf zur Fahrtrichtung, um zu sehen, wie weit ich noch zu rudern hatte.

Als ich das Boot schon bis auf die Höhe der Hafenmole gebracht hatte und zur Einfahrt einschwenkte, sah ich, als ich wieder zum Kielwasser blickte, wie die Hände des Schwimmers die Bordwand packten. Gleich darauf hatte er sich ins Boot geschwungen und setzte sich breitbeinig auf die Heckbank, das Messer offen mit der Spitze aggressiv auf mich gerichtet in der Rechten. Mit der Linken gab er mir Zeichen wie ein Lotse, der den Steuermann auf den richtigen Kurs einwinkt. Bei alledem hielt er seine runden Augen starr und unerbittlich auf mich gerichtet. Siehst du, schien er zu denken, mir entkommst du nicht. Aber er sprach kein Wort, solange ich das Boot ruderte.

Als es an die Holzbalken der Anlegestelle schrammte,

stand er auf und hatte sich schon hinauf auf die Kaimauer geschwungen, ehe ich die Ruder ins Boot legen konnte. Dort oben stand er dann breitbeinig mit seinem langen, scharf geschliffenen Messer in der Hand und sagte: »Du setzt keinen Fuß an Land, solange du nicht bezahlt hast.« Und als ich ihn nach seiner Forderung fragte, knurrte er: »Du weißt schon, was ich haben will.«

So mußte ich dann doch meine Muschel hergeben. Heute frage ich mich allerdings, ob ich das wirklich mußte. Sicher, ich hatte Angst vor dem langen blitzenden Messer dieses Burschen, aber meine Angst war es auch, die mich ihm in die Hand gab. Womöglich hätte er es gar nicht benützt, wenn ich mich nicht um ihn gekümmert hätte und meiner Wege gegangen wäre. Bei diesem Gelichter weiß man ja nie genau, ob sie Ernst machen oder einen nur auf die Probe stellen wollen. Aber zu einem solchen Risiko war ich nicht bereit.

Heute bin ich fast sicher, daß er mich auf die Probe stellen wollte; denn sobald ich klein beigegeben hatte, wurde er auf eine schmierige Art freundlich, steckte sein Messer weg und sagte, ich könne mich bis zum Abend im Dorf umschauen, dann würde man sich ja im Wirtsgarten wiedertreffen. Er sagte das auf eine so abschließende Weise, als habe er nicht den geringsten Zweifel, daß ich mich dort einfinden würde. Offenbar hielt er mich für unfähig, mich dem Zwang des großen abendlichen Gequakes widersetzen zu können, und die Art, wie er mir das zeigte, indem er sich ohne Gruß abwandte und die Treppe zum Dorf hinaufstieg, brachte mich so in Wut, daß ich im Augenblick beschloß, ihm das Gegenteil zu beweisen. »Täuschen Sie sich nicht!« rief ich ihm nach, aber er hielt das wohl für eine leere Drohung und drehte sich nicht einmal nach mir um.

Sobald er außer Sicht war, folgte ich ihm, hielt mich aber

nicht lange im Dorf auf, sondern suchte mir einen Weg, der aus den Häusern weiter hinauf zur Mitte der Insel führte. Über steinigen Trockenrasen mit duftenden Thymianpolstern stieg ich rasch weiter, und nachdem ich einen Streifen niedrigen Buschwaldes durchquert hatte, sah ich die Mauer wieder vor mir aufragen und dahinter den breiten Rundturm.

Am Fuß der Mauer setzte ich mich für eine Weile in die Sonne, lehnte mich an die warmen Bruchsteine, schaute hinaus auf den weiten See und überlegte, was nun weiter zu tun sei. Nach allem, was Rana gesagt hatte, als ich schon einmal diese Grenze erreicht hatte, war es offenbar nicht ungefährlich, diese Mauer ohne den Schutz eines Gegenstandes wie der Muschel zu übersteigen. Jetzt schien es mir allerdings fraglich, ob dieser Fröschin zu trauen war. Vielleicht hatte sie mit dieser Behauptung sonstwas für Absichten verfolgt, oder auch sie hatte mich auf ihre Weise auf die Probe stellen wollen. Jedenfalls, dachte ich, wurde es Zeit, daß ich meine Entschlüsse selbst traf und mich nicht immer nur danach richtete, was mir gesagt wurde. Sobald meine Überlegungen bis zu diesem Punkt gediehen waren, stand ich auf, legte meine Hände auf die Mauerkrone, zog mich hinauf und sprang auf der anderen Seite hinunter.

Ich war gesprungen, ohne erst zu schauen, wohin ich sprang, und daß es hier mehr als doppelt so tief hinunterging, wie ich auf der anderen Seite hinaufgestiegen war, merkte ich erst, als ich meinen Halt schon losgelassen hatte. Zum Glück war im Schatten der Mauer tiefgründiger, nicht von Steinen durchsetzter Boden, auf dem Gras und Kräuter dicht und kräftig gewachsen waren, sonst hätte ich mir womöglich die Beine gebrochen. Auch so noch landete ich mit einem ziemlich schmerzhaften Schlag auf allen vieren wie ein Kater und blieb erst einmal eine

Weile liegen, ehe ich mich aufrappelte. Als erstes begriff ich, daß ich den Rückweg nicht auf gleiche Weise würde antreten können; denn von dieser Seite aus war die Mauerkrone selbst im Sprung nicht zu erreichen.

Meine nächste Entdeckung erschreckte mich weitaus mehr: Der Turm, den ich, als ich mich noch jenseits der Mauer befunden hatte, ziemlich nahebei hatte aufragen sehen, war nun plötzlich weit entfernt und zu einer kubischen Warze auf dem an dieser Stelle zu einem sanften Hügel sich erhebenden Horizont geschrumpft, und bis dorthin dehnte sich ein welliges, savannenartiges Gebiet mit einzelnen Gruppen von locker beieinanderstehenden hohen Bäumen und Büschen. Die Mauer, deren Kreis ich, indem ich Rana nachlief, in relativ kurzer Zeit etwa zu einem Viertel umrundet hatte, begrenzte nach beiden Seiten in kaum wahrnehmbarer Biegung dieses Land, so weit das Auge reichte, und erlaubte keinen Blick in das Gebiet, aus dem ich gekommen war.

Ich weiß nicht, ob ich dir diese in der Sekunde des Herunterspringens stattgefundene Veränderung der Perspektive auf diese Landschaft begreiflich machen kann, soweit dergleichen Kunstgriffe menschlicher Wahrnehmung überhaupt zu begreifen sind. Diese augenblicklich eingetretene, unglaubliche Ausdehnung vollzog sich etwa in der Weise, wie ein scheinbar völlig nebensächliches, eng umgrenztes Ereignis, wenn man seine Wurzeln und möglichen Nachwirkungen bedenkt, unversehens in einem Akt plötzlichen Erkennens zu einer grunderschütternden Horizontverschiebung des gesamten Daseins führt. Es ist, als würde ein Vorhang weggerissen, dessen Muster man bisher für die Welt gehalten hat, und dahinter öffnet sich der Blick in eine nahezu grenzenlose Wirklichkeit. Da soll man sich nicht fürchten!

Lange stand ich an dieser Stelle am Fuß der Mauer,

starrte hinaus in diese leere Landschaft, über der hoch oben am Himmel ein paar Vögel kreisten, und fürchtete mich, unter den Blicken dieser Vögel aus dem Schatten der Mauer herauszutreten und schutzlos in diese Leere hinauszugehen; denn mir schien zunächst, daß ich außer den Vögeln das einzige Lebewesen in diesem fast endlos weiten und doch ummauerten Grasland sei.

Dann sah ich den Zentaur.

Inzwischen hätte mir ja bewußt sein müssen, daß ich wieder einmal dorthin geraten war, wo einem Dinge widerfahren, die man selbst nach intensivem Studium von Märchen und mythischen Texten nicht für möglich gehalten hat. Aber der Schock dieses Anblicks fuhr mir dennoch durch alle Glieder. Das Zwitterwesen, dem dort, wo auf dem Tierleib ein Kopf hätte sitzen müssen, ein menschlicher Oberkörper aus den Schultern wuchs, war in etwa dreihundert Meter Entfernung aus einer Baumgruppe herausgetreten und schaute zu mir herüber. Der Tiermensch hatte mich erspäht, daran gab es keinen Zweifel. Gleich darauf setzte er sich in Bewegung, rannte in gestrecktem Lauf auf mich zu und schwang in der Faust einen derben Prügel. Trotz dieser bedrohlichen Situation fiel mir auf, daß dieser Zentaur nicht nach Art der Pferde galoppierte; er kam eher wie eine übergroße Dogge herangejagt. Meine erste Reaktion drängte mich zur Flucht, doch ich erkannte schon im gleichen Augenblick, wie sinnlos es war, diesem Vierbeiner entfliehen zu wollen.

Ich lehnte mich mit den Schultern gegen die feste Mauer, als könne sie mir Schutz bieten, und dabei fiel mir ein, was dieses Froschmädchen von meinem Vorschlag gehalten hatte, ohne einen hilfreichen Gegenstand wie die Muschel auf diese Seite herüberzuklettern, auf der ich jetzt stand. Irgend etwas von der Art dieses halbmenschlichen Ungetüms war wohl zu erwarten gewesen; aber wie es durch das hohe, von Sonne und Trockenheit ausgebleichte Gras auf mich zugesprungen kam, bot es nun doch einen überaus erschreckenden, ja geradezu perversen Anblick. Du machst dir davon keine Vorstellung, wenn du dergleichen Fabelwesen bisher nur auf Abbildungen oder in Form antiker oder klassizistischer Plastiken betrachtet hast. Daß so etwas leibhaftig und lebendig oder gar angriffslustig dahergetrabt kommen könnte, hat man ja doch nicht für möglich gehalten.

Wir haben uns daran gewöhnt, solche mythischen Figuren als ausgedachte, also fiktionale Gebilde zu betrachten, die allenfalls eine gewisse symbolische oder auch nur metaphorische Bedeutung gewinnen können, wenn man heutzutage ihren Namen nennt. Allerdings nehme ich nicht an, daß dies immer so gewesen ist. Irgendwann muß es Leute gegeben haben, die mit diesen Namen die Vorstellung eines konkret existierenden Wesens verknüpften, das sie infolge unglücklicher oder auch glücklicher Umstände noch nicht zu Gesicht bekommen hatten. Vielleicht gab es sogar einige, die so etwas wirklich gesehen hatten, weil sie bereit waren, es zu sehen. Was wissen wir denn vom Bewußtseinszustand der Menschen jener Zeitalter, in denen solche Mythen entstanden und für wahr gehalten wurden?

Solche Gedanken mache ich mir allerdings erst heute. Damals war ich wohl selbst in eine solche archaische Ära geraten und blickte dem nur allzu lebendigen Fossil mythischer Epochen voller Furcht entgegen.

Unmittelbar vor mir zügelte dieser hündische Zentaur seinen Lauf und fragte mich ziemlich unfreundlich, was ich hier zu suchen hätte. Frag mich nicht, wieso ich ihn verstehen konnte; er sprach eine fremdartig klingende, bellende Sprache, aber ich verstand dennoch, was er sagte.

»Auch diesmal habe ich die Muschel hergeben müssen«,

sagte ich, als müsse dieses Zwittergeschöpf wissen, daß ich schon einmal hier gewesen war, wenn auch auf der anderen Seite der Mauer.

Er schnaubte verächtlich durch seine nüsternartig weiten Nasenlöcher. »Was soll ich mit einer Muschel? Das ist Weiberkram. Du kommst allein?« Als ich nickte, wurde sein Blick noch mißgünstiger. »Das ist schlecht«, sagte er. »Ich schmeiße dich zurück über die Mauer. Oder hast du was für mich?«

Woher sollte ich wissen, worauf er aus war? Schon während er herantrabte, war er mir bekannt vorgekommen, und jetzt fiel mir ein, daß ich ihn schon einmal gesehen hatte: aufgemalt auf der Chormauer in der Kirche oberhalb von Tramin. Versteh mich richtig: Er war nicht nur ein Wesen dieser Art, sondern unverkennbar derselbe hundebeinige Kerl mit dem groben, von Zorn und Leidenschaft verzerrten Gesicht unter dem wirren, buschigen Haar. Während ich ihn anstarrte, kramte ich verzweifelt in meinen Taschen und stieß dabei auf den Beutel mit den drei Dingen, den mir deine Schwester auf die Reise mitgegeben hatte.

»Wie wär's mit einem Apfel?« fragte ich.

»Was ist das für ein Ding?« Er hatte offenbar noch nie mit Obst zu tun gehabt.

Das machte mir Hoffnung. Ich klaubte den Apfel aus dem Beutel und hielt ihn dem Kerl unter die knollige Nase. Er schnappte ihn mit einem unvermutet raschen Zugriff, roch daran und fragte, was man damit mache.

»Essen«, sagte ich.

»Essen?« Er traute mir nicht über den Weg. Noch einmal schnüffelte er an der Frucht, dann hielt er sie mir hin und sagte: »Erst du!«

So wurde ich zum Vorkoster eines hundsbeinigen Zentauren. Sobald ich mein Stück gekaut und heruntergeschluckt hatte, griff er sich den angebissenen Apfel, schlug seine Zähne hinein und aß ihn auf mit Stumpf und Stiel. Er schien ihm zu schmecken. Als er damit fertig war, wischte er die Hände an seinen zottigen Hüften ab und sagte: »Du bist klug. Nun kann ich dich nicht mehr über die Mauer schmeißen.«

Auf meine Frage, was ihn daran hindere, antwortete er: »Wir haben miteinander gegessen«, und blickte mich dabei mißtrauisch an, als hätte ich ihm durch meine Frage verraten, daß es mit meiner Klugheit doch nicht so weit her sei. Ändern ließ der durch das gemeinsame Essen hergestellte Zustand sich wohl nicht mehr; denn mein neuer Freund zuckte mit den Schultern, sagte: »Komm, wir gehen zum Alten«, und lief dann brav neben mir durch das hohe Gras wie ein übergroßer, gut dressierter Hund.

So machten wir uns auf den Weg zum Alten, wer immer das sein mochte. Als ich unwillkürlich die Richtung auf den fernen Turm zu einschlug, schüttelte mein Begleiter mißbilligend den Kopf, als hätte ich etwas gänzlich Ungehöriges im Sinn. So ließen wir das Ziel meiner Sehnsucht (für die ich damals kaum einen vernünftigen Grund hätte nennen können) links liegen und gingen auf eine sehr viel näher gelegene Baumgruppe zu, zwischen deren Stämmen ich zunächst bräunlich verdorrtes Gestrüpp zu erkennen meinte, das sich im Näherkommen jedoch als die mit dürrem Gras und Reisig gedeckten Dächer einiger Hütten erwies, deren Baufälligkeit nicht zu übersehen war, als ich schließlich in den Schatten der Bäume trat. Die vielfach mit Grassoden und Geäst geflickten Dächer hätten einem kräftigen Platzregen kaum standgehalten, und die altersgrauen Stämme, aus denen die niedrigen Gebäude gefügt waren, zeigten grünes Moos in den Fugen und unter der stellenweise aufgesplitterten Oberfläche der Balken modrig verrottete Flecken.

Mein Begleiter führte mich zu einer dieser Blockhütten, deren Eingang flankiert wurde von zwei säulenartig aufgestellten Stämmen, über denen als Bekrönung der Tür ein dreieckiger Giebel aus verwitterten Brettern mit rostigen Nägeln an die Wand geschlagen war, als habe vor langer Zeit jemand den völlig mißglückten Versuch unternommen, dem Gebäude den Anschein des Tempelartigen zu verleihen.

Während wir auf diese Hütte zugingen, gewann ich den Eindruck, daß der Hundsfüßige seine bisher eher lässige Haltung zunehmend einbüßte und sich dem so kunstlos eingerahmten Portal nur ungern näherte, etwa mit dem Gebaren eines Jungen, der aus der Schule mit schlechten Zensuren nach Hause kommt und ein väterliches Donnerwetter fürchtet.

Dieses brach auch sogleich über ihn herein; denn die Tür wurde von innen aufgestoßen, und heraus trat eine mir nicht weniger bekannte Gestalt, nämlich der Vogelbeinige mit der spiraligen Mütze, den schon der mittelalterliche Kirchenmaler in Handgreiflichkeiten mit meinem Zentauren verwickelt hatte. Um seine Hüften sträubte sich rötliches Gefieder, in der Rechten schwang er eine leere Schlangenhaut wie eine Lederpeitsche und brüllte: »Wen bringst du da hergeschleppt, du hirnloser Halbhund? Der Blitz soll dich treffen! Ich will mit diesem Menschengelichter, das uns so hat verlottern lassen, nichts mehr zu schaffen haben! Warum hast du den Kerl nicht gleich über die Mauer geschmissen, zurück in seine sogenannte Realität?«

Der Hundsfüßige zog den struppigen Schädel ein und stotterte: »Ich – ich hab mit ihm gegessen.«

Da schlug ihm der Vogelbeinige die Schlangenhaut klatschend um die Ohren und schrie: »Du verfressene Mißgeburt! Da hast du uns was Schönes eingebrockt!«

Ich verstand von alledem überhaupt nichts, merkte nur, daß ich hier offenbar eine höchst unerwünschte Person war. Der Hundsfüßige hatte sich inzwischen aus der Reichweite des Alten begeben und hinter der Hütte in Sicherheit gebracht. Damit schien auch dessen Zorn verraucht zu sein, die rudimentären Vogelflügel an seinen Hüften glätteten sich, und er versuchte sich den Anschein einer gewissen, wenn auch schon recht verschlissenen Würde zu geben, als er sich mir zuwendete und mich musterte.

Damit ließ er mir Zeit genug, ihn genauer zu betrachten. Sein faltiges, von Leidenschaften zerrissenes Gesicht wirkte alterslos, zumal das Haar unter der eng anliegenden, in einer nach vorn spiralig eingedrehten Spitze endenden Kappe nicht zu sehen war. Oder hatte er diese aberwitzige Frisur aus seinem eigenen Haar mit Hilfe einer Art versteifender Pomade geformt? Das hab ich nie herausbekommen. Dieser Kopfschmuck erinnerte mich an die Volute vom Kapitell einer ionischen Säule. Sein nackter Oberkörper war muskulös, die herabhängende rechte Hand hielt noch immer die schlaffe Schlangenhaut, als sei sie mit ihr verwachsen. Von den Hüften an abwärts war sein Körper mit rötlichen Federn bedeckt bis zu der Stelle, wo seine Schenkel wie in falsch eingesetzten Knien nach hinten abknickten und in nackte Vogelbeine übergingen, die unten in krallenbewehrten Zehen endeten. Er sah aus, als sei der mittelalterliche Maler selbst hier bei ihm gewesen, um ihn zu konterfeien.

»Du hast also mit diesem Schwachkopf von Kynopoden gegessen«, sagte er nach einer Weile. »Was denn?«

»Einen Apfel«, sagte ich.

Diese Antwort schien ihn auf bessere Gedanken zu bringen. Seine Miene hellte sich auf. »Hast du noch einen?« fragte er und blickte mich erwartungsvoll an.

Als ich bedauernd den Kopf schüttelte, sagte er resignierend: »Ich hätte es wissen müssen. Immer schnappen sie unsereinem das Obst vor der Nase weg. Früher hatte meine Frau einen Garten, in dem goldene Äpfel an den Bäumen hingen. Aber es gab Diebe, die sie stahlen. Heute scheint mir, daß schon damals nicht mehr viel mit uns los war, obwohl es wenigstens so aussah, als hätten wir etwas zu sagen. Aber sie klauten uns die Äpfel.«

Während er sprach, fiel mir all das ein, was du mir zu den Zwitterwesen auf dem Wandfresko in der alten Kirche gesagt hattest, und wenn es mir damals schwergefallen war zu begreifen, wie sich das erhabene Bild des Göttervaters der alten Griechen zu diesem vogelbeinigen Monstrum gewandelt haben soll, so hatte ich jetzt die Bestätigung, daß es sich tatsächlich so verhielt. Hinter seiner Klagerede, die sich wohl nur vordergründig auf die Entbehrung vitaminreicher Kost bezog, spürte ich einen sehr viel tiefer, ja bis in mythische Urgründe zurückreichenden Verlust, der sich allein durch einen Apfel nicht würde beheben lassen. Er sagte auch gleich, daß ich ihn mit meinem Mitleid verschonen solle, und fragte, was ich hier überhaupt zu suchen hätte.

Was sollte ich darauf antworten? Dein Name hätte ihm kaum etwas gesagt. Also stotterte ich etwas über eine Löwin, die mir entlaufen sei.

Als er das hörte, schien sein Interesse an mir neu zu erwachen. »Eine Löwin?« wiederholte er fragend, als habe er mich nicht recht verstanden.

»Ja«, sagte ich, »eine Löwin, und geradewegs aus meinem Bett.«

»Aus deinem Bett?« Unversehens brach er in dröhnendes Gelächter aus und haute mir mit solcher Kraft auf die Schulter, daß mir jeder Zweifel an seiner Fähigkeit zum Blitzeschleudern schwand. »So einer bist du also!« rief er, nachdem er sich ausgelacht hatte. »Komm herein in die Stube! Das mußt du mir genauer erzählen.«

Als er mir dann gegenübersaß und seine finnigen Vogelbeine unter den wackeligen Holztisch gesteckt hatte, wirkte er nicht mehr so erschreckend abnorm, obgleich die schlappe Schlangenhaut noch immer an seinem Handgelenk schlenkerte, als er mir aus einem tönernen Krug blaßgelben Wein in das doppelhenklige Trinkgefäß goß, das er mir zuvor hingeschoben hatte. Er bediente dann auch sich selbst, hob seinen Becher und sagte: »Chaire!«

Um nicht ungebildet zu erscheinen, erwiderte ich seinen antikischen Zuruf, ehe mir der saure Wein die Kehle zusammenzog.

»Nektar und Ambrosia«, sagte der heruntergekommene Göttervater spöttisch und schob mir ein Stück dürres Fladenbrot über die schrundige Tischplatte. Dann lehnte er sich auf der Wandbank zurück und ließ sich in allen Einzelheiten erzählen, was mich auf diese überstürzte Reise getrieben hatte.

Eine seltsame Situation war das schon: Ich konnte beobachten, wie sich auf seinem Gesicht die Anteilnahme an den Wechselfällen meiner Geschichte mit dir widerspiegelte, zunächst im Lächeln des auf vielerlei Weise Erfahrenen, der amüsiert die Stolperschritte eines Ungeübten beobachtet, doch dann begann dieses Lächeln in seinen Mundwinkeln zu erstarren, als schwinde der Abstand zwischen ihm und dem von mir Erzählten in rasch zunehmendem Maße bis zu völliger Distanzlosigkeit, aufgefüllt von der Lebensgier, die ich mit meinen Worten sichtbar in ihm weckte.

Ich hoffe, du verzeihst mir die Offenheit, in der ich mich dem Vogelbeinigen mitteilte; sein fremdartiger Habitus hinderte mich damals, meine Erzählung als eine Indiskretion zu empfinden; er erschien mir vielmehr als eine Art außermenschlicher, vielleicht sogar – und das trotz seines offenkundigen Niedergangs – übermenschlicher Instanz, der ich mich ohne Rückhalt anvertrauen durfte.

Schließlich versuchte ich über den panischen Schrecken zu sprechen, der mich ergriffen und seither nicht mehr verlassen hatte, als sich die Löwin unter mir erhob, vom Lager sprang und die Schlafkammer verließ. Nachdem er meinen stockenden Bericht angehört hatte, schüttelte mein Gastgeber befremdet den Kopf. Da könne man doch sehen, sagte er, wie sich die Zeiten geändert hätten. Offenbar sei es dahin gekommen, daß Frauen sich verwandeln, um aus den Armen des Geliebten zu entfliehen. Damals, in seiner großen Zeit, habe er selbst sich verwandelt, um zu seiner Geliebten zu gelangen. »Du scheinst ja ein gebildeter Mensch zu sein, der diese alten Geschichten kennt«, setzte er halb fragend hinzu, und als ich nickte, fuhr er fort:

»Das Verhängnis begann damit, daß die Leute meine Unternehmungen von Anfang an mißdeuteten und ihren Sinn überhaupt nicht verstanden, weil Menschen alles und jedes immer nur nach ihrem eigenen Maß zu messen gewohnt sind. Wenn ich in Gestalt des Stiers die schöne Europa zu meiner Geliebten machte, der reizvollen Leda als Schwan beiwohnte oder als goldener Regen den Schoß Danaës befruchtete, um meiner Bedeutung als Erwecker des Lebens gerecht zu werden, wurde später behauptet, ich verwandle meine Gestalt einzig und allein aus Angst vor der Eifersucht meiner Gattin, und erzählte über uns Geschichten, die eher einer kleinbürgerlichen Ehekomödie entsprachen als dem mythischen Wandel von Göttern. Was seid ihr doch für ein ehrfurchtsloses Gesindel!«

Er blickte mißgelaunt in seinen Becher, trank einen Schluck und schüttelte sich die Säure im Magen zurecht, damit sie ihm nicht brennend wieder bis zum Schlund hochstieg. Dann schob er seinen schweren Oberkörper über die Tischplatte herüber und starrte mir mit seinen rotgeäderten Augen ins Gesicht. »Ihr seid allesamt so abgefeimt gescheit geworden!« sagte er böse. »Wollt alles ganz genau wissen und habt darüber die Fähigkeit zum Staunen verloren. Damals, in der ganz alten Zeit, als ihr eben erst gelernt hattet, mit Steinen zu werfen, und jeder Mensch täglich um sein Leben besorgt sein mußte, da hattet ihr noch Respekt vor mir, wenn ich mit Donnerkrachen meinen Blitz über eure Köpfe hinwegschleuderte und jedermann zitternd die Augen abwandte vor den lebendigen Flammen, die ich entzündete. So war es, bis dieser Frechling kam und mir mein Feuer stahl, um selbst sein Süppchen drauf zu kochen. Ich hab's ihm heimgezahlt, aber das half nichts mehr; denn was ihr einmal gestohlen habt, laßt ihr nicht mehr aus euren gierigen Händen. Und seither habt ihr nicht mehr aufgehört, mich lächerlich zu machen, habt mir eine widerwärtige Verwandtschaft an den Hals gehängt, der ihr jede Gemeinheit angedichtet habt, deren ihr selber fähig seid.«

So redete er sich in steigenden Zorn, und mir war zumute, als hätte ich all das, was diese ins Abseits verdrängte Götterfigur der Menschheit zum Vorwurf machte, selbst als Schuld auf mich geladen, und in mancher Beziehung mochte das sogar zutreffen, wenn ich meinen philologisch-kritischen Umgang mit mythischen Geschichten bedenke. Jedenfalls fühlte ich mich zur Verteidigung gedrängt und fragte ihn, was es einem Gott denn schon ausmachen könne, wenn unsereiner sich seine menschlichen Vorstellungen zu ihm entwerfe.

»Nenn mich nicht so!« sagte er fast erschrocken. »Ich bin nur ein Bild, das sich Menschen nach ihrem beschränkten Denkvermögen von dem gemacht haben, der zu groß ist, als daß sie ihn begreifen könnten. Vielleicht sollte ich ursprünglich so etwas darstellen wie einen Gott, aber jetzt bin ich nichts weiter als die Verzerrung einer mythischen Figur. Das ist ja das Elend, daß unsereiner abhängig ist von der Vorstellung, die ihr euch von uns macht. Nach all diesen erotischen Abenteuern, die eure Geschichtenerzähler mir angehängt haben, sah schließlich ein frommer Mönch in seinem Keuschheitseifer in mir einen solchen Ausbund von Geilheit, daß er mir auf dem Bild, das er von mir in ein Buch malte, diese verfluchte Schlange an die Hand hängte als Sinnbild der Schläue und Heimlichkeit, mit der ich mich seiner Meinung nach an irgendwelche Mädchen heranschleiche, um sie zu entjungfern. Meinen Adler, der sich einst von der Leber des Feuerdiebes Prometheus genährt hat, ließ er mir zwar noch als Erkennungszeichen, aber ich halte den stolzen Vogel auf diesem Bild am Halse gepackt wie eine Stopfgans, die ich eben nudeln will. So jedenfalls hängt mir mein Adler vor dem Bauch und hat seine Klauen auf meine Füße gestellt. Dieses Bildchen in der Enzyklopädie des Hrabanus Maurus war vom häufigen Umblättern wohl schon so abgerieben, daß es lange Zeit später ein anderer, der es zum Vorbild seiner Kirchenfresken wählte, nicht mehr klar erkennen konnte, und auf diese Weise bin ich zu meinen Vogelbeinen gekommen, die den Anschein erwecken, mir sei meine Verwandlung in einen Schwan nur zur Hälfte geglückt, eine Mißgestalt als Nachwirkung von Vorstellungen zu Vorstellungen, die mich der ursprünglichen Idee meines Wesens dermaßen entfremdet haben, daß ich hier in dieser Zwischenwelt abstruser Fabelwesen ein armseliges Dasein führen muß.«

Wie ich ihm dort gegenübersaß, seine Klage anhörte und seinen saueren Wein trank, kam unaufhaltsam eine bodenlose Traurigkeit über mich, und diese Traurigkeit stieg mir nicht auf aus der Säure des Weins in meinem Magen, sondern hatte ihre Wurzel in etwas ganz anderem, das als ein durch ungeheure Zeitraffung zusammengeballter Vorgang in mir aufstieg: Wie wir Menschen ursprünglich eine Vorstellung gehabt haben müssen von jener eigentlich unvorstellbaren Kraft, die diese Welt und das Leben in ihr in Bewegung gesetzt haben muß, und wie wir diese Vorstellung Stück für Stück nach unserem Bilde in unsere Niederungen herabgezerrt haben, all ihrer Würde entkleidet und nicht eher geruht haben, bis wir uns selbst erhaben fühlen konnten über die Mißgestalt, zu der wir sie zerredet und zerdacht haben, nur noch Spielmaterial für Kunsthistoriker und Philologen und dermaßen aus dem allgemeinen Bewußtsein geschwunden, daß solche mythischen Figuren nicht einmal mehr als Ideenträger für die Konsumwerbung taugen.

Das letzte muß ich wohl laut gesagt haben, und ich fügte noch hinzu: »Fast alle bis auf eine«, denn mir fiel die Figur ein, der ich am Beginn dieses Weges begegnet war.

»Ich weiß schon«, sagte mein trauriger Gesprächspartner. »Du meinst meine schaumgeborene Tochter, die bei euch auch heute noch jedermann – oder soll ich besser sagen: jeder Mann? – im Munde führt. Aber was er damit meint, setzt sie wohl eher zu einer Schutzherrin der Bordellmütter herab.«

»Da magst du recht haben«, sagte ich und dachte nicht nur an meinen Taxifahrer.

Ehe ich weitersprechen konnte, wischte mein Gastgeber mit der flachen Hand über die Tischplatte, als wolle er diesen ganzen Jammer beiseite fegen, und sagte, er sei wohl ein wenig vom Thema abgekommen; denn eigentlich sei doch die Rede von dieser Löwin gewesen, die mir entlaufen sei. Wenn ich die hier bei ihm suche, dann sei ich allerdings in die falsche Gegend geraten.

Da kam ich darauf zu sprechen, was Rana mir gesagt hatte (oder bist du das in der Gestalt Ranas gewesen?), ehe wir unter die Frösche gerieten. Diese Geschichte schien ihn endlich wieder aufzuheitern. »Unter die Frösche?« sagte er mit einem reichlich maliziösen Grinsen. »Da habt ihr ja schon allerhand hinter euch gebracht! Kann schon sein, daß deine Löwin über die Mauer gekommen ist, aber hier, wo wir abgebrauchten mythischen Figuren im Schatten ehemals heiliger, längst verwilderter Haine dahinvegetieren, wirst du sie nicht finden. Sie wird sich wohl jenseits des Flusses auf den Wiesen unterhalb des Turms herumtreiben. Kannst du schwimmen?«

Diese Frage schockierte mich. Wahrscheinlich hatte ich mir eine Suchwanderung bisher als eine Art Wanderung nach innen vorgestellt, bei der einem auf solche Weise Reisenden allenfalls seelische Strapazen abgefordert werden. Diese Löwinnenjagd, auf der ich mich befand, schien jedoch unversehens in den Bereich sportlicher Leistungen zu geraten. Ob ich einen Fluß durchschwimmen kann? Das würde vermutlich davon abhängen, wie breit er ist und wie reißend seine Strömung. Womöglich gab es heimtückische Wirbel, die einen unkundigen Schwimmer ohne Vorwarnung erfaßten und in die Tiefe saugten. Versucht hatte ich so etwas noch nie. Das sagte ich dem ehemaligen Göttervater, doch der meinte, auf solchen Wegen müsse man vieles zum ersten Mal machen.

»Die Strömung«, sagte er, »ist noch das wenigste, um das du dich sorgen mußt. Im Fluß haust ein jähzorniger Triton, der es nicht leiden kann, wenn man ihm ins Gehege kommt.«

»Kannst du ihm nicht befehlen, daß er mich hinüberbringen soll?« fragte ich.

»Dich hinüberbringen?« Der Vogelbeinige schüttelte entrüstet den Kopf, daß die spiralig eingedrehte Spitze seiner Mütze schlackerte. »Du kannst schon froh sein, wenn er dich nicht abschießt wie ein wehrloses Wasserhühnchen. Er kann recht gut mit Pfeil und Bogen umgehen. Und wenn du meinst, ich hätte ihm irgend etwas zu befehlen, dann irrst du dich ganz gewaltig. Hier herrscht ja nicht einmal mehr die Unordnung des Olymp, sondern die blanke Anarchie. Aber was sag ich dir das. Du solltest ja wissen, wieviel Macht über die Naturgewalten ihr mir noch zutraut.«

»Wie ist das mit dem hundsfüßigen Zentauren draußen?« fragte ich. »Der gehorcht dir doch?«

»Manchmal«, sagte er. »Und das ist ja nur ein Hund, der ein bißchen sprechen kann. Solange ich ihn füttere, bleibt er bei mir.«

Von da an war er nicht mehr zu bewegen, mir weitere Auskünfte zu geben, sondern fragte mich, ob ich ein paar Spielchen wüßte, mit denen er sich die Zeit vertreiben könne. Ich brachte ihm Knobeln bei, du weißt schon: Stein, Papier, Schere. Und dann schenkte ich ihm ein winziges Patience-Spiel, das ich in meiner Hosentasche fand, und legte mit ihm die Schikane zu zweit, bis er sie einigermaßen beherrschte. »Damit werde ich diesen verfressenen Halbhund, der mir mein letztes bißchen Zauberkunst noch ablauschen will, bis aufs Blut ärgern«, sagte er genüßlich. »Er hat gerade so viel Verstand, die Regeln zu lernen, aber die Feinheiten und Tricks begreift er nie.«

Nach alledem brachte ich ihn wenigstens noch dahin, daß er versprach, mir am nächsten Morgen zu zeigen, wo ich am ehesten die Chance haben würde, unbehelligt durch den Fluß zu schwimmen.

Als es dunkel wurde, kam der Hundsfüßige herein, ließ sich in einem Winkel nieder und bekam sein Futter, einen grauen Brei aus irgendwelchen grob geschroteten Körnern, Hafer, Buchweizen und eine Menge Unkrautsamen. Er schmeckte ziemlich bitter; das weiß ich, weil er ihn auch mir vorsetzte, und er selbst aß gleichfalls nichts Besseres. »Irgendwo in einer gottverlassenen Gegend gibt's noch ein paar Bauern, die etwas von ihrer mageren Ernte nachts als Opfergabe vor die Tür stellen«, sagte er.

Er verriet mir nicht, wie diese Grütze in seine Speisekammer gelangte, und ich versuchte mir vorzustellen, wie er nächtens von Tür zu Tür ging, um sie einzuheimsen. Aber dann bedachte ich, bei wem ich hier eingekehrt war, und erwog die eher paranormale Möglichkeit, daß alles, was man einem übernatürlichen Wesen – soweit er das überhaupt war – zum Opfer bringt, von selbst zum gewünschten Empfänger dieses Opfers gelangt, und zwar auf Wegen, die dem menschlichen Verstand nicht zugänglich sind. Jedenfalls habe ich nicht bemerkt, daß er nachts außer Haus gegangen wäre. Das wäre mir nicht entgangen, denn er hatte mir zum Schlafen die hölzerne Wandbank in seiner Stube angeboten, durch die er nach draußen hätte gehen müssen. Zum Zudecken gab er mir eine muffig riechende grobe Wolldecke.

Am nächsten Morgen machten wir uns auf den Weg zum Fluß. Der Vogelbeinige pfiff seinen hündischen Zentauren herbei, der in aller Frühe schon wieder seinen Wachtposten bezogen hatte. »Könnte sein, daß wir ihn brauchen«, sagte er, »obwohl er uns vermutlich nur in Schwierigkeiten bringen wird.«

Später, nachdem wir etwa zwei Stunden durch hüfthohes Gras und feuchte Auwälder gestapft waren, standen wir am Ufer des Flusses. Er war gar nicht so breit, wie ich befürchtet hatte, aber sein schwarzes Wasser rauschte schäumend daher, noch vorangetrieben von der Kraft des Gefälles von den Hängen des in blauer Ferne sich aufbauenden Gebirges. Über all dieser Weite der Landschaft hatte ich inzwischen völlig vergessen, daß ich am Tag zuvor auf einer eher kleinen Insel gelandet war. Aber der Turm, der sich jetzt ein Stück näher jenseits des Flusses deutlicher vor der Kulisse der Berge abhob, zog mich an mit magischer Gewalt, und ich hätte mich jetzt ohne Bedenken in die Strömung gestürzt, wenn der Vogelbeinige mich nicht zurückgehalten hätte. Er zog mich hinter ein Weidengebüsch und fragte, ob ich Lust hätte, mit einem Pfeil im Hals den Fluß hinab in den Hades zu treiben. Außerdem solle ich inzwischen Schuhe und Strümpfe ausziehen, um besser schwimmen zu können.

»Dem Triton entgeht nichts«, sagte er, »und deshalb werde ich ihn selbst auf uns aufmerksam machen, indem ich mit diesem beschränkten Hundling hier einen Streit anfange, während du dich hinter den Büschen versteckt hältst und auf einen günstigen Augenblick wartest.«

Als der Hundsfüßige das hörte, bekam er das Zittern und zischte heiser, er denke nicht daran, hier als Zielscheibe stehen zu bleiben, wenn der schießwütige Triton auftauche. Damit brachte er jedoch den Streit, den er vermeiden wollte, selbst in Gang; denn sein Herr – falls man den Vogelbeinigen überhaupt so nennen kann – packte ihn bei seinen Kraushaaren, riß ihn aus der Dekkung des Gebüschs ans freie Ufer und schrie, er wolle ihn lieber gleich festhalten, ehe er sich davonmachen könne.

In diesem Augenblick kündigte sich der Triton an mit einem schauerlich falsch klingenden Intervall (es war eine verminderte Quint, wie ich später durch Versuche auf dem Klavier festgestellt habe), geblasen auf einem Muschelhorn. Er blies, was das Zeug hielt, und rauschte, heftig mit seinem Fischschwanz schlagend, quer zur Strömung heran. Sobald er die miteinander raufenden Ganz- oder Halbgötter erblickte, ließ er das spiralig gedrehte, perlmuttern schimmernde Horn in die Wellen plumpsen, riß seinen Bogen vom Rücken und legte einen Pfeil auf die Sehne. Der hündische Zentaur bellte vor Angst und packte seinen Gegner bei einem seiner starken Vogelbeine, um ihn in die Deckung zu zerren, und dabei führten die beiden einen solchen Tanz auf, zwei Schritte voran, drei zurück, daß der Triton nicht recht zum Zielen kommen konnte.

Da sah ich meine Chance, ließ mich möglichst geräuschlos ins Wasser gleiten, tauchte erst einmal weg und trieb rasch mit der Strömung flußabwärts. Als ich zum ersten Mal an die Oberfläche kam und zurückblickte, sah ich, wie sich der Triton mit heftig schlagendem Schwanz hoch aus dem Wasser hob und seinen Pfeil abschoß, der über den noch immer gewaltsam niedergehaltenen Kopf des Zentauren hinweg dem Vogelbeinigen in die Schulter fuhr. Schon im nächsten Augenblick verdeckte das vorüberziehende Gebüsch die Szene, und ich selbst hatte alle Mühe, nicht ans gleiche Ufer zurückgespült zu werden.

Dieses Bild, das mir da entschwand – du wirst es bemerkt haben –, ist identisch mit einem Teil der Wandmalerei in der kleinen Kirche. Aber frag mich nicht, wie diese Übereinstimmung zustande kommt. Ich kann dir nicht sagen, wo ich zu diesem Zeitpunkt gewesen bin. Alles, was mir dort widerfuhr, erschien mir überaus wirklich – aber was war das für eine Wirklichkeit? Mußten sich dort solche Vorgänge abspielen, weil ein Kirchenmaler des dreizehnten Jahrhunderts sie so auf die Apsiswand gepinselt und damit festgelegt oder doch für möglich erachtet hatte? Manchmal vermute (oder hoffe?) ich, daß du eine Antwort auf solche Fragen weißt, weil ich drüben am anderen Ufer des Flusses dann die Löwin traf.

Das geschah allerdings erst später. Ich hatte zunächst Mühe genug, die sportliche Pflichtübung hinter mich zu bringen, und wurde dabei weit von der Stelle abgetrieben, an der ich gestartet war. Eine Zeitlang war ich versucht, mich der Strömung hinzugeben, mich treiben zu lassen, aber eine kaum zu begründende Angst, der Fluß könne irgendwo sein schwarzes Wasser über den äußersten Rand der Welt hinweg ins Bodenlose ausschütten, trieb mich dann doch dazu, weiter gegen die ziehende Strömung anzukämpfen, bis ich endlich wieder Boden unter den Füßen spürte, Kies zunächst und dann feinen Sand, der mir zwischen den Zehen hochquoll und über den ich durch flaches Wasser bis zum Ufer watete.

Sobald ich die niedrige, mit kurzem rauhem Gras bewachsene Böschung erklommen hatte, schaute ich aus nach dem Turm. Der lag nun wieder so fern, daß ich ihn zuerst gar nicht entdecken konnte, bis ich seinen dunklen Umriß wiederfand, der sich kaum vom schattenblauen Hintergrund der Berge abhob. Ehe ich mich in diese Richtung auf den Weg machte, hängte ich Kleider und Schuhe zum Trocknen in die Zweige einer Erle, setzte mich ins Gras und ließ mir die Sonne auf den Rücken scheinen.

Aber schien dort überhaupt eine Sonne? Während ich den vorletzten Satz eben noch schrieb, begann ich mich das zu fragen. Gut – ich war naß gewesen vom Untertauchen und Schwimmen im Fluß und hatte mich ausgezogen, um meine Sachen zu trocknen. Das alles sind konkrete Vorgänge, an die ich mich genau erinnere. Auch muß es warm gewesen sein, sonst hätte ich gefroren, und nach einiger Zeit waren sowohl meine Haut wie auch meine Kleider trocken gewesen. Ob aber bei alledem eine Sonne am Himmel stand, das weiß ich nicht mehr. Ich habe das vorhin vermutlich nur deshalb geschrieben, weil es unter solchen Umständen zu erwarten ist.

Ich werde meine Erinnerungen genauer überprüfen müssen, damit mir nichts in meinen Text gerät, das nach Lage der Dinge zwar zu erwarten gewesen wäre, aber in Wirklichkeit gar nicht vorhanden war, insoweit meine Erinnerungen überhaupt so etwas wie Wirklichkeit zu erfassen und aufzubewahren imstande sind. Denn auch die Landschaft, in der sich das alles abspielte, kommt mir jetzt, wenn ich's bedenke, merkwürdig flächenhaft vor, als hätte sie keinerlei Tiefenstruktur besessen. Wessen ich mich erinnere, ist eine steppenartige Ebene mit graugrünem hartem Gras bewachsen, die sich ausbreitet bis zu der gewellten, schattenblauen Silhouette am Horizont, die ich mir als Gebirge vorstelle, und davor, wenn auch im Blau der Ferne verschwimmend, dieser vage, etwas dunklere Umriß, den ich für den Turm hielt. Mein Interesse war zunächst nur auf diesen fernen Turm gerichtet.

Damit war mir die Richtung gewiesen, in die ich gehen mußte. Sobald meine Kleider einigermaßen trocken waren, zog ich mich an und begann auf das kaum erkennbare Ziel zuzugehen, schräg vom Flußlauf abweichend hinein in die graugrün flimmernde Ebene, über der ich mir keine Sonne vorstellen kann, die ein solch stumpfes, schattenloses Licht erzeugen könnte. Hie und da scheuchten meine Schritte ein Tier auf, raschelndes Gras, huschender Pelz zwischen steifen Halmen und dann wieder Stille. Das waren aber nur kleine Wesen, Spitzmäuse vielleicht oder Hamster; eine Löwin hätte sich in dem kaum kniehohen Bewuchs nicht verstecken können, und das war mir nicht unlieb. Auch wenn ich dieser Löwin nachspürte, bebte mir doch das Herz bei dem Gedanken, ihr allzu nahe zu kommen. Manchmal flog auch ein Schwarm kleiner brauner Vögel auf, schwirrte in niedrigem Flug dicht über die reifenden Rispen der Gräser voran und ließ sich wieder nieder.

Kann sein, daß in diesem jenseitigen Bereich auch mein Zeitempfinden gestört war oder daß die Zeit selbst anderen Gesetzen folgte; jedenfalls sagt mir meine Erinnerung, ich sei damals Stunden und Stunden auf den fernen Turm zugegangen, ehe dieser merkbar deutlicher aus dem verschwimmenden Hintergrund der Berge hervortrat. Lange Zeit schien sich überhaupt nichts zu ändern, doch irgendwann kam es mir so vor, als ob in dieser steppenartigen Landschaft immer häufiger kleine Tiere mir vor den Füßen davonwuselten, auch sah ich jetzt an vielen Stellen Vogelschwärme über das Gras streichen.

Das ging so eine Weile, bis sich auch die Beschaffenheit des Bodens zu ändern begann; das Gras schoß saftiggrün auf, und das Gelände neigte sich einer Senke zu, auf deren Grund eine schmale Wasserfläche blinkte. Der abfallende Wiesenhang war durch Buschwerk gegliedert, und einzelne Bäume boten sich dem Blick als Ruhepunkte an, so daß der Eindruck eines für ankommende Betrachter wie mich geplanten Parkgeländes entstand.

Ich wunderte mich zunächst, daß ich die relativ hoch aufragenden Bäume nicht schon früher im Näherkommen hatte sehen können, doch dann wurde mir klar, daß selbst ihre Wipfel in dieser Bodenmulde für einen Steppengänger unterhalb des Horizontes liegen mußten. Während ich noch diese unvermutet sich öffnende Landschaft betrachtete, wurde mir bewußt, daß mir dieser Anblick vertraut war, wohlbekannt auf eine Art jenes Déjà-vu-Gefühls, das keinerlei Zweifel zuläßt, obwohl zunächst nicht herauszubekommen ist, wann und wo man dergleichen schon einmal gesehen hat, bis einem aus der Erinnerung vergessene Traumbilder allmählich aufsteigen. So war es auch hier, und dann sah ich schon diesen Affen zwar gebückt und gelegentlich die Handrücken als Stütze benützend, aber doch mit fast menschlichem Gang aus einem Gebüsch oberhalb des schmalen Sees oder Kanals hervortreten und in lockerem Trab über die Wiese mir entgegenlaufen.

Es ärgerte mich, auf einen Affen zu treffen, wo ich doch hinter einer Löwin her war. Dieser Empfang erschien mir unwürdig, als wolle man mich in diesem offenbar nur von Tieren bewohnten Bereich nicht ernst nehmen oder meinen ernsthaften Absichten Spott entgegensetzen. Meine Vertrautheit mit indischen Märchen und Mythen hätte mich zwar instand setzen müssen, diesen Affen als durchaus würdigen Empfangschef zu akzeptieren, aber ich war doch wohl zu sehr in abendländischen Vorurteilen befangen, um mich über die Verachtung dieser Tiergattung hinwegzusetzen.

Jedenfalls wollte ich diesen Affen ignorieren und an ihm vorbeigehen, als sei er überhaupt nicht vorhanden. Diese Absicht erwies sich allerdings als undurchführbar. Er war gar nicht so klein, wie er zunächst den Anschein erweckt hatte, und dabei erstaunlich muskulös. Als er sich vor mir aufpflanzte, reichte er mir mit seiner faltigen Stirn immerhin bis zum Hals, und er forderte mich höflich, aber in sehr bestimmtem Ton auf, unverzüglich nachzuweisen, was mich berechtigte, dieses Gelände zu betreten.

Ich kam gar nicht erst auf den Gedanken, seine Berechtigung zu einem solchen Verlangen in Zweifel zu ziehen, und fragte ihn, was für eine Art von Nachweis er zu erhalten wünsche.

»Zum Beispiel eine Muschel«, sagte er trocken und nahm den ironischen Tonfall meiner Frage überhaupt nicht zur Kenntnis. »Womöglich eine, in der eine Perle wächst.« Er schien genau zu wissen, was für eine Muschel ich diesmal gefunden hatte.

Da stand ich nun schon wieder mit leeren Händen und hatte meine Chance offenbar aufs neue verspielt, weil dieser Affe von mir eine Art Eintrittskarte forderte. Es machte mich wütend, wie er mich jetzt, weil ich das Verlangte nicht vorweisen konnte, geradezu unverschämt anstarrte.

»Geh mir aus dem Weg!« sagte ich voll Zorn auf meinen eigenen Fehler und machte einen Schritt nach vorn in der Absicht, den Affen beiseite zu drängen. Ich hatte Widerstand erwartet und war überrascht, daß mich dieser läppische Kontrolleur ohne weiteres vorbeigehen ließ. Im nächsten Augenblick stieß er jedoch einen schrillen Pfiff aus, und damit verwandelte sich auf einen Schlag diese friedliche Idylle. Die Vögel, die in kleinen Schwärmen bisher meinen Weg begleitet hatten, flatterten auf dieses Signal hin überall im Wiesengelände gleichzeitig auf, daß die Luft brauste von ihren Flügelschlägen, und schossen aus allen Richtungen auf mich zu. Sekunden später war um mich eine wirbelnde Wolke von Gefieder, schrilles Geschrei gellte mir in den Ohren. Ich schlug die Arme vors Gesicht, um meine Augen zu schützen, denn schon spürte ich spitze Schnäbel auf mich einhacken, und auch am Boden um meine Füße wurde es lebendig, wuselndes, pelziges Kleingetier kroch mir in die Hosenröhren und biß mit scharfen Zähnen in meine Waden.

»Nein!« schrie ich. »Nein!«, und als das nichts half: »Laß mich mit dir reden, Affe!«

Da ließen all diese schwirrenden Vögel und die wuselnden Pelztierchen von mir ab und waren gleich wieder weit im Gelände verstreut, als hätte dieser heftige Angriff nie stattgefunden, und ich stand wieder Auge in Auge mit dem Affen, der aufmerksam oder auch erwartungsvoll zu mir aufblickte.

Man hätte seine Miene für freundlich, möglicherweise

auch für devot oder gar für töricht halten können, doch die Erfahrung, die ich eben gemacht hatte, ließ mich auf dem Grund seiner goldbraunen Augen etwas erkennen, für dessen Beschreibung ich nur schwer Worte finden kann; am ehesten ließ es sich als ein kaum wahrnehmbares Beben bezeichnen, so als stünde sein Augengrund unter einer kaum bezähmbaren Hochspannung oder als sei ich für diesen einen Augenblick imstande, die ungeheuer schnelle Vibration der Lichtwellen wahrzunehmen. Noch nie hatte ich einen derart beängstigenden Eindruck von Gefährlichkeit empfangen, die sich hinter der friedlichen Miene dieses Affen zu verbergen schien.

»Reden ist immer gut«, sagte er. »Vielleicht hast du mir doch etwas zu bieten? Ich bestehe nicht unbedingt auf einer Muschel, zumal es sein könnte, daß man dich hier erwartet.«

»Wer?« Ich kam nicht dazu, meine Frage nach der Löwin oder nach dir – was ja wohl dasselbe ist – auszusprechen; denn der Affe hob die Hand auf eine dermaßen bestimmte Weise, daß mir die Worte im Hals stecken blieben.

»Was bietest du?« fragte er.

An dem ist ein Händler verloren gegangen, dachte ich und fragte dagegen: »Wofür?«

»Erst einmal für dein Leben«, sagte er, und ich zweifelte keinen Augenblick daran, daß er es ernst meinte. Wahrscheinlich hat mir deine Schwester das Leben gerettet; denn es war das Säckchen mit ihren Gaben, das ich schließlich aus der Tasche zog. Ich öffnete es, nahm die Nuß heraus und bot sie dem Affen an.

»Eine Nuß!« sagte der und nahm sie mir mit spitzen Fingern aus der Hand. »Nicht schlecht! Für dein Leben mag das reichen.«

Er schob sich die Nuß zwischen seine kräftigen Zähne,

biß sie vorsichtig auf, daß sie in zwei Hälften auseinanderbrach, gab mir eine davon und löste aus seiner Hälfte den Kern. Als ich unschlüssig auf die halbe Nuß in meiner Hand blickte, schüttelte er mißbilligend den Kopf. »Worauf wartest du?« sagte er. »Iß! Du mußt mit mir essen, damit es gilt.«

Also aß ich den halben Kern, wenn auch nicht mit besonderem Appetit. Der Affe war zufrieden und fragte nun endlich, was ich eigentlich hier wolle, und als er hörte, daß ich nach einer mir entlaufenen Löwin suche, wiegte er bedenklich seinen Schädel und fragte mich, ob ich mir darüber im klaren sei, worauf ich mich da einließe. »Die Nuß«, meinte er, »wird dir bei ihr wenig nützen.«

Inzwischen fühlte ich mich wieder obenauf und verspürte keine Lust, mir aus dem Munde dieses Affen weiterhin gute Ratschläge anzuhören. »Jetzt kann ich wohl endlich weitergehen«, sagte ich und meinte das eher als Feststellung denn als Frage.

»Wohin du willst«, sagte der Affe und bleckte seine gelben Zähne zu einem unverschämten Grinsen, als wolle er sagen: weit wirst du nicht kommen. Aber ich wollte ihm schon zeigen, daß ich seines Wohlwollens nicht bedurfte, und stapfte wütend an ihm vorbei den Wiesenhang hinab auf das Wasser zu.

Heute frage ich mich, worauf ich eigentlich aus war, als ich mich dort wieder auf den Weg machte unter den uralten Augen des Affen, deren spöttischen Blick ich im Nacken spüren konnte, ohne mich umzuschauen, im fast sicheren Gefühl, einen entscheidenden Schritt in die falsche Richtung zu machen. Doch ich war unfähig, meine Einstellung zu ändern. Heute weiß ich, daß es zwar nicht die falsche Richtung war, in die ich lief, aber ich lief mit der falschen Einstellung.

Worauf war ich also aus? In dieser Löwin nach dir zu

suchen? Oder konnte ich nur den Gedanken nicht ertragen, daß du dich mir in Gestalt dieser Löwin entzogen hattest? Kam es mir nur darauf an, meinen Stolz wieder einzuholen, der sich mit dir davongemacht hatte? Ich konnte es kaum erwarten, mein eigenes Bild in deinen Augen zu spiegeln und zugleich in diesem Spiegel deine Anerkennung zu lesen, daß ich es geschafft hatte, dir auf den Fersen zu bleiben. Etwas von alledem trieb mich voran, als sei diese Wanderung ins Ungewisse nichts weiter als ein kindisches Versteckspielen. Warum habe ich mich damals nie gefragt, wer du eigentlich bist und was du von mir erwartest?

Nichts lag mir ferner als solche Fragen, während ich am Ufer des Gewässers entlangschlenderte, das den Grund des Wiesentales füllte. Auch hier schwirrten, wenn ich vorüberging, Schwärme von Vögeln aus dem Gebüsch auf, stiegen in die Höhe, wendeten, während ihr Gefieder hell aufglänzte, in einem weiten Kreis und fielen abseits meines Weges ein in das reifende Gras.

Weiter voraus sah ich dann, als mir eine Baumgruppe den Blick auf den entfernteren Verlauf des Ufers freigab, ein paar Kinder dicht am Rand des Gewässers stehen. Merkwürdigerweise erschreckte es mich, hier auf menschliche Wesen zu treffen, auch wenn es Kinder waren, oder vielleicht auch gerade deshalb. Vermutlich hatte ich mir vorgestellt, als einziger Mensch in eine Welt einzudringen, die nur von Tieren belebt wurde, eine Welt also, die ich mir ohne weiteres untertan machen konnte. Es mag aber auch sein, daß dieses Erschrecken aus meinem Unterbewußtsein aufstieg, wo jener schon wieder verdrängte Traum auf der Lauer lag, in dem ich der Löwin inmitten einer Schar von Kindern am Ufer eines Gewässers begegnet war. Und im Näherkommen sah ich auch schon zwischen den kleinen Gestalten goldenes Fell aufschimmern, und ehe dieses Erschrecken meinen Schritt lähmen konnte, öffnete sich der Kreis der Kinder, und die Löwin trat mir entgegen, stand in all ihrer wilden Schönheit frei auf der Wiese und blickte mich an.

Nun war ich also an dem Ziel, das ich mir gesetzt hatte, und merkte erst jetzt, daß ich bisher kaum eine Vorstellung davon gewonnen hatte, worauf ich mich da einließ. Hatte ich gehofft, die Löwin würde sich augenblicklich in deine Gestalt zurückverwandeln, sobald sie meiner ansichtig wurde? Ich weiß nicht, ob ich damals zumindest unterschwellig eine solche Hoffnung gehegt habe. Möglich wäre das schon; denn bei allem, was ich anfing, stand zunächst ich selbst im Mittelpunkt, und etwas anderes als mein eigenes Interesse nahm ich kaum wahr.

Wie dem auch sein mochte, die Löwin wandelte jedenfalls nicht ihre Gestalt, sondern blickte mir weiterhin auf eine Weise in die Augen, daß mir das Herz bebte. Erst als ich merkte, wie zutraulich die Kinder mit ihr umgingen, ihr einen Arm um den Nacken legten oder das Fell kraulten, faßte ich Mut und wagte mich näher heran.

Damals habe ich, gefesselt vom Anblick der Löwin, *meiner* Löwin, nicht weiter auf diese Kinder geachtet, aber heute versuche ich mich zu erinnern, was das für Kinder waren, die dort standen und mit diesem schönen und starken Tier spielten. Wenn ich mir ihr Bild vor Augen zu stellen versuche, entsteht in meiner Erinnerung nur ein verschwommener Eindruck. Nicht einmal ihre Anzahl kann ich genau angeben; etwa sechs oder sieben mögen es gewesen sein, um die neun Jahre alte Mädchen.

Sieben Mädchen? Während ich das niederschreibe, kommt mir der Gedanke an die Plejaden, jene Töchter der Plejone, die als Sterne in himmlische Gefilde versetzt wurden, um sie vor der Verfolgung des Jägers Orion zu retten, der ihnen dort in alle Ewigkeit auf den Fersen bleibt. Wohin hat mich damals meine Suchwanderung geführt?

Vergeblich versuche ich mir in Erinnerung zu rufen, wie sie gekleidet waren. Nackt sind sie keinesfalls gewesen, das weiß ich genau. Im übrigen blieb mir jedoch nur eine vage Vorstellung von völlig unauffälligen, weitgehend einheitlichen Gewändern unbestimmter Farbe. Diese Mädchen waren auf eine schwer beschreibbare Art anders als Kinder, wie ich sie kenne. Ihre Sprache klingt mir noch im Ohr wie fernes Vogelgezwitscher, hell und lieblich, aber gänzlich unverständlich. Ihre Bewegungen waren sanft und zärtlich. Sie beachteten mich kaum, als ich zwischen sie trat und wie im Traum meine Hand auf den Nacken der Löwin legte.

Da konnte ich es endlich wieder spüren, dieses Vibrieren der Kraft unter dem kurzhaarigen Fell, dieses erregende Gefühl, das mich zugleich ängstigte, obwohl die Löwin zutraulich ihren Kopf an meiner Hüfte rieb und der Blick ihrer für ein solches Tier merkwürdig dunklen Augen sanft über mein Gesicht glitt.

Da der Affe zu mir gesprochen hatte, war ich darauf gefaßt, daß auch der Löwin eine mir verständliche Sprache zu Gebote stand, doch das schien nicht der Fall zu sein. Während sie mich mit dem Kopf anstieß, gab sie zwar maunzende und schnurrende Laute von sich, wie dies auch zahme Katzen zu tun pflegen, und sie schien sogar zu erwarten, daß ich den Sinn solch kätzischer Ausdrucksweise verstehen könne. Doch das war nun wirklich zu viel verlangt von einem wenn auch philologisch gebildeten, aber mit dem Verhalten solcher Geschöpfe wenig vertrauten Akademiker. Eigentlich nur durch ihr Drängen und Stoßen und nicht durch ihre Lautäußerungen kam mir schließlich die Vermutung, daß sie mich in eine bestimmte Richtung dirigieren wolle. Als ich mich versuchsweise ihrem Willen fügte, zeigte sie sich sofort zufrieden und trottete an meiner Seite durch das kniehohe Gras. Offenbar sollte ich sie zu dem fernen Gebirge begleiten, das blauwolkig am Horizont lag, und als ich dort nach einer Wegmarke suchte, nach der ich mich richten konnte, merkte ich, daß wir genau auf den Turm zugingen.

Der Turm war offenkundig das Ziel unserer Wanderung, so wie er schon von Anfang an mein Ziel gewesen war. Dieses stundenlange Gehen über die nun wieder von rauhem Steppengras bewachsene Ebene bot wenig Abwechslung, zumal das grüne Tal mit seinen Büschen und Bäumen und dem Gewässer bald hinter uns außer Sicht versank. Der Weg durch die eintönige Landschaft, währenddessen die im fernen Dunst verschwimmende Bergkette anfangs kaum merkbar näherrückte, hätte mir langweilig erscheinen können, wenn ich nicht bei jedem Schritt die Spannung gespürt hätte zwischen mir und der Löwin. Geräuschlos auf ihren Pranken kam mir das schöne Wesen zuweilen so nahe, daß meine Hand sein warmes Fell streifte, und dann glitt es wieder, von den wogenden Halmen halb verdeckt, in einigem Abstand neben mir durch das hohe Gras. Die Löwin erschien mir so vertraut, als sei sie schon seit langem durch meine Träume getrabt, und zugleich blieb sie mir doch auf eine beängstigende Weise fremd.

Irgendwann begann es dunkel zu werden, doch das war eine andere Art von Dämmerung, als ich sie gewohnt war. Wenn tagsüber die Sonne am Himmel gestanden ist oder auch nur ihre Wanderung über den Wolken spürbar war und wenn sie dann später im Herabsinken allmählich die Kraft ihrer Strahlung einbüßt, bis sie als blutroter Ball im Dunst des Horizontes untertaucht, dann weiß ich, daß die Nacht kommt, eine in ihrer Ausdehnung absehbare Nacht, begrenzt durch den Lauf des Gestirns, das zu einem exakt bestimmbaren Zeitpunkt im Osten wieder auftauchen wird. Aber in dieser Welt ohne Sonne hatte der Einbruch der Dunkelheit etwas Endgültiges, Unabsehbares. Mit dem Schwinden des Lichts stieg meine Angst, daß es nie wieder zurückkehren könnte.

Auch die Löwin änderte ihr Verhalten. Sie blieb jetzt dicht an meiner Seite und drängte sich so fest an mich, daß ich in Gefahr geriet, die Richtung unseres Weges zu verlieren, zumal die ferne Bergkette schon mit dem dunkelnden Himmel verschmolzen war. Schließlich blieb ich stehen, weil mich das Gefühl überkam, bereits im Kreise zu gehen. Darauf schien die Löwin nur gewartet zu haben. In einem plötzlichen Ansturm stieß sie mir ihren Kopf mit solcher Kraft in die Kniekehlen, daß ich ins Gras stürzte, und dann war sie auch schon über mir, maunzend und schnurrend, doch das war bald kein sanftes Schnurren mehr, sondern ein grollend aus der Tiefe aufsteigendes kehliges Knurren, das mir durchaus bösartig in den Ohren klang.

Meine mühsam unterdrückte Angst begann in jäh aufsteigender Woge mein Hirn zu überschwemmen oder wie immer man eine solche Panik beschreiben soll, wenn die Gedanken wie aufgeregte Ameisen durcheinanderhasten und das Herz für eine erschreckend lange Pause aussetzt, um gleich darauf einen wilden Trommelwirbel im Käfig des Brustkastens zu schlagen.

Der Affe hatte mich davor gewarnt, daß die gemeinsam verspeiste Nuß nur für den Frieden zwischen ihm und mir Geltung haben könne. Was hatte ich jetzt dieser aggressiven Löwin noch zu bieten? Ich zog hastig den Beutel aus der Tasche und schüttelte die letzte Gabe deiner Schwester auf meine Hand, die Marone. Jetzt würde sich zeigen, ob sich die Löwin überhaupt noch ihrer früheren Existenz insoweit entsann, daß die Gier nach diesem süßen Kern sie genauso überkam wie dich damals unter den Kastanienbäumen. Wenn sie ganz und gar eine Löwin war, würde sie kaum Geschmack daran finden. So war es aber glücklicherweise nicht. Kaum hatte sie im schwindenden Licht erkannt, was ich in der Hand hielt, gebärdete sie sich wie toll und stieß ihre weiche Nase auf die braunglänzende Marone, als wolle sie mich auffordern, den kostbaren Kern endlich aus der spröden Schale zu befreien.

Inzwischen war mir der Ritus solcher gemeinsamen Mahlzeiten vertraut. Ich brach also die dünne Schale auf, holte den schon etwas eingetrockneten Kern heraus und teilte ihn in zwei gleich große Stücke. Eines davon hielt ich der Löwin hin, die es vorsichtig mit ihren Zähnen wie mit einer Pinzette von meinem Handteller aufnahm. Dabei blickte sie mich gewissermaßen auffordernd an, ob wohl auch ich meinen Teil an dieser Handlung richtig erfülle. Ich machte also Anstalten, mein Stück in den Mund zu schieben, doch da schoß mir der Gedanke ein, daß ich mich dadurch selbst des letzten Gegenstandes berauben würde, der mir in dieser fremdartigen, gefahrvollen Welt weiterhelfen könnte. Also tat ich nur so, als hätte ich etwas zwischen den Zähnen, auf dem ich kräftig herumkaute, während ich das Bröckchen Kastanie samt dem leeren Beutel wieder in die Tasche steckte.

Die Löwin ließ sich täuschen, streckte sich wohlig schnurrend an meiner Seite aus, und so schliefen wir im rauhen Steppengras unter dem nachtschwarzen, sternlosen Himmel ein.

Als ich aufwachte, war es noch immer stockfinster. Es herrschte ein solch absoluter Mangel an Licht, daß ich allen Ernstes die Möglichkeit in Erwägung zog, ich sei über Nacht mit Blindheit geschlagen worden. Bei dem Versuch, meine unmittelbare Umgebung zu ertasten, entdeckte ich, daß die Löwin nicht mehr neben mir lag. Nirgendwo, so weit meine Arme reichten, berührte ich einen warmen, lebenden Körper, nur rauhes, strähniges Gras, das dort, wo am Abend die Löwin gelegen war, niedergedrückt und ausgekühlt am Boden lag. Auch war weit und breit kein Geräusch zu hören außer dem leisen, auf- und abschwellenden Sirren, mit dem der Wind durch die Halme strich.

Alleingelassen und unfähig, meine Augen zu gebrauchen, geriet ich dermaßen in Panik, daß ich zu keiner Bewegung fähig war. Zeitweise ließ sich durch keinerlei Vernunftgründe die sich mir aufdrängende Vorstellung abweisen, ich läge auf einem schmalen Grat und könne bei der geringsten Bewegung in die Gefahr geraten, ins Bodenlose abzustürzen. Du machst dir keine Vorstellung, was einem die Phantasie in einer solchen Situation an Schrecknissen vorzuspielen vermag. Noch heute weiß ich nicht, ob ich nur Minuten, ob ich Stunden oder gar Tage so in dieser Finsternis gelegen habe – aber ich habe ja schon gesagt, daß dort unser Begriff von Zeit ohnehin keine Geltung hat.

Dann war auf eine merkwürdig abrupte Weise wieder Licht über dieser Steppe, so daß mit einem einzigen Lidschlag die Finsternis sich teilte in einen zwar noch dunklen, aber doch schon grau dämmernden Himmel und die schwarzfilzige Fläche des Graslandes. Mit der scharf gezogenen Grenze des Horizonts kehrte mir auch die Gewißheit zurück, auf festem, ebenem Boden zu liegen in einer Welt, in der es oben und unten gab. Ich setzte mich auf und genoß es, mit den Augen dieser Grenzlinie zu folgen und mich eingekreist zu fühlen als Mittelpunkt dieser Welt aus Gras und Himmel.

Durch dieses fahle, von keiner bestimmten Stelle des grauen Himmels ausgehende Zwielicht sah ich dann dich, als wärst du plötzlich an dieser Stelle, wo bisher nichts gewesen war, aus dem unbewegten Gras aufgetaucht, auf mich zukommen. Erst konnte ich es kaum glauben, daß ich dich so unvermutet und ohne weitere Bemühung zurückgewinnen sollte, und ich wagte meinen Augen nicht zu trauen, die sich nur allzu gern täuschen ließen. Aber je näher du kamst, desto deutlicher konnte ich dein Gesicht erkennen und verdrängte meine Zweifel, obgleich du auf eine Weise herausgeputzt warst, die mich überraschte. War es jedoch zu verwundern, daß du hier in diesem Bereich in eine Festrobe gekleidet warst, wie sie Prinzessinnen in Märchenfilmen zu tragen pflegen?

So angetan bist du schließlich vor mir gestanden und hast gesagt: »Steh auf aus diesem dürren Gras und komm mit mir!«

Das wollte ich nur zu gerne tun, aber vorher sagte ich dann doch noch: »Eigentlich sollte ich auf die Löwin warten, die mich alleingelassen hat. Oder gibt es die jetzt nicht mehr?«

Als ich das sagte, entdeckte ich einen eigensinnigen Zug um deinen Mund, den ich bisher noch nie an dir bemerkt hatte. Statt einer Antwort auf meine Frage hast du gesagt: »Laß die Löwin! Hast du noch nicht bemerkt, daß sie dir nur schöntut und dabei Böses im Sinn hat? Komm rasch, ehe sie zurückkehrt!«

Auf einen Wink von dir standen unversehens zwei prächtig aufgezäumte Pferde neben dir. Ich half dir in den höfischen Damensattel, schwang mich dann selbst auf mein nervös tänzelndes Roß, und fort ging's im vollen Galopp über die unter den Hufen unserer Pferde dahingleitende Steppe.

Die Lust, so unbeschwert zu reiten! Du warst mir immer um die Länge eines Pferdekopfes voraus, und ich versuchte, mein Roß neben dir zu halten. Von Zeit zu Zeit hast du dich lachend umgedreht, dein aufgelöstes Haar flatterte um dein Gesicht, und mir war inzwischen alles andere gleichgültig, wenn ich nur mit dir reiten konnte, auch wenn der Turm längst aus meinem Gesichtskreis verschwunden war. Aber was sollte mir jetzt noch dieser Turm?

Wir ritten auf das anfangs so fern erscheinende Gebirge zu, und es erstaunte mich schon kaum mehr, wie bald wir aus der grasigen Ebene in ein Tal gelangten, grüne Wiesen und bebaute Felder zwischen ansteigenden Hügelketten, die schon Ausläufer dieses Gebirges waren.

Du hast dein Pferd auf einen Karrenweg gelenkt, der auf ein Dorf zu führte, und über den Hütten dieses Dorfes thronte als Bekrönung eines Hügels das märchenhafteste Schloß, das mir je vor Augen gekommen ist. Ich hatte keine Zweifel, daß dies unser Ziel sein mußte, schon ehe du mit ausgestreckter Hand darauf gedeutet und mir lachend zugerufen hast, daß dies künftig unsere Wohnstatt sein werde.

Inzwischen war ich völlig eingesponnen in diese Geschichte, die meine Suchwanderung unversehens zu einem guten Ende zu führen schien. Das Dorf, durch das wir bald darauf ritten, nahm ich kaum wahr, so verzaubert war ich von deiner Gegenwart. Erst auf dem Weg, der den Schloßhügel hinaufführte, wurde ich durch das schrille Tschilpen eines Vogels aus meiner Traumverlorenheit herausgerissen. Wir ritten hier zwischen Weingärten bergauf, die wegen der reifenden Trauben mit feinen Netzen überspannt waren. Dicht neben dem Weg hatte sich einer dieser kleinen braunen Vögel, die mich früher auf Geheiß des Affen angegriffen hatten, in den Maschen eines dieser Netze verfangen. Er zappelte, schlug heftig mit den Flügeln und schrie, ja er schrie um Hilfe, wie mir schien. Da hielt ich mein Pferd an, beugte mich herunter und löste seine dünnen Krallen vorsichtig aus den verwirrten Fäden. Eine seiner streifig gemusterten Bauchfedern blieb mir dabei zwischen den Fingern.

»Das werde ich dir nicht vergessen«, sagte der Vogel mit seiner Zwitscherstimme, als er befreit auf meiner Hand saß. »Rufe mich, wenn du Hilfe brauchst. Du mußt nur diese Feder in die Luft blasen.«

Ich fragte mich, welchen Nutzen mir ein so winziger Vogel bringen sollte, doch wie er mich mit seinen schwarzen, stecknadelkopfgroßen Augen anschaute, kam es mir plötzlich so vor, daß er vielleicht doch allerhand zuwege bringen könnte.

»Ich werde mir's merken«, sagte ich.

Da tschilpte er noch einmal wie zur Bestätigung seines Angebots, flatterte auf und schoß dicht über das Netz hinweg davon.

Ich wunderte mich ein wenig, daß du von alledem offenbar nichts bemerkt hattest und weitergeritten warst. Dein Pferd hast du erst dann gezügelt und dich nach mir umgesehen, als der Vogel schon davongeflattert war.

»Willst du nicht mitkommen?« hast du mit einem fast schon vorwurfsvollen Unterton gefragt. Auf deiner Stirn zeichnete sich dabei eine kleine senkrechte Falte ab, die ich früher noch nie wahrgenommen hatte.

Ich beeilte mich, mein Pferd anzuspornen, und ritt an deiner Seite den Weg hinauf, bis wir durch das weit geöffnete Tor in den Schloßhof gelangten und dort von unseren Pferden stiegen. Ein Stallbursche stand schon bereit, um sie uns abzunehmen und zu versorgen.

Der Schloßhof kam mir merkwürdig leer vor. Außer ein paar Bediensteten, die ihrer Beschäftigung nachgingen, war niemand zu sehen. Du hast mich über eine Wendeltreppe in eine Art Kemenate geführt, also ein mit einem heizbaren Kamin versehenes Zimmer, das offenkundig dir allein als Wohnraum diente. Unter dem tief in die klafterdicke Mauer eingeschnittenen Fenster stand ein kleiner Schreibtisch mit einem zierlichen Hocker davor. Außerdem standen auf dem wollenen Teppich ein paar Lehnsessel und im Winkel an der Innenwand ein Himmelbett, dessen brokatene Vorhänge zugezogen waren.

»Lebst du hier allein mit den Dienstleuten?« habe ich dich gefragt. Es war mir schon entfallen, daß ich dich in einer anderen Welt kennengelernt hatte, obgleich mir bewußt war, daß wir miteinander auf vertrautem Fuß standen.

Du hast mir eine ausweichende Antwort gegeben und einen Schloßherrn erwähnt, der selten anzutreffen sei. »Du wirst mit der Zeit schon begreifen, wie sich unser Leben hier ordnen soll.«

Ordnen, hast du gesagt, und dieses Wort fand ich in einem solchen Zusammenhang merkwürdig. Doch als ich dich gefragt habe, wie das zu verstehen sei, erschien wieder diese steile Falte auf deiner Stirn. Es klang wie eine Zurechtweisung, als du gesagt hast, ich solle ein wenig Geduld haben. »Wenn es so weit gekommen ist, wirst du schon sehen, wie deine Stellung beschaffen sein wird. Komm jetzt! Wir wollen im Saal zu Mittag essen.«

Du hast mich über die Wendeltreppe hinuntergeführt ins Erdgeschoß. Als wir durch einen mit schachbrettartig angeordneten roten und weißen Fliesen belegten Flur gingen und dort einem Bediensteten begegneten, fiel mir auf, daß er dich kaum beachtete, geschweige denn grüßte, und mich streifte er im Vorübergehen mit einem abschätzigen Blick, als frage er sich, was ich hier zu suchen habe. Dabei fiel mir ein, daß auch der Stallbursche uns nicht gegrüßt und sich überhaupt so benommen hatte, als ginge es ihm nur darum, uns die Pferde abzunehmen und im Stall zu verwahren.

So fühlte ich mich schon auf unsicherem Boden, als wir den Speisesaal betraten, und dort besserte sich diese Empfindung keineswegs. Eng beieinander an der unteren Hälfte eines langen Tisches saßen hier ein paar etwas besser, aber doch nicht nach Art einer Schloßherrschaft gekleidete Frauen und Männer, die wohl einen gewissen Rang in der Verwaltung von Haus und Grundbesitz einnehmen mochten. Ich habe nie genau herausbekommen, was sie im einzelnen zu tun hatten. Nur eines war allen gemeinsam: Sie benahmen sich von Anfang an mir gegenüber dermaßen unfreundlich, als wollten sie mich am liebsten gleich vor die Tür setzen.

Du hast mich in einigem Abstand von diesen Leuten etwa in der Mitte der Längsseite des Tischs niedersitzen lassen und neben mir Platz genommen. Das obere Ende des Tisches, an dessen Schmalseite ein kunstreich geschnitzter, fast schon thronartiger Armsessel stand, blieb unbesetzt, obwohl dort die Tafel reich mit goldenen Tellern und Schalen gedeckt war, als müsse der Schloßherr jeden Augenblick eintreten.

Das Mädchen, das bei Tisch bediente, setzte die Suppenschüssel so hart vor mir auf den Tisch, daß der Inhalt überschwappte. Die übrige Tafelgesellschaft schaute dem grinsend und prustend vor unterdrücktem Gelächter zu. Du wurdest von dem Mädchen zwar nicht so grob behandelt, aber freundlich konnte man das nicht nennen, wie sie vom Tisch ging, ohne uns guten Appetit zu wünschen. Die Suppe war auch danach: klumpig und versalzen, und mehr gab's überdies nicht zu essen.

So waren wir die ersten, die vom Tisch aufstanden. Wie eine besonders peinliche Art von Spießrutenlaufen kam es mir vor, als wir an den übrigen Tischgenossen vorübergingen, die uns feixend oder auch mürrisch mit den Blikken folgten, bis ich die Tür hinter uns geschlossen hatte.

Ich hatte gehofft, daß du mich mitnimmst in dein Zimmer, aber darin hatte ich mich getäuscht. Schon in dem ebenerdigen Flur, an dessen Ende der Speisesaal lag, bist du vor einer recht unscheinbaren Tür stehengeblieben und hast gesagt, daß ich einstweilen hier schlafen solle. Deine Ausdrucksweise ließ zwar die Möglichkeit offen, daß sich eine solche Regelung ändern könne, aber im Hinblick auf die beträchtlichen Ausmaße deines verschlossenen Himmelbetts fand ich es doch enttäuschend, hier unten bleiben zu müssen.

Die Kammer, in die du mich geführt hast, bot einen ziemlich ernüchternden Anblick. Durch das schlitzförmige Fenster, das eher einer Schießscharte glich, fiel nur trübes Licht auf die nackten Bruchsteinmauern. An der rechten Wand stand ein allzu schmales Bett, das schon auf den ersten Blick so hart aussah, wie es sich dann erwies. Das war der einzige Einrichtungsgegenstand.

Während ich mich ziemlich bestürzt umblickte, hast du wohl endlich gemerkt, wie bedrückt ich mich fühlte in dieser Umgebung, hast mich beschwörend angeblickt und gesagt, ich solle mich eine Weile gedulden, bis sich eins zum anderen fügen könne, wobei mir rätselhaft blieb, welches eine und welches andere gemeint sein könne. Nach diesen Worten hast du mich mit überraschender Plötzlichkeit umarmt und geküßt und warst gleich darauf schon draußen vor der Tür, ehe ich dazu kam, das alles mit meinen eigenen Empfindungen in Einklang zu bringen.

Eine Zeitlang bin ich ratlos auf dem harten Bett gesessen und habe nachgedacht über diesen sonderbar unfreundlichen Empfang in dem von außen betrachtet so prächtig sich darbietenden Schloß. Als dann allmählich die Dämmerung hereinbrach, bin ich aufgestanden, um meine Kammer näher in Augenschein zu nehmen, ehe es dunkel wurde. Das einzige, was ich außer dem Bett vorfand, war ein schmiedeeiserner Kerzenhalter mit einer dicken Wachskerze darin und ein altertümliches Feuerzeug, das meine Geschicklichkeit auf eine harte Probe stellte, ehe es mir gelang, mit Stein, Stahl und Zunder eine Flamme auf dem Docht zustandezubringen.

Ich war sehr erleichtert, nun ein Licht zu haben in diesem mir völlig unvertrauten Gemäuer, und fühlte mich gleich besser, als die Kerze mit ruhiger Flamme brannte und ihren Schein auf die grob behauenen graubraunen Steinquader warf. Da bedachte ich mich nicht mehr lange und beschloß, mich nach Einbruch der Nacht in diesem weitläufigen Gebäude umzusehen, dessen Bewohner mich mit solch unverhohlener Feindseligkeit betrachteten.

Die Tür knarrte in ihren Angeln, als ich sie öffnete, und ich wartete eine Weile, ob sich draußen auf dem Flur jemand hören ließ. Aber alles blieb still. Da nahm ich meinen Kerzenleuchter und begann mit der Erkundung des Schlosses.

Zunächst schlich ich den Flur entlang, den ich schon kannte, bis zu der Stelle, an der die Wendeltreppe mündete, die ich mit dir herabgestiegen war. Hier knickte der Flur rechtwinklig nach links ab, und ich folgte ihm vorüber an vier oder fünf geschlossenen Türen bis zu einer Treppe, die hinab ins Kellergeschoß führte. In der Hoffnung, dort unten vielleicht eine Tür zu finden, durch die man notfalls das Gebäude unbeobachtet verlassen konnte, stieg ich hinab in die Tiefe, aus der es mir kühl entgegenwehte.

Die Treppe endete in einem niedrig eingewölbten Gang, in dem man eben noch aufrecht stehen konnte. Schon nach wenigen Schritten hörte ich ein leises Quieken und Maunzen, und dann sah ich ein Stück voraus im schwachen Schein meiner Kerze etwas hin- und herhuschen und rasch näherkommen, eine Katze offenbar, die mit etwas spielte, das mir unversehens vor die Füße flitzte und sich bei genauem Zusehen als eine noch nicht ernsthaft verletzte Maus erwies.

Nun weiß ich zwar, daß es der Natur von Katzen entspricht, auf solche Weise mit Mäusen umzugehen, und ein derartiges Verhalten ihnen deshalb nicht als Charakterschwäche angelastet werden darf. Dennoch mag ich solche Spielchen nicht leiden, zumal ich geneigt bin, mich auf die Seite der Mäuse als der schwächeren Partei zu schlagen. Wer je eine Maus mit ihrem samtenen Fell, den zitternden Schnurrbarthaaren und den unglaublich lebendig dreinblickenden schwarzen Perlaugen aus der Nähe angeschaut hat, wird diese Vorliebe überdies verstehen. Jedenfalls trat ich sogleich zwischen die Katze und ihr Spielzeug und versuchte, das Raubtier mit scharfen Zischlauten und heftigem Handgewedel zu verscheuchen, was dieses zunächst übel aufnahm und nun seinerseits eine blindwütige Attacke auf mich unternahm, die mir vier parallel verlaufende blutige Kratzer auf dem Handrücken eintrug. Da hielt ich der Katze die brennende Kerze in einem raschen Schwung, der diese beinahe auslöschte, so dicht vor die grün glimmenden Augen, daß sie entsetzt hochsprang und sich in die Finsternis des Gewölbes zurückzog.

Dann wendete ich mich der verfolgten Maus zu, die zitternd zu meinen Füßen hockte. Sie putzte sich die Schnurrbarthaare, schaute zu mir auf und sagte: »Das werde ich dir nicht vergessen, daß du mich aus den Fängen dieser Bestie gerettet hast.«

Sie wendete sich ihrer Schwanzspitze zu, die, offenbar von einem spielerischen Tatzenschlag der Katze getroffen, nur noch an einem Hautfetzen hing, biß diesen etwa kleinfingernagellangen Zipfel mit ihren scharfen Nagezähnen vollends ab und reichte ihn mir dar wie eine kostbare Dankesgabe.

»Heb dieses Ende meines auf so bedauerliche Weise verkürzten Schwanzes gut auf«, sagte sie. »Wenn du einmal in Not gerätst, brauchst du es nur auf den Boden zu werfen und nach mir zu rufen. Ich und meine Verwandten werden dich nicht im Stich lassen.«

Ich bedankte mich für das Geschenk, auch wenn ich mir nicht vorstellen konnte, was für eine Hilfe dieser Winzling mir leisten könne. Doch da ich nun einmal mit ihm ins Gespräch gekommen war, fragte ich ihn gleich nach einer Tür, durch die man ungesehen aus dem Haus gelangen könne.

»Mich wundert's nicht, daß es dir in diesem Schloß nicht gefällt«, sagte die Maus. »Du brauchst nur bis zum Ende dieses Gangs und dann noch zehn Menschenschritte in die Abzweigung nach links zu gehen, dann stehst du vor einer Tür.«

»Ist sie verschlossen?« fragte ich.

»Ja«, sagte die Maus. »Aber ich weiß, wo der Schlüssel liegt.«

»Und wo finde ich den?«

»Bist du aber ungeduldig«, sagte die Maus. »Der liegt in einer Spalte zwischen den Steinquadern über der Einfassung der Tür. Wenn du willst, kannst du ja gleich abhauen.«

»Das kann ich nicht«, sagte ich, »und will es jetzt auch gar nicht. Ich möchte nur sichergehen, daß ich jederzeit ins Freie kommen kann. Willst du mir die Tür zeigen?«

»Lieber nicht«, sagte die Maus. »In dieser Tür ist das Schlupfloch für die Katzen ausgesägt, und davon halte ich mich besser fern.«

Damit verabschiedete sich die Maus. Ich vergewisserte mich noch, daß es sich mit der Tür so verhielt, wie sie gesagt hatte. Der Schlüssel lag am angegebenen Platz, paßte auch und sperrte nahezu geräuschlos die Tür auf. Eine Zeitlang lauschte ich hinaus in die Nacht. Als ich von fernher ein paar Katzen keifen hörte, schloß ich die Tür wieder ab und machte mich auf den Rückweg.

Nachdem ich wieder hinauf ins Erdgeschoß gestiegen war, wandte ich mich nicht gleich meiner Kammer zu, sondern folgte dem Gang in entgegengesetzter Richtung und stellte dabei fest, daß er alle vier Flügel des quadratischen Bauwerks durchzog, bis er am anderen Ende wieder in den Speisesaal mündete. Auf halbem Weg hatte ich einen Brunnen bemerkt, der auf ähnliche Weise wie bei Kreuzgängen in Klöstern in eine Mauernische eingefügt war. Das Wasser sprang in dünnem Strahl aus dem Rachen eines bronzenen Löwenkopfes und fiel plätschernd in ein aus Sandstein gehauenes, muschelförmiges Becken. Auf dem Rückweg wusch ich mir dort die Hände und kühlte die brennenden Kratzer, die mir die Katze beigebracht hatte. Dann ging ich zurück in meine Kammer, löschte das Licht und legte mich auf mein Bett.

Von Schlafen war zunächst keine Rede. Die zwiespältigen Eindrücke dieses Tages beschäftigten meine Gedanken, vor allem anderen konnte ich mir nicht erklären, was dich in diesem mir immer unheimlicher vorkommenden Schloß festhielt, in dem man nicht nur mir, sondern auch dir wenig Achtung entgegenbrachte. Was war mit meiner Löwin geschehen? Du hattest auf eine Weise von ihr gesprochen, als hättest du überhaupt nichts mit ihr zu tun, und sogar behauptet, daß sie Schlimmes mit mir im Sinn habe. All das verwirrte mich, weckte aber auch meine Neugier und erhöhte mein Interesse an den Vorgängen in diesem seltsamen Schloß. Ohne Zweifel warst du daran interessiert, daß ich hierblieb, und dieser Gedanke beruhigte mein Gemüt so weit, daß ich schließlich einschlief.

Sobald ich dich am nächsten Morgen im Flur vor meiner Kammer traf, fragte ich dich, warum du mich in dieses abweisende Gemäuer gelockt hättest, wenn ich weiterhin allein in dieser kalten und öden Kammer schlafen müsse.

Du hast mich eine Zeitlang schweigend angeschaut, und dabei beobachtete ich wieder diesen eigensinnigen Zug um deinen Mund.

»Hast du noch nicht bemerkt, wie dringend ich dich brauche in diesem schrecklichen Schloß?« hast du schließlich gesagt. »Wie soll ich es denn sonst aushalten bei all diesem widerwärtigen Gesinde, das mich nur gezwungenermaßen bedient und mich verspottet, sobald ich ihm den Rücken kehre?«

»Dann laß uns zusammen fliehen!« habe ich daraufhin gesagt. »Ich weiß einen Weg, auf dem man ungesehen aus dem Schloß kommt.«

Doch du hast daraufhin den Kopf geschüttelt, und deine Lippen waren von einem mir bislang unbemerkt gebliebenen Zug der Unbedingtheit bestimmt, als du gesagt hast: »Flucht ist keine Lösung für mein Problem. Ich muß hierbleiben und auf den Schloßherrn warten. Das ist meine Bestimmung.«

Ich wollte das nicht begreifen. Was ging mich dieser Schloßherr an? Beim Morgenmahl und vor allem danach, als ich mit dir durch die noch vom Nebel verhangenen Wiesen oberhalb des Dorfes ritt, vorüber an einer durch Blitzschlag versehrten Eiche, die ihre geborstenen Äste gen Himmel reckte, versuchte ich dich umzustimmen. »Wir brauchen unseren Pferden nur die Sporen in die Weichen zu drücken und diesen Spuk hinter uns zu lassen«, habe ich gesagt, aber du hast dich verhalten, als wärst du mit einer unsichtbaren Kette an dieses vermaledeite Schloß gefesselt. Je dringlicher ich dich zu überreden versuchte, desto nachdrücklicher hast du verlangt, daß wir umkehren, und schließlich hast du dein Pferd herumgerissen und bist über die mit den winzigen weißen Sternen von Gänseblümchen übersäte Wiese mir voraus zurück zum Schloß galoppiert. Als wir im Hof abstiegen, grinste mich der Stallbursche an, als wüßte er um meine vergeblichen Versuche, dich zur Flucht zu verleiten.

Den ganzen Tag lang habe ich dir weiter zugesetzt und am Ende damit gedroht, dich zu verlassen, wenn du mich nicht bei dir in deinem breiten Himmelbett schlafen läßt. Obwohl ich bemerkt habe, daß du befürchtet hast, das Gesinde könnte uns nachspionieren, hast du in deiner offenkundigen Verzweiflung endlich nachgegeben und gesagt, ich solle aber erst in der Nacht in dein Zimmer kommen, wenn sich niemand mehr in den Gängen und Fluren aufhält und alles schläft. Auch solle ich mich um des Himmels willen ganz leise verhalten.

An diesem Abend habe ich die Tür zu meiner Kammer einen Spalt offengelassen, um nach draußen lauschen zu können, während ich auf meinem harten Bett lag und über deine mir unverständliche Bindung an den abwesenden Schloßherrn nachgrübelte. Meine Kenntnisse von Märchen brachten mich auf die Idee, daß er gar nicht wie ein Mensch aussehen könnte, sondern ein Untier sei, das dich unter seine Gewalt gezwungen habe. Den naheliegenden Gedanken, es könne deine Absicht sein, dieses Untier zu erlösen, drängte ich allerdings beiseite und baute mir lieber einen widerwärtigen Gegner auf, den zu bekämpfen mein gutes Recht sei, um dich von dieser zwanghaften Bindung zu befreien.

Schließlich war es draußen still. Ich wartete noch eine Weile, zündete dann meine Kerze an und schlich den Flur entlang und über die Wendeltreppe hinauf zu deinem Zimmer.

»Schön, daß du ein Licht mitbringst«, hast du gesagt.

»Ich fürchte mich jede Nacht, wenn ich hier im Dunkel wachliege und dieses Haus so stumm bleibt, als gäbe es außer mir keinen lebendigen Menschen.«

Die Vorhänge an dem Himmelbett waren zurückgezogen, und du hast in den Kissen gelegen. Ich wunderte mich, als du gesagt hast, ich solle den Leuchter auf den kleinen Tisch neben dem Bett stellen und brennen lassen; denn ich dachte an die Nacht, in der ich gegen deine Bitte Licht gemacht und dich auf so erschreckende Weise dadurch verjagt hatte.

Du hast mich angeschaut, während ich mich auszog und zu dir legte, und ich sah in deinen Augen, daß du Angst hattest. Du hast mich umarmt und dich mit solcher Heftigkeit an mich geklammert wie eine Verzweifelte, und während ich dich liebkoste, erschien mir dein Gesicht mit steigender Erregung immer fremder. Ich spürte, wie dein Körper sich an meinen drängte, und beobachtete zugleich mit zunehmendem Entsetzen, wie dein mir so vertrautes Gesicht auseinanderfloß und sich neu ordnete zu einem Gesicht, von dem ich nichts kannte außer den wenigen Zügen, die mir zum ersten Mal aufgefallen waren, seit ich dir hier beim Schloß begegnet war. Ich starrte in dein vom Schein der flackernden Kerze beleuchtetes Gesicht dicht vor meinen Augen und begriff plötzlich, daß ich bei einer Frau lag, die mir völlig fremd war. Schon die ganze Zeit über seit diesem unvermuteten Auftauchen wie aus dem Nichts im Zwielicht warst das nicht du gewesen, sondern jemand, über dessen wahre Identität ich mich hatte täuschen lassen.

Ich brauchte eine Weile, um mich in dieser Situation zurechtzufinden, bis ich imstande war, diese Frau zu fragen, wer sie überhaupt sei.

Eine Antwort habe ich nie erhalten; denn in diesem Augenblick war plötzlich das Getrappel von Leuten zu hören, die draußen durch den Gang liefen, Schlüssel rasselten, Türen wurden aufgeschlossen und wieder zugeschlagen, ein Trompetensignal schmetterte durch die Nacht.

»Der Schloßherr!« rief diese Frau mit unterdrückter Stimme, und im Blick ihrer Augen war eine seltsame Mischung von Freude und Angst zu erkennen. »Er darf dich hier nicht finden! Schnell! Bring dich in Sicherheit!«

»Und du?« fragte ich.

Sie schien kaum zu begreifen, was diese Frage bedeuten sollte. »Er ist es doch, auf den ich gewartet habe«, sagte sie. »Eil dich!«

Ich war schon dabei, in meine Kleider zu schlüpfen, und griff nach dem Licht.

»Die Kerze laß hier!« flüsterte die Frau. »Ihr Licht würde dich verraten.«

Als draußen die Schritte sich entfernt hatten, huschte ich aus dem Zimmer, lief die Wendeltreppe hinab und wollte zu meiner Kammer, doch auf dem Flur kamen mir Bedienstete mit Windlichtern entgegengelaufen. Ich kehrte sofort um und lief vor ihnen davon hinein ins Dunkel, doch einige hatten mich bereits erkannt. »Das ist der Fremde, den sie draußen aufgelesen hat«, schrie einer, und dann riefen sie, ich solle stehenbleiben. »Was hast du mitten in der Nacht hier zu suchen? Bist du nicht die Wendeltreppe herab von ihr gekommen? Warte nur, wir kriegen dich!«

Diese Drohung erreichte mich, als ich schon bei der Kellertreppe war und hinuntertauchte in die kühle Finsternis. Die Stufen brachte ich rasch hinter mich, aber unten fand ich mich nicht gleich zurecht. Es dauerte eine Weile, bis ich durch den niedrigen Gang die Stelle erreicht hatte, wo die Tür sein mußte. Endlich hatte ich sie ertastet und suchte nach dem Spalt, in dem der Schlüssel versteckt war, während meine Verfolger schon am oberen Ende der Treppe standen und lautstark miteinander stritten, ob ich weitergelaufen oder in den Keller geflohen sei. Dann sagte einer: »Hier oben kann er nicht entkommen. Schauen wir erst im Keller nach! Dort können wir ihn gleich ohne viel Aufsehen stumm machen.«

Ehe sie mit ihren Lichtern herunterkamen und mich entdeckten, fischte ich die Mauseschwanzspitze aus meiner Brusttasche und flüsterte: »Jetzt komm mit deinen Verwandten, Maus, und hilf mir!« Zugleich warf ich das samtige Fädchen auf den Boden.

Das hatte ich keinen Augenblick zu früh getan. Schon hörte ich die Männer über die Treppe herabpoltern und hatte den Schlüssel noch immer nicht ertastet. Aber da war bereits das Mäusevolk unterwegs. Überall um meine Füße wuselten die pelzigen Winzlinge, und ich konnte spüren, wie sie allesamt zur Treppe strömten. Gleich darauf hörte ich, wie die Männer brüllten und fluchten und allesamt unter Wehgeschrei die zweifach scharf abgeknickte schmale Treppe herunterstürzten. Da hatte ich endlich den Schlüssel zwischen die Finger bekommen, sperrte die Tür auf und machte, daß ich davonkam, ehe sich womöglich einer der hoffnungslos ineinander verknäulten Männer aus dem Haufen löste und mich doch noch erwischte. »Vielen Dank, ihr Mäuse!« rief ich, ehe ich ins Dunkel hineinlief.

Draußen rannte ich rasch über das grasige Vorfeld bis zu den Weingärten, kletterte über den Zaun und versuchte mich im Stockdunkeln zwischen den Rebstöcken hangabwärts zu tasten, wobei ich mich ständig in den darüber ausgespannten Netzen verhedderte wie der kleine Vogel, den ich daraus befreit hatte. Immer wieder hörte ich vom Schloß her die Rufe der Männer, die nach mir suchten, und sah ihre Windlichter hin und her huschen. Einmal hörte ich eine herrische Stimme rufen: »Bringt ihn mir tot oder lebendig!« Da war ich schon am Fuße des Weinbergs angelangt und umging in weitem Bogen das Dorf, durch das ich vom Schloß her einen Trupp Reiter mit Fackeln traben sah.

Als der Himmel allmählich heller wurde, ging ich am Ufer eines Weihers entlang, in dessen matt spiegelndes Wasser eine schräg darüber hingeneigte Weide ihre hängenden Zweige tauchte, später zwischen den letzten Kornfeldern dahin, doch vor mir dehnte sich schon das weite Grasland ohne Baum und Strauch, auf dessen bis in die Ferne überschaubarer Fläche ich keinerlei Deckung finden würde. Doch ich mußte diese Richtung wählen, denn nur hier konnte ich hoffen, das Ziel meiner Wanderung wiederzuerkennen. Mit steigender Helligkeit weitete sich der überblickbare Horizont, bis ich in der Ferne meine alte Wegmarke erkannte, den Turm, zu dem ich unterwegs war. Er schien auf mich zu warten wie ein alter Bekannter und verschaffte mir allein durch seinen Anblick ein Gefühl der Sicherheit, das sich allerdings als verfrüht erwies.

Ich hörte das Getrappel der Pferde schon, ehe ich die Reiter sah, die gleich darauf vom Dorf her zwischen Feldern und Wiesen herangaloppierten. Für einen Moment verhielten sie ihre Pferde, und das geschah wohl, weil sie mich auf meinem Weg durch das Grasland erspäht hatten. Denn gleich preschten sie unter Johlen und Schreien wieder los, geradewegs auf mich zu, und kamen erschreckend schnell näher.

Es war sinnlos, vor ihnen zu fliehen, und waffenlos, wie ich war, würde ich mich nicht gegen die Reiter wehren können, wenn sie über mich herfielen. Es erschien mir äußerst fraglich, ob der kleine Vogel mir würde helfen können, aber versuchen wollte ich es doch. Die Reiter waren schon so nahe, daß ich ihre Gesichter erkennen konnte, und der Boden bebte unter den Hufen ihrer Pferde, als ich die kleine braune Feder in die Luft blies und rief: »Jetzt hilf mir, kleiner brauner Vogel, wenn du kannst!«

Im nächsten Augenblick stiegen überall aus Feldern und Wiesen dichte Schwärme kleiner Vögel auf, vereinigten sich zu einer einzigen schwirrenden Wolke von braunem Gefieder, die den Reitertrupp alsbald völlig eingehüllt hatte. Ich hörte das Wiehern der Pferde und die Flüche der Männer, konnte jedoch nichts erkennen, bis sich die Wolke wieder hob. Da sah ich die ledigen Pferde wie gehetzt davonjagen, während ein paar Männer ihnen humpelnd nachzulaufen versuchten und andere am Boden lagen, offenbar unfähig, sich zu erheben.

»Danke, kleiner Vogel!« rief ich und beeilte mich, auf meinem Weg zum Turm weiterzukommen, ehe es dem einen oder anderen Reiter gelang, seinen Gaul einzufangen.

Ich war schon ein gutes Stück Wegs vorangekommen, als dann doch wieder ein Reiter hinter mir auftauchte. Vergeblich hielt ich Ausschau nach einem Gebüsch, aus dem ich mir einen Knüppel brechen könnte, oder nach einer Bodenmulde, die mir Deckung bieten würde. Diesmal gab es keine Rettung mehr für mich, dessen war ich sicher. Ich blieb stehen und blickte dem Reiter entgegen, der rasch herangaloppierte. Seiner vornehmen Kleidung und den goldblitzenden Waffen nach war er zumindest ein Anführer, wenn nicht gar der Schloßherr selbst.

Merkwürdigerweise gefiel er mir. Er saß lässig zu Pferd, wie er die letzten Schritte heranritt; sein Gesicht wirkte eher traurig als zornig, als er vor mir das Pferd zügelte und auf mich herabblickte.

»Warum hast du dich eingeschlichen in mein Schloß

und in das Bett der Frau, die mich liebt?« sagte er. »Jetzt werde ich dich mitnehmen müssen, und es wird dir nicht gutgehen, wenn ich dich ins Schloß zurückgebracht habe.«

Ich antwortete ihm nicht; denn ich wollte die Frau, die ich für dich gehalten hatte, nicht bloßstellen.

»Auch gut«, sagte der Reiter nach einer Weile. »Jetzt werde ich dich binden und hinter meinem Pferd herlaufen lassen, bis dir die Zunge aus dem Halse hängt. Zu Hause wirst du schon reden.«

Das alles sagte er ohne Hast, eher auf beiläufige Weise. Doch als er einen Lederriemen aus seiner Satteltasche zog und sich anschickte, vom Pferd zu steigen, war plötzlich wütendes Maunzen zu hören, diesmal Musik in meinen Ohren, und die Löwin kam in weiten Sätzen durch das sirrende Gras gesprungen und stellte sich knurrend zwischen mich und den Reiter.

Da blieb dieser auf seinem scheuenden Pferd sitzen, das er nur mühsam bändigen konnte, und sagte: »Sieh da! Du hast ja eine gewaltige Freundin, die dich verteidigt. Mit der will ich mich lieber nicht anlegen. Aber komm mir nicht noch einmal ins Gehege!« Damit wendete er sein Pferd und ritt in aller Ruhe davon.

So endete diese sonderbare Geschichte und ließ mich in beträchtlicher Verwirrung zurück. Was ich im Schloß erlebt hatte, erinnerte mich an etwas, ohne daß ich gewußt hätte woran, und überdies war mir so zumute, als sei diese Erinnerung nicht weniger unerfreulich als mein Erlebnis im Schloß. Ich spürte sie wie eine dumpfe Bedrückung, die ich möglichst rasch loswerden wollte. So ließ ich das schließlich auf sich beruhen und schaute der Löwin zu, die dem Davonreitenden nachstarrte und dabei unruhig ihre Vordertatzen in den Boden schlug. Sie wirkte auf mich aggressiver als früher, und ich mußte daran denken, was diese Frau, als ich sie noch für dich hielt, über sie gesagt hatte. Ob dieses schöne Tier wirklich Böses im Sinn hatte? Wahrscheinlich hatte sie das nur behauptet, um die Löwin aus meinen Gedanken zu vertreiben, aber ein Rest dieses Vorwurfs blieb dennoch in meinen Gedanken haften.

Inzwischen hatten wir unsere Wanderung wieder aufgenommen. Der eingeschlagene Weg führte dabei über eine sanfte Erhöhung des Geländes hinweg, und von dort aus bot sich ein weiter Ausblick auf die Gebirgskette und den Turm in deren Vorland, der nun wieder nähergerückt schien und sich klar und deutlich erkennbar vor der blauen Kulisse der Berge abhob.

Um mir Klarheit über die Einstellung der Löwin zu mir zu verschaffen, versuchte ich, mit ihr ins Gespräch zu kommen, während wir weiter durch das Grasland auf dieses Ziel zu wanderten. Ich redete zu ihr wie zu einem Hund, den ich an mich zu gewöhnen versuche. Allerdings war ich nie sicher, ob sie nur deshalb neben mir blieb, weil ich ihr immer wieder bedeutete, bei Fuß zu bleiben, oder ob sie dies aus eigenem Willen tat. Mir schien überhaupt, daß wir eine gut aufeinander abgestimmte Schrittlänge hatten.

Mit alledem verfolgte ich das Ziel, meine Begleiterin zu zähmen oder genauer: ihr meinen Willen aufzudrängen. Sie zu zwingen, meinen Befehlen zu folgen, fehlten mir die geeigneten Mittel, sonst hätte ich wohl auch das unternommen. So blieb ich beispielsweise unvermittelt stehen, und wenn sie dennoch weiterlief, rief ich sie nach wenigen Schritten scharf an, damit auch sie stehenblieb. Meist tat sie das auch, aber auf eine Weise, die durchaus keinen unterwürfigen Gehorsam zeigte. Eher drückte die Art, wie sie sich dann zu mir umdrehte, so etwas wie freundliche Zuwendung aus, als hätte ich sie um Hilfe gerufen.

Ihrem sanften Blick gelang es in solchen Momenten nur allzu leicht, mein Selbstbewußtsein aus der Balance zu kippen, aber gerade deshalb trieb es mich immer aufs neue zu solchen Manövern.

Damals war mir dieser Zusammenhang durchaus nicht bewußt. Hatte ich vergessen, wer sich unter dem goldenen Fell der Löwin verbarg? Oder hatten sich in meiner Vorstellung Zweifel an ihrem Wohlwollen festgesetzt? Ich weiß das nicht mehr genau. Jedenfalls benahm ich mich so, als müsse ich dieses schöne Tier mir gefügig machen, statt seinem Geheimnis nachzuspüren, dem Geheimnis deiner Verwandlung. Warum hast du dich in diesem Tier verborgen? Oder geschah diese Verwandlung ohne dein Zutun und allein durch meine Schuld, als eine Art von Schreckreaktion deines Körpers, der sich mit Fell überzog und krallenbewehrte Pranken hervortrieb, um sich gegen meine neugierigen Blicke zu wehren?

Eine Frage beschäftigte mich vor allem: Weißt du etwas von dieser Zeit, in der du als Löwin mit mir durch das Gras gewandert bist? War dein Bewußtsein – wenn auch sprachlos – in dieser Löwin, oder war sie tatsächlich ein Tier, dessen Verhalten zu mir nur daraus zu erklären ist, daß seine Reaktionen von einem Erinnerungsrest an seine Beziehungen zu mir bestimmt wurden? Was hast du empfunden, während ich immer wieder versuchte, dir meinen Willen aufzudrängen? Hast du überhaupt etwas empfunden? Oder warst du hilflos hineingebannt in dieses Tier, unfähig zu menschlichen Regungen und zurückgeworfen auf die Verhaltensschemata des Tieres? Angewiesen also auf eine Erlösung, wie sie das Märchen für solche Figuren vorsieht? Nichts von dir habe ich begriffen, damals auf unserem Weg zum Turm.

An diesem Tag kamen wir dem gedrungenen Rundbau merklich näher. Er bildete ein markantes, wenn auch noch immer weit entferntes Merkzeichen in der Landschaft, als die diffuse Helligkeit wieder abzunehmen begann und das absolute Dunkel hereinbrach. Diesmal ängstigte mich das Vergehen des Lichts nicht mehr in solchem Maße wie beim ersten Mal; es war ja wiedergekommen, um diese grasbewachsene Welt sichtbar zu machen.

Meine Begleiterin wurde jedoch wieder unruhig, drängte sich an mich und versuchte knurrend, mich umzustoßen, bis ich am Boden lag. Nun war ich froh, daß ich meinen Teil der Kastanie aufbewahrt hatte; denn das wilde Gebaren der Löwin bewies mir alsbald, daß ich meine Angst vor ihr nur verdrängt hatte, während ich mich als ihr Herr aufzuspielen versuchte. Jetzt war sie endgültig obenauf und bleckte ihre Reißzähne, als wolle sie mir an die Kehle fahren.

Ich beeilte mich also, das Bröckchen Kastanienkern aus dem Beutel zu klauben, brach es nochmals auseinander und tat so, als führe ich meinen Teil zum Mund, bevor ich kauend der Löwin ihren hinhielt und den letzten Rest wieder in der Tasche verschwinden ließ. Eine Vorstellung wie *Fütterung der Raubtiere* schoß mir dabei durch den Kopf. Das war natürlich der Situation völlig unangemessen, aber ich schreibe es hier hin, damit du siehst, wie weit davon entfernt ich in meiner Angst war, das Ritual des Miteinander-Essens zu begreifen. Dabei sind solche rituellen Mahlzeiten offenkundig die einzige Art des Essens, die dort im Grasland üblich ist. Auch ich selbst habe während der Zeit, in der ich dort gewandert bin, nichts anderes zu mir genommen als die Hälfte der Nuß, und doch bin ich unterwegs nie hungrig gewesen.

Die Löwin merkte auch diesmal den Betrug nicht, oder sie tat wenigstens so, als ob sie ihn nicht bemerke – soweit sie zu einem solchen Verhalten überhaupt fähig war. Jedenfalls streckte sie sich friedlich schnurrend neben mir aus und schien gleich darauf eingeschlafen zu sein. Ich hörte nur noch ihre ruhigen Atemzüge, während ich wachlag und darüber nachdachte, was ich später tun sollte, wenn ich ihr bei der nächsten Rast das letzte Krümchen verfüttert hatte. Ob ich auch mit leeren Händen künftig ihrem Ungestüm gewachsen sein würde, nachdem die Gaben deiner Schwester verbraucht waren?

Es war stockfinster, als ich geweckt wurde von einem dröhnenden Stampfen, das den Boden unter mir erbeben ließ. Ich merkte sofort, daß die Löwin nicht mehr neben mir lag. Ein bestialischer Gestank nach faulem Fleisch und noch übleren Dingen verpestete die Luft und würgte mich dermaßen, daß ich mich hätte erbrechen müssen, wenn ich etwas Nennenswertes im Magen gehabt hätte. Gleich darauf scheuchte mich ein langgezogenes heulendes Gebrüll hoch, und da sah ich dann viel weiter entfernt, als diese erschreckenden Äußerungen vermuten ließen, über der Steppe eine brandrote Lohe aufflammen, die das dürre Gras entzündete. Und im düsteren Schein dieses sich rasch ausbreitenden Feuers war dann auch für kurze Zeit das Wesen zu erkennen, das die Ursache all dieser Schrecknisse war: Wie eine zum Leben erwachte Hügelkette stapfte dort ein ungeheurer Drache über das Grasland. Sein nahezu hirnlos wirkender Schädel bestand in der Hauptsache aus einem weit aufgerissenen, sägeartig mit zahllosen Reißzähnen besetzten Rachen, aus dem immer wieder eine Feuerzunge herausfuhr und das Gras versengte. Dann wurde das Untier verdeckt durch eine wabernde Wand von karminrot aufwölkendem Rauch.

Dieser Anblick war so unglaublich, daß ich wie erstarrt stand. Ich hatte im Kino schon einmal einen Drachen gesehen, und selbst dort hatte der Auftritt dieses aus faltigem Kautschuk gebildeten und von Elektromotoren bewegten Ungeheuers erschreckend genug gewirkt, aber das war kindischer Spielkram gewesen im Vergleich zu dem, was ich da eben über das Grasland hatte stampfen gesehen: eine Verkörperung unberechenbarer tödlicher Gewalt, bei deren Anblick einem die Sehnen in den Kniekehlen zittern. So stand ich also fast schon zu lange und starrte hinüber in die aus den Flammen quellenden Rauchschwaden, als ich begriff, daß der Steppenbrand vom Wind auf mich zugetrieben wurde. Da endlich gehorchten mir meine Glieder wieder, und ich rannte los, blindlings und um mein nacktes Leben, atmete hastig die stinkende und rauchgeschwängerte Luft, rannte hustend und heulend vor der Hölle her, die sich hinter mir in breiter, lodernder Front über das Grasland wälzte.

In gebräuchlichen Zeiteinheiten läßt sich nicht ausdrükken, wie lange ich von dem Feuer gejagt wurde. Als die Dunkelheit allmählich einer trüben, vom Rauch verdüsterten Helligkeit wich, merkte ich, daß neben mir zahllose Tiere durch das dürre Gras huschten, Mäuse vor allem, dazwischen ein paar Hamster, aber auch Wiesel und sogar Füchse, die vielleicht auf ihrem nächtlichen Raubzug vom Feuer überrascht worden waren und jetzt den neben ihnen rennenden Beutetieren keinen Blick mehr gönnten.

Zugleich begann mit der Helligkeit auch meine Hoffnung zu steigen, daß ich den rasch näherrückenden Flammen entkommen konnte. Nicht mehr allzu weit vor mir sah ich auf der Kuppe eines steil und stellenweise in felsigen Hängen abfallenden Hügels eine Ansiedlung, eng zusammengerückte Häuser, umgeben von einer starken Mauer. Auch erreichte ich einen befestigten Weg, auf dem ich leichter laufen konnte und der überdies zu dieser Ortschaft zu führen schien. Rechts und links des Weges gab es frisch umgebrochene Felder, auf denen das Feuer keine Nahrung finden würde, und so konnte ich endlich in Schritt fallen und wanderte, anfangs noch immer keuchend und mit bis zum Halse klopfendem Herzen, dem Hügel zu und später, schon mit beruhigterem Atem, den Weg hinauf zu der kleinen Stadt.

Dort oben in den Mauern herrschte Trauer, das war schon zu bemerken, als ich zum ersten Mal durch die engen Gassen zwischen den hohen, ineinandergeschachtelten Häusern ging. Die wenigen Frauen und Männer, denen ich begegnete, waren dunkel, zumeist sogar schwarz gekleidet, schienen bedrückt zu sein und dermaßen in schwere Gedanken verloren, daß sie es entweder nicht bemerkten, wenn ich sie grüßte, oder über meinen Zuruf erschraken. Selbst die Kinder hatten das Lachen verlernt und gingen ebenso ernsthaft und beklommen daher wie die Erwachsenen.

An einem größeren Platz in der Mitte der Stadt fand ich ein Gasthaus, das, nach dem Aushängeschild zu schließen, *Zum Gefleckten Hund* heißen mußte. Hier kehrte ich ein, setzte mich in der leeren Wirtsstube an einen Tisch und fragte den Wirt, der untätig hinter dem Tresen stand, nach etwas zu essen.

»Einen Kanten Schwarzbrot und einen Schluck sauren Wein«, sagte der. »Mehr kann ich dir nicht bieten.«

»Warum so wenig?« fragte ich.

»Wir sind in einer belagerten Stadt«, sagte er. »Hast du das nicht bemerkt? Du mußt doch von irgendwoher gekommen sein, denn aus dieser Stadt bist du nicht. Ich kenne hier alle Leute.«

»Was soll ich bemerkt haben?« fragte ich, ahnte aber schon, was er meinte.

»Die Spuren«, sagte er, als wolle er jenen nicht nennen, der sie hinterlassen hatte.

»Des Drachen?« sagte ich. »Der war ja nicht zu übersehen. Ich bin mit knapper Not dem Feuer entkommen, das er draußen im Grasland angezündet hat. Kommt der auch hierher?«

»Nicht, wenn wir ihm sein Futter bringen«, sagte der Wirt.

»Was für Futter?«

»Alles, was wir zum Leben brauchen. Und als Draufgabe jede Woche ein junges Mädchen, wie gestern zum Beispiel. Bald haben wir keine Mädchen mehr in der Stadt. So schnell wachsen die nicht nach.«

»Und dann?«

»Fahren wir vermutlich allesamt zur Hölle«, sagte der Wirt.

In diesem Augenblick betrat ein Mädchen die Schankstube, und ich bemerkte, wie der Wirt sie anblickte und in Gedanken an das, was er eben gesagt hatte, blaß wurde bis in die Lippen hinein.

»Das ist meine Tochter«, sagte er, und er trug ihr auf, mir den Kanten Brot und den Becher Wein zu bringen. »Wein haben wir genug«, sagte er. »Den mag dieses Vieh nicht.«

Das Mädchen holte beides aus einem Raum hinter dem Tresen und brachte es mir an den Tisch. Nachdem sie den Teller mit dem Brot und den gefüllten Becher vor mich hingestellt und mir guten Appetit gewünscht hatte, blieb sie stehen und blickte mir prüfend ins Gesicht. Es war mir nicht unangenehm, wie sie mich anschaute; denn sie gefiel mir, wie sie in ihrem einfachen Kittel vor mir stand. Besonders gefielen mir ihre Augen, die so prüfend auf mich gerichtet waren. Deshalb wendete ich meine Augen nicht ab, sondern ließ ihren Blick in mich ein und genoß die Erregung, die er in mir auslöste.

»Warum bist du in diese Stadt gekommen?« fragte das Mädchen. »Bist du einer, der es mit diesem Drachen aufnehmen will?«

»Sehe ich so aus?« sagte ich und versuchte den Schrekken zu verbergen, in den mich ihre Frage versetzt hatte. Allein schon die Vorstellung, diesem wandernden Berg von Bösartigkeit entgegenzutreten, ließ meine Hand zittern, mit der ich eben den Becher zum Mund führen wollte.

»Schon gut«, sagte das Mädchen. »Ich hab ja nur gefragt. Du brauchst dich nicht zu schämen. Angst haben wir hier alle.«

Einstweilen blieb ich in dieser Stadt; denn hier gab es wenigstens eine vorläufige Sicherheit, während draußen vor den Mauern überall die Gefahr bestand, daß man dem Drachen über den Weg lief. Zum Schlafen überließ mir der Wirt eine Kammer unter dem Dach des hohen, gemauerten Hauses, und bei Tag ging ich durch die krummen Gassen oder saß in der Gaststube, wo mir die Tochter des Wirts zuweilen Gesellschaft leistete. Zu tun gab's ja nicht viel, nur hie und da kam irgendeiner der Einwohner und trank sich einen Rausch an, bis er besinnungslos unter den Tisch fiel. Dann schickte der Wirt seine Tochter zu den Leuten des Betrunkenen, damit sie ihn nach Hause holten. Es gab dabei weder Zank noch Vorwürfe; jeder verstand ja, daß einem in dieser Stadt danach zumute sein konnte. Manchmal begleitete ich das Mädchen, und wir redeten miteinander.

Eine Woche nach meiner Ankunft sagte sie mir auf einem solchen Weg, daß sie nur noch von Woche zu Woche lebe, weil sie jedesmal das Los treffen könne, das jene bestimmt, die dem Untier vorgeworfen werden soll. »Jetzt habe ich wieder sechs Tage«, sagte sie, »denn gestern hat es eine andere getroffen. Ich habe sie gut gekannt. Wir waren Cousinen, und ihre Familie wohnt nur zwei Häuser weiter.«

Sie sagte das mit so ruhiger Stimme, als berichte sie über irgendein gewöhnliches Ereignis, eine Verlobung etwa oder dergleichen.

»Hat man sie schon hinausgebracht?« fragte ich.

»Ja. Das geschieht immer noch am selben Tag ohne weiteren Aufschub.«

»Und ich habe überhaupt nichts davon gemerkt«, sagte ich und fühlte mich auf eine sonderbare Weise schuldig, nicht am Tod dieses Mädchens, aber deshalb, weil ich ihn nicht beachtet hatte.

»Ich weiß«, sagte das Mädchen. »Du lebst hier mit uns, und es scheint so, als ginge dich all das Elend nichts an. Für mich bist du wie ein Mensch aus einer anderen Welt, dem die Angst noch nicht zur alltäglichen Gewohnheit geworden ist. Vielleicht mag ich dich deshalb so gut leiden.«

Als ich stehenblieb und sie anschaute, erkannte ich ihre Angst, die auf dem Grund ihrer Augen zitterte. Sie versuchte sie jetzt nicht mehr zu verbergen wie bisher. Da nahm ich sie in die Arme und küßte sie, und als sie wieder zu Atem kam, sagte sie: »Laß uns leben, diese sechs Tage!« Von da an kam sie jede Nacht zu mir herauf in meine Kammer unter dem Dach, und ich vergaß darüber, daß sie so gesprochen hatte, als wären dies wirklich die letzten Tage, die sie noch zu leben hatte.

Wenn wir dort oben beieinanderlagen, vergaß ich zeitweilig auch die Bedrohung, unter der wir lebten, und ich verhängte sogar das Fenster, aus dem man über die Stadtmauer hinweg auf das Land herabschauen konnte, über das der Drache zuweilen seine brandige Fährte zog. Und wenn selbst durch das verdeckende Tuch manchmal mitten in der Nacht ein düsterroter Flackerschein zu erahnen war, wendete ich mich ab, um ihn nicht wahrzunehmen.

Ob ich dem Mädchen geholfen habe, in diesen Nächten die Angst vor dem siebten Tag zu vergessen, weiß ich nicht. Ich habe mir wohl nur eingeredet, daß ich dies könne, aber sie wird diese Angst dennoch immer gespürt haben, nicht zuletzt auch als Triebfeder für unsere Umarmungen.

Am Morgen des siebten Tages fiel das Los auf die Tochter des Wirts. Wir saßen beieinander in der Gaststube, als der Bote vom Rathaus die Nachricht brachte und sagte, daß man sie am Nachmittag abholen würde. Der Wirt sprang auf und warf das Glas, aus dem er eben noch von seinem sauren Wein getrunken hatte, an die Wand, daß es klirrend zerschellte. »Dieses verfluchte Vieh!« brüllte er. »Gibt es denn keinen Mann, der etwas dagegen unternimmt?«

Ich wußte, daß auch er selbst keine Vorstellung davon hatte, was man gegen dieses Ungeheuer hätte unternehmen können, empfand aber seine Frage dennoch als Vorwurf. Es war ihm wohl nicht verborgen geblieben, was des Nachts in seinem Hause geschah, und er hatte es sogar zugelassen, weil er seiner Tochter unter einer solch tödlichen Bedrohung dieses flüchtige Glück nicht hatte verwehren wollen. Aber jetzt starrte er mir nun doch auf eine Weise ins Gesicht, als sei es meine Sache, seine Tochter vor dem Drachen zu retten.

»Schau ihn nicht so an«, sagte das Mädchen und legte die Hand auf seinen Arm. »Er kann nichts dagegen tun, und du weißt das.«

Sie wirkte so gefaßt, daß ihr Vater sie kopfschüttelnd betrachtete und sie dann in seine Arme zog. »Hast du denn gar keine Angst?« sagte er.

»Doch«, sagte sie. »Ich habe Angst, seit sie über uns Mädchen das Los werfen. Und ich war sicher, daß es diesmal mich trifft. Was würde es helfen, wenn ich euch die Ohren vollheule?« Sie drückte ihren Vater an sich und sagte dann zu ihm mit einem Blick auf mich: »Laß mich noch eine Weile allein sein mit ihm.«

Diesmal gingen wir zusammen und bei Tag hinauf in meine Kammer. Als ich sie auf das Bett ziehen wollte, schüttelte sie den Kopf und sagte: »Jetzt können wir uns nicht mehr verstecken vor dem, was geschehen wird. Komm mit mir zum Fenster, damit wir einander noch eine Zeitlang anschauen können.«

Das taten wir sehr ausgiebig. Mir war ihr Gesicht noch nie so schön erschienen wie jetzt, wo sie nichts mehr vor mir verbarg, weder ihre Angst noch ihre Liebe zu mir, und ich wußte nicht, ob ihr diese Liebe half oder für sie alles nur noch schlimmer machte. Aber im Spiegel ihres Gesichts sah ich mich selbst als ihr Geliebter und dachte nicht mehr daran, daß ich unfähig war, ihr zu helfen.

Während wir dort oben am Fenster standen und zeitweise auch hinausblickten auf das weite Land zu Füßen des Stadthügels, sah ich auf dem Weg vom Grasland her zwei Reiter herantraben, beide in blinkenden Rüstungen und mit langen Lanzen bewaffnet. Der größere der beiden trug über dem Harnisch einen flammendroten Überwurf und auf dem Helm einen Federbusch von gleicher Farbe.

»Ein Ritter!« sagte das Mädchen. »Was er hier wohl will?«

»Gegen den Drachen kämpfen«, sagte ich, da von einem Ritter unter solchen Umständen kaum etwas anderes zu erwarten war. Ich sah die aufkeimende Hoffnung das Gesicht des Mädchens verwandeln und hätte mich darüber freuen sollen. Doch zugleich empfand ich Neid auf diesen in Eisen gehüllten Hünen, dem sie den Mut zutraute, gegen den Drachen zu kämpfen, und der ihn womöglich auch noch besiegte.

Als die beiden Reiter den Hügel heraufgeritten waren

und hinter der Stadtmauer beim Tor außer Sicht gerieten, sagte das Mädchen: »Laß uns hinuntergehen und hören, was der Ritter vorhat.«

Auf dem Platz hatten sich schon eine Menge Leute eingefunden und schauten schweigend zu, wie die beiden Bewaffneten die Straße heraufgetrabt kamen und vor dem Rathaus, das dem Gasthaus gegenüber am Platz lag, ihre Pferde zügelten.

Der Ritter hob sich ein wenig in den Steigbügeln und rief: »Liebe Leute, mir ist zu Ohren gekommen, daß eure Stadt von einem Drachen geplagt wird, der nicht nur euer Hab und Gut verzehrt, sondern auch wöchentlich nach einer Jungfrau verlangt. Wann soll dem Untier seine Beute zum nächsten Mal übergeben werden?«

»Heute!« schrien die Leute durcheinander. »Heute, gleich nach dem Mittagessen!«, und viele rühmten den Mut des Ritters und riefen den Segen des Himmels auf ihn herab. Ein besonders eifriger Mann, der kurz zuvor aus der Tür des Rathauses herausgestürzt war, um den Ritter gebührend zu begrüßen, beschrieb ihm genau den Platz unterhalb der Stadt, an dem die Übergabe stets stattfand; denn alle diese Formalitäten waren von der Stadtverwaltung ordentlich geregelt worden. Er zeigte dann auf die Tochter des Wirts, die neben mir vor dem Gasthaus stand, und rief: »Und dort steht die bedauernswerte Jungfrau, die dem scheußlichen Ungeheuer heute zum Opfer gebracht werden soll!«

Als er das hörte, übergab der Ritter seine enorm lange Lanze dem anderen Reiter, der wohl sein Knappe war, stieg vom Pferd und kam stahlklirrend über den Platz herüber auf uns zu. Als er vor uns stand, erkannte ich ihn: Es war jener Mann, der mir nach meiner Flucht aus dem Schloß bis zuletzt auf den Fersen geblieben war und den ich für den Schloßherrn gehalten hatte.

Er streifte mich mit einem abschätzigen Blick, als frage er sich, warum schon wieder ich ihm hier in den Weg geraten sei, äußerte aber nichts dergleichen, sondern verhielt sich im weiteren so, als sei ich überhaupt nicht vorhanden, womit er, was die Rettung des Mädchens betrifft, ja auch so unrecht nicht hatte. Er blickte der Wirtstochter freundlich ins Gesicht und sagte ihr, sie solle sich keine Sorgen machen, er sei in solchen Dingen erfahren und werde dem Untier schon den Garaus machen. Allerdings könne er es ihr nicht ersparen, sich an den Ort der Übergabe bringen und dort an den Pfahl binden zu lassen, da der Drache sonst Verdacht schöpfen könne. Dann zog er seinen stählernen Handschuh aus, tätschelte dem Mädchen die Wange und sagte: »Nur Mut, mein Kind! Bald hast du's hinter dir.«

Über den letzten Ausspruch hätte man geteilter Meinung sein können. Mich regte es jedenfalls auf, wie dieser Held mit dem Mädchen umging, aber für Ritter dieser Art war das wohl Routine. Weiß der Himmel, wie vielen Drachen er schon seine Lanze ins Herz gestoßen hatte.

Da es schon auf Mittag ging, wurde das Mädchen gleich ins Rathaus geleitet, wo jeder Jungfrau vor der Opferung stets noch ein sorgfältig zubereitetes Mahl vorgesetzt wurde, ehe man sie vor das Tor der Stadt zur Stätte der Übergabe führte. Die Leute standen zuhauf auf dem Platz, klatschten in die Hände, wie das Mädchen ohne jedes Anzeichen von Furcht an ihnen vorüberging, jubelten und warfen ihre Mützen in die Höhe, als sei der Sieg schon errungen.

Ich mochte dieses verfrühte Freudengeschrei nicht, und da ich hier nichts mehr tun konnte, ging ich zurück ins Haus und stieg hinauf zu meiner Kammer, von deren Fenster ich möglicherweise würde beobachten können, wie der Drache sich der Stadt näherte.

Eine Zeitlang blickte ich hinaus in das leere Land, in dem sich nichts regte, so erstarrt lag es unter der ständigen Bedrohung. Später sah ich dann den Ritter mit seinem Knappen hinausreiten, die hohen Lanzen aufrecht auf den Steigbügel gestützt, und hinter ihnen trotteten sechs bis an die Zähne bewaffnete Soldknechte der Stadt, die das Mädchen führten. Die Gruppe zog den Hügel hinab ins flache Land und dort bis zu einer Sandgrube, in der man schon früher ein Rind und zwei Schweine angepflockt hatte. Dort banden die Knechte das Mädchen an einen Pfosten, verließen dann in großer Eile diesen Ort und kamen auf dem Rückweg zur Stadt fast ins Rennen, während die beiden Reiter sich in einem dichten Gebüsch oberhalb der Sandgrube verbargen. Dann blieb wieder alles ruhig.

Etwa eine halbe Stunde saß ich so am Fenster, schaute hinunter zu der Sandgrube und versuchte mir vorzustellen, wie sich das Mädchen dort unten an dem Pfahl fühlen mochte. Ihr Gesicht konnte ich auf diese weite Entfernung nicht sehen, aber ihre Angst würde wohl trotz der Beteuerungen des Ritters jetzt sehr deutlich zu erkennen sein.

Dann näherte sich der Drache. Ich merkte das zuerst daran, daß weiter hinten im Hügelland die Vögel in Schwärmen aufstiegen und unruhig in der Höhe kreisten. Wenig später sah ich in einem Einschnitt zwischen den Hügeln brandigen Rauch aufsteigen, und gleich darauf schob sich der Drache nach und nach aus dem Tal hervor, bis er in voller Länge zu sehen war. So ungeheuerlich groß, wie er mir zuerst in der Nacht erschienen war, wirkte er jetzt nicht mehr, aber immerhin noch bei weitem groß genug, daß ich froh war, hier in meiner Kammer zu sitzen und nicht dort unten an den Pfahl gebunden zu sein wie das Mädchen. Er trottete über Äcker und Wiesen geradewegs auf die Sandgrube zu, doch als er in der Nähe des Gebüschs angelangt war, in dem sich der Ritter verborgen hielt, blieb er unvermittelt stehen und hob den gewaltigen Schädel.

Dies war das Zeichen, daß das Spiel begann. Unmittelbar danach wurde mir ein Lehrstück vorgeführt, wie Fachleute den Kampf mit einem Drachen anpacken. Der Knappe, den der Drache offenbar schon erspäht oder zumindest gewittert hatte, ritt oberhalb des Gebüschs ins Freie und trabte mit steil aufgerichteter Lanze dem Drachen vor der Nase her über die Wiese. Sobald es den Reiter sah, warf sich das Ungeheuer mit erstaunlicher Behendigkeit herum und donnerte schneller, als ich es ihm zugetraut hätte, auf diesen Gegner zu. Dieses Manöver war jedoch eine wohlberechnete Finte, wie sich gleich herausstellte; denn sobald der Drache sich dem Gebüsch genähert hatte und daran vorbeilaufen wollte, brach der Ritter mit eingelegter Lanze aus seinem Versteck, ließ sein Pferd angaloppieren und rammte nach wenigen Sätzen seine Waffe dem Drachen dicht hinter dem Schädel in den Nacken, ehe dieser sich nach dem neuen Gegner auch nur hatte umblicken können. Verrissen durch die Geschwindigkeit des Untiers, das noch ein beträchtliches Stück weiterrannte, ehe es stehenblieb, zerspellte der Schaft der Lanze, daß dem Ritter die Splitter um den Helm flogen.

Inzwischen war der Knappe in einem Bogen zurück zu seinem Herrn geritten, reichte ihm eine neue Lanze und versuchte gleich wieder, den Drachen auf sich aufmerksam zu machen. Das gelang ihm auch, aber er hatte nicht damit gerechnet, daß das verwundete Scheusal ihn so rasch und entschlossen angreifen würde. Mit einem Feuerstoß aus seinem weit geöffneten Rachen versengte es seine Kleider, die schon im nächsten Moment lichterloh brannten. Erschreckt von den Flammen scheute und bockte sein Pferd, warf den Knappen dem Untier direkt vor die Füße und preschte in wilder Flucht davon.

Da war aber endlich der Ritter wieder heran. Er war inzwischen den Hügel oberhalb des Gebüschs ein Stück weit hinaufgeritten, trieb sein Pferd nun hangabwärts auf den Drachen zu und stieß diesem seine Lanze von der anderen Seite hinter der Schulter in den schuppigen Wanst. Diesmal brach der Schaft nicht, und das war gar nicht gut für den Ritter; denn infolge einer heftigen Drehung des neuerlich getroffenen Drachen wurde er durch seine Lanze, die er noch immer fest umklammert hielt, aus dem Sattel gehoben, in hohem Bogen in die Luft geschleudert und stürzte, nachdem er seine Waffe endlich losgelassen hatte, hilflos mit den Armen rudernd hinter dem Gebüsch nieder, so daß ich ihn nicht mehr sehen konnte. Auch der Drache war inzwischen hinter dem Buschwerk verschwunden. Nur noch die beiden ledigen, nervös über die Hügelkuppe galoppierenden Pferde waren zu sehen und der Körper des Knappen, von dessen Kleidern sich noch dünner Rauch gen Himmel kräuselte.

Lange blickte ich hinüber zu dem verlassenen Kampfplatz, auf dem außer der hingestreckten Gestalt des Knappen nur noch zertretenes Gras und eine schwärzliche Spur von Drachenblut davon zeugten, was hier eben geschehen war. Nichts regte sich mehr, so angespannt ich auch zu erspähen versuchte, was hinter der Kulisse des Gebüschs geschehen sein mochte. Schließlich konnte ich diese Ungewißheit nicht länger ertragen und beschloß nachzusehen, wie die Dinge standen oder zumindest das Mädchen aus seiner unangenehmen Lage zu befreien.

Offenbar hatten noch mehr Leute den ungewissen Ausgang des Drachenkampfes beobachtet. Sie standen jetzt mit betretenen Gesichtern auf der Straße und tuschelten miteinander, jedoch schien keiner den Mut zu finden, draußen nachzusehen, was sich tatsächlich ereignet hatte. Am verschlossenen Tor standen die Stadtknechte und weigerten sich, auch nur einen Flügel spaltbreit zu öffnen, um mich hinauszulassen. Nachdem ich eine Weile mit ihnen gestritten und schließlich begriffen hatte, daß sie unter keinen Umständen von dem abweichen würden, was man ihnen befohlen hatte, solange keiner genau sagen konnte, was mit dem Drachen geschehen war, gab ich es auf und versuchte einen anderen Weg zu finden, die Stadt zu verlassen.

Auf der Innenseite trennte eine Gasse die Stadtmauer von den Häusern, so daß man hier entlanggehen konnte, was für eine Verteidigung der Stadt gegebenenfalls auch erforderlich war. Auf diesem Weg umrundete ich nahezu zur Hälfte die Stadt, bis ich eine Pforte entdeckte. Sie war zwar verschlossen, aber es gelang mir mit Hilfe eines als Hebel eingesetzten Knüttels, die Tür aus den durchgerosteten Angeln zu brechen und um einen Spalt aufzudrükken, durch den ich ins Freie schlüpfte.

Zunächst kletterte ich den an dieser Stelle ziemlich steil abfallenden Hügel hinunter und gelangte dann zu den Hügeln, zwischen denen der Drache hervorgekrochen war. Als ich auf der Kuppe eines dieser Hügel stand, konnte ich endlich den Platz einsehen, an dem sich der Kampf meinen Blicken entzogen hatte. Dort lag, bewegungslos ausgestreckt, der Drache, und neben dessen Schädel blinkte die Rüstung des Ritters, der gleichfalls am Boden lag. Nachdem ich eine Weile hinübergestarrt und nicht die geringste Bewegung hatte wahrnehmen können, faßte ich mir ein Herz und schlich mich vorsichtig hinüber zum Kampfplatz, wobei ich immer wieder stehenblieb und den ungeheuren Körper beobachtete, ob er sich nicht doch noch rühre. Unterwegs gelang es mir ohne große Schwierigkeiten, die beiden Pferde einzufangen.

Als ich schließlich an Ort und Stelle stand, sah ich, daß der Drache mausetot war. Der Ritter hatte ihm mit seinem Schwert noch den Schädel vom Rumpf nahezu vollständig abtrennen können. Nur ein Streifen der ledrigen, mit schillernden Schuppen bewachsenen Haut verband ihn noch mit dem muskulösen Hals. Der Ritter lag, den Griff seines blutbeschmierten Schwertes neben der geöffneten Rechten, dicht bei dem leblosen Ungeheuer, und zwar so reglos, daß ich ihn gleichfalls für tot hielt. Umgekommen war auch der Knappe, wie ich wenig später feststellte. Er sah scheußlich aus, denn der Drache mußte über ihn hinweggetrampelt sein.

Sobald ich festgestellt hatte, daß hier oben keiner mehr lebte, stieg ich hinunter in die Sandgrube und schnitt das Mädchen von dem Pfahl los, an dem sie mehr tot als lebendig hing. Sie fiel mir in die Arme, als sei alle Kraft aus ihren Gliedern gewichen. Als ich von der Wiese eines der Pferde holen wollte, klammerte sie sich an mich und stammelte, ich solle sie um Gottes willen nicht noch einmal allein lassen. Nach einiger Zeit gelang es mir, sie mit der Nachricht, daß der Drache erschlagen sei, so weit zu beruhigen, daß sie etwas zu Kräften kam und ich sie hinüber zu der Stelle führen konnte, an der ich die Pferde gelassen hatte.

Dort kam mir dann die grandiose Idee, auch noch den Schädel des Drachen zu holen, damit ich ihn als Beweis für den Tod des Ungeheuers den Bürgern der Stadt vorführen konnte. Ich ließ also das Mädchen bei einem der Pferde und nahm das andere mit mir hinauf zu dem riesigen Kadaver. Mit dem Schwert des Ritters säbelte ich den Kopf des Untiers vollends vom Rumpf und befestigte ihn mit einem langen Riemen am Sattelzeug des Pferdes, so daß es die grausige Last hinter sich herschleppen konnte. Anfangs scheute es zwar, doch es war kampferfahren und merkte bald, daß von dem leblosen Ding keine Gefahr mehr ausging, und schleifte es hinter sich durchs Gras.

So führte ich das Pferd wieder hinunter zu dem anderen. Das Mädchen schrie auf, als es erkannte, was das Pferd hinter sich herzog. Ich war jedoch inzwischen auf das zweite Pferd gestiegen und hob sie zu mir herauf, daß sie seitwärts vor mir sitzen konnte. So kehrten wir zur Stadt zurück.

Von der Mauer aus hatten die Knechte offenbar beobachtet, wer da geritten kam. Wir waren noch auf dem Weg hinauf zur Stadt, als die Torflügel aufschwangen und die Leute herausgelaufen kamen. Gleich darauf umringten sie uns, beglückwünschten das Mädchen zu ihrer Errettung, drückten mir die Hand, als sei ich es, der den Drachen erschlagen hatte, und bestaunten die blutige Trophäe, die das andere Pferd hinter sich herschleifte.

Dann trat der Bürgermeister auf mich zu und fragte mich, wie der Kampf ausgegangen sei. Als ich ihm mitteilte, daß ich den Ritter wie auch seinen Knappen tot vorgefunden hätte, pries auch er mich ohne weiteres als Retter der Stadt und geleitete mich und das Mädchen wie ein Fürstenpaar durchs Stadttor und auf den Platz vor dem Rathaus, wo ich abstieg und dem Mädchen vom Pferd half. Auf dem Platz war ein Gedränge von Menschen, die allesamt meinen Mut priesen, mit dem ich dem Ungeheuer entgegengetreten sei.

Anfangs versuchte ich, diese Ehrungen zurückzuweisen und zu erklären, was wirklich geschehen war, doch keiner war bereit, sich das anzuhören. Sie hatten einen Helden haben wollen, und nun, da sie ihn vor sich stehen sahen, dachten sie nicht daran, ihn sich wieder nehmen zu lassen. Dem Wirt gelang es erst nach längerer Zeit, sich zu uns durchzudrängen. Er schloß weinend seine Tochter in die

Arme, drückte sie eine Weile wortlos an sich und tat dann ein Gleiches mit mir, wobei er mir fast bittend die Hand seiner Tochter antrug.

All dieser Trubel hatte mich dermaßen verwirrt, daß ich kaum wußte, was ich sagen sollte. Der Wirt lud inzwischen den Bürgermeister und alle möglichen Honoratioren zu einem Essen in seinen Gastgarten ein und bat dann die Leute, seine Tochter und mich nicht länger zu bedrängen. Sie sähen ja, wie erschöpft wir beide seien, teils vom Kampf und teils von der überstandenen Angst.

Als wir endlich zu dritt in der Wirtsstube saßen, während das Gesinde und ein paar rasch angeworbene Frauen in der Küche das Festessen vorbereiteten, versuchte ich mich zu erinnern, wie der Drachenkampf in Wahrheit abgelaufen war. Zu diesem Zeitpunkt hatten sich die Ereignisse in meiner Vorstellung schon so verwirrt, daß ich nicht mehr mit Gewißheit hätte sagen können, wer das Untier erschlagen hatte. Allerdings konnte ich noch immer nicht recht glauben, daß ich selbst den Drachen besiegt haben sollte, wie alle Leute behaupteten, und das sagte ich auch.

Der Wirt hörte sich das kopfschüttelnd an und sagte: »So etwas weiß man doch! Du mußt dich doch erinnern können, wer dem Drachen den Kopf vom Rumpf getrennt hat.«

Als er das sagte, sah ich mich wieder dort oben beim Gebüsch stehen, das Schwert des Ritters in der Faust und damit beschäftigt, diesen klobigen Schädel abzutrennen. »Das war ich«, sagte ich.

»Na also!« Der Wirt setzte sich zufrieden auf der Wandbank zurück. »Darauf kommt es doch an. Die beiden Lanzenstiche, von denen die Leute reden, werden diesem gepanzerten Vieh nicht viel ausgemacht haben.«

Damit war für ihn die Sache erledigt, und ich war zu

erschöpft, um noch einmal davon anzufangen. Das Mädchen hatte von dem Kampf ohnehin nur die Anfangsphase beobachten können und wollte überdies nichts mehr über dieses Thema hören. Sie stand auf und sagte: »Ich lege mich für eine Weile hin, damit ich dieses Festessen überstehen kann.«

Zu Beginn der Dämmerung saßen wir an der langen Tafel im Garten unter dem Schein von Windlichtern, das Mädchen und ich auf den Ehrenplätzen zwischen dem Wirt und dem Bürgermeister und umgeben von allen Notablen der Stadt. Mir war nicht sonderlich nach Feiern zumute, und ich verspürte ein vages Unbehagen angesichts dieser Veranstaltung, die ich dennoch über mich ergehen ließ, aß ein paar Löffel Suppe, schnippelte an einer riesigen Scheibe Rinderbraten herum und stocherte im Gemüse, während ich mich fragte, woher der Wirt so schnell all das aufgetrieben haben mochte, wo er doch nach eigener Auskunft nur über Schwarzbrot und sauren Wein verfügte. Unzählige Trinksprüche wurden auf mich und das Mädchen ausgebracht, nach denen ich jeweils nur ein wenig an meinem Glas nippte, um nicht allzu früh unter den Tisch zu fallen.

Vielleicht wäre es besser für mich gewesen, ich hätte den Zustand der Volltrunkenheit schon beizeiten erreicht; denn ich war noch nüchtern genug, um in vollem Unfang wahrzunehmen, was auf dem Höhepunkt des Festessens geschah. Der Bürgermeister hatte eben noch einmal ein Loblied auf mein tapferes Eingreifen gesungen, als plötzlich die riesenhafte Gestalt eines gepanzerten Ritters durch das Buschwerk am Rand des Gartens brach. Er hielt einen schweren, tropfenden Gegenstand in der Faust, trat an die Tafel heran und fragte, was es hier zu feiern gebe.

Ich hatte den Ritter sofort erkannt. Die anderen

brauchten etwas länger, um zu begreifen, daß er noch am Leben war, und der Bürgermeister hatte es noch immer nicht gemerkt, als er ohne Umschweife sagte: »Wir feiern hier diesen jungen Helden, der den Drachen getötet und diese Jungfrau vor einem schrecklichen Tod bewahrt hat.«

»So?« sagte der Ritter. »Hat er das? Da muß ich wohl geträumt haben, als ich mein Schwert zog und dem sterbenden Drachen das Haupt abschlug, ehe ich für eine Weile das Bewußtsein verlor. Was hat er denn für einen Beweis für seine Heldentat, dieser junge Fant?«

»Das Haupt des Drachen, das er in die Mauern unserer Stadt geschleift hat«, sagte der Bürgermeister.

»Ein hartes Stück Arbeit«, sagte der Ritter. »Wo liegt es denn, dieses Haupt des Drachen?«

»Draußen vor meiner Haustür«, sagte der Wirt. »Ich möchte mein Wirtshaus künftig *Zum Drachen* nennen und den Schädel als Wahrzeichen über die Tür hängen.«

»Ein Wahrzeichen oder ein Lügenzeichen?« sagte der Ritter. »Das wird sich gleich zeigen. Vielleicht tut mir einer der Herren aus dieser fröhlichen Gesellschaft den Gefallen nachzusehen, ob dieses Drachenhaupt eine Zunge im Rachen hat.«

Da stand einer der Ratsherren auf, nahm ein Windlicht und ging aus dem Garten, um nach der Trophäe zu sehen. Nach kurzer Zeit kehrte er zurück und sagte: »Zunge ist keine in dem Drachenhaupt. Vielleicht haben Drachen überhaupt keine Zungen.«

»Was der nicht alles weiß«, sagte der Ritter. »Und was ist das hier? Ich hab's dem Kadaver noch selbst aus dem Maul geschnitten«, und dabei haute er den Gegenstand, den er mitgebracht hatte, wütend zwischen die Teller auf den Tisch, daß das schwarze Blut über das schneeweiße Tafeltuch spritzte und es für alle Zeiten verdarb. Das Ding sah aus wie ein übergroßes, gut abgehangenes Rindsfilet, aber es war ohne Zweifel eine Zunge, die noch jetzt nach Drachen stank.

Was darauf folgte, war sehr beschämend für mich. Alle sprangen von ihren Plätzen auf und schrien auf mich ein, fragten, was mir eingefallen sei, mich als Bezwinger des Drachen aufzuspielen oder gar als Retter des Gemeinwesens. Davonjagen solle man diesen hergelaufenen Kerl, und zwar auf der Stelle. Der Ritter stand ruhig dabei, hörte sich das Geschrei der aufgeregten Bürger an und sagte nichts. Er schaute mir ins Gesicht, nicht einmal böse, sondern eher ein bißchen amüsiert.

Für einen Augenblick stand ich wenig später schon fern vom Schein der Lichter im Schatten der Gartenhecke noch einmal neben dem Mädchen.

»War es wirklich so?« fragte sie.

»Ja«, sagte ich. »Die Leute haben mich mit ihrem Jubelgeschrei verwirrt, aber eigentlich habe ich immer gewußt, wie es wirklich gewesen ist.«

Ich schaute sie an, und sie kam mir im Halbdunkel des Gartens auf einmal überhaupt nicht mehr vertraut vor. Traurig erschien sie mir, und auch Bitterkeit war zu erkennen, Bitterkeit über das, was sie eben von mir erfahren hatte. Aber die frühere Vertrautheit fand ich nicht mehr in ihrem Gesicht. Sie hatte keine Angst mehr, das konnte man deutlich sehen, und das war es wohl, was mir fehlte.

Da drehte ich mich um, lief hinaus auf den Platz, zwischen den Häusern hindurch über die Straße zum Tor, hinaus ins Freie und hinunter ins flache Land, lief und lief, als müsse ich etwas hinter mir lassen, das mich immer wieder einholte, sobald ich auch nur einen Atemzug lang zum Nachdenken kam, all diese Verwirrung und Beschämung und die Fremdheit des Mädchens, deren Ursache ich nicht begriff. Ich lief und lief, bis ich irgendwo im

Grasland vor Erschöpfung zu Boden stürzte und auf der Stelle einschlief.

Als ich aufwachte, lag wieder diese diffuse Helligkeit über dem Grasland. Ich spürte sie schon durch die geschlossenen Lider, und als ich die Augen öffnete und mich aufsetzte, sah ich die Löwin, die vor mir im Gras hockte und mich beobachtete, nicht eben freundlich, wie mir schien, sondern mit starrem, fast schon beutegierigem Blick. Sobald ich mich bewegte und aufzustehen versuchte, fing sie an zu knurren, und das klang durchaus nicht spielerisch, sondern grollend, und mahnte mich zur Vorsicht. So blieb ich erst einmal sitzen, um herauszufinden, was sie im Sinn hatte.

Eine Weile kauerte sie ein paar Schritte entfernt vor mir und zog, eher ungeduldig als verspielt, ihre Pranken mit weit herausgestreckten Krallen durch das strähnige Gras. Dann erhob sie sich, trottete zu mir herüber und stieß immer wieder ihre feuchte Nase auf meine linke Hosentasche. Zunächst vermutete ich, daß sie mich zum Aufstehen bewegen wollte, damit wir weiter durch das Grasland auf den Turm zu wanderten. Aber das war es nicht; denn sobald ich mich auch nur aufzurichten versuchte, fing sie an, dermaßen wütend zu fauchen und zu grollen, daß ich mich wieder zurücksinken ließ. Da endlich begriff ich, daß sie auf das letzte Kastanienbröckchen aus war, das ich dort verwahrt hatte. Sobald ich meine Hand in diese Tasche steckte, ließ die Löwin von mir ab, setzte sich vor mir ins Gras und blickte mich erwartungsvoll an.

Da ich ihr nicht mehr viel zu bieten hatte, versuchte ich diesen Mangel durch eine besonders feierliche Ausgestaltung dieses rituellen Vorganges auszugleichen und kramte zunächst lange in der Tasche. Es dauerte tatsächlich einige Zeit, bis ich den schon fast zerkrümelten Rest ertastet hatte; ich versteckte ihn in meiner geschlossenen Faust, die ich ganz langsam zutage förderte, um der Angelegenheit etwas Spannung zu verleihen. Das imaginäre Teilen des Maronen-Rudiments, das bereits das Stadium der Unteilbarkeit erreicht hatte, gestaltete ich zu einem komplizierten Vorgang, bei dem der eigentliche Gegenstand all dieser Bemühungen für die Löwin stets unsichtbar blieb, was ihre Ungeduld beträchtlich steigerte. Erst als ich merkte, daß sie vor lauter Gier im nächsten Augenblick über mich herzufallen drohte, wenn ich die symbolische Speisung noch weiter hinauszögerte, tat ich so, als führe ich selbst ein Bröckchen zum Mund, und bot der Löwin dann den unscheinbaren Rest auf dem flachen Handteller dar.

Sie leckte ihn so rasch mit ihrer rauhen Zunge auf, daß sie selbst möglicherweise kaum wahrnahm, wie wenig von ihrer Lieblingsspeise übriggeblieben war. Das merkte sie erst dann, als sie die Gabe schlucken wollte und in ihrer Kehle kaum etwas davon zu spüren war. Sie schüttelte enttäuscht den Kopf, raunzte mich an und wendete sich dann ab, um in Richtung des Turms zu trotten, der schon deutlich die Linie des Horizontes durchschnitt.

An Gehorsamsspielchen oder Zähmungsversuche war diesmal nicht zu denken. Nicht einmal zum Schein ging die Löwin auf meine Versuche ein, sie wieder an meine Seite zu locken. Mürrisch trabte sie etwa ein Dutzend Schritte seitwärts von mir durch das raschelnde Gras oder lief mir auch voraus, ohne sich nach mir umzublicken, wie sie es früher getan hatte.

Erst als ich nach langem Marsch stehenblieb, weil mir die Füße weh taten, und mich für eine Weile hinsetzen und ausruhen wollte, sprang sie sofort heran und versuchte knurrend und fauchend, mich wieder in Trab zu bringen. Doch ich hatte dieses Geraunze jetzt satt und schrie sie an, sie solle sich zum Teufel scheren und mich in Ruhe lassen. Im ersten Augenblick sah es so aus, als wolle sie mir an die Gurgel fahren, aber sie blieb dann doch dicht vor mir stehen und schaute mir eine Weile mit ihren dunklen Augen ins Gesicht. Plötzlich hob sie brüllend den Kopf, warf sich herum und lief in weiten Sätzen davon. Eine Zeitlang sah ich ihren Kopf und Rücken noch im hohen Gras auf- und abtauchen, verlor sie schließlich aus den Augen und war nun ganz allein in der weiten, grauen Ebene.

Jetzt hätte ich zwar ungehindert rasten können, aber dazu war mir die Lust vergangen. Mechanisch setzte ich Fuß vor Fuß, stapfte weiter über den holprigen, mit Grasbülten besetzten Boden und dachte darüber nach, was die Löwin in eine solch aufsässige Stimmung versetzt haben mochte. Wahrscheinlich hatte sie es satt, von mir mit immer kleineren Brocken abgespeist zu werden oder hatte überhaupt meine Täuschungsmanöver durchschaut. Aber ich zweifelte, daß es dies allein war. Die Zutraulichkeit, die sie anfangs mir gegenüber gezeigt hatte, war einer zunehmenden Entfremdung gewichen, und ich fragte mich allen Ernstes, ob sie von den Abenteuern wußte, in die ich seit Beginn unserer gemeinsamen Wanderung verstrickt worden war. Als Sieger hatte ich dabei nicht abgeschnitten, sondern war gerade noch mit heiler Haut davongekommen oder eigentlich davongelaufen. Und dann hatte ich die Löwin auch noch angeschrien und zum Teufel gewünscht. Ich war es selber schuld, daß sie mich verlassen hatte, doch diese Einsicht kam zu spät.

Während ich so in Gedanken dahintrottete, hatte ich von Zeit zu Zeit nach dem Turm ausgeschaut, um nicht vom Weg abzukommen. Als ich dann wieder einmal aufblickte, war er nicht mehr zu entdecken. Am Horizont breitete sich eine dunkle, hochgetürmte Wolkenbank aus, die unheimlich rasch näherzog. Schon fegten die ersten kalten Windstöße über die Steppe und trieben silbrig aufglänzende Wellen über das Gras vor sich her. Dann klatschten mir die ersten dicken Tropfen ins Gesicht, und das waren erst die Vorboten eines prasselnden Regensturms, gegen den ich, bald bis auf die Haut durchnäßt, mit gesenktem Kopf anstapfte.

Später ließ der Regen nach, dafür zogen dichte Nebelschwaden heran und hüllten die Landschaft ein, so daß ich nur noch wenige Schritte weit sehen konnte. Es war kaum zu bezweifeln, daß ich schon längst in die Irre ging, aber in meinen nassen Kleidern hatte ich noch weniger Lust, stehen zu bleiben oder mich gar in das tropfende Gras zu setzen und mir dabei einen Schnupfen oder noch Schlimmeres zu holen.

Nach einer Weile merkte ich, daß der Boden nicht mehr so eben war wie zuvor, sondern daß ich erst ein Stück bergauf und später an einem Hang entlang ging, auf dem einzelne Obstbäume standen. Später traf ich auf einen Weg, dem ich folgte, vorangetrieben von der Hoffnung, daß er irgendwann zu einer Behausung führen müsse.

Es war das erste Haus eines Dorfes, an dessen Tür ich klopfte. Soweit sich das bei dem tief hereinhängenden Nebel beurteilen ließ, schien es ein recht stattliches Anwesen zu sein, das einem begüterten Bauern gehörte. Ich mußte eine Zeitlang warten, ehe sich Schritte näherten und die Tür von einem Mädchen geöffnet wurde, das ich wegen des einfachen Arbeitskittels für eine Dienstmagd hielt. Sie fragte mich, was ich wolle.

»Mich eine Weile unterstellen und wärmen«, sagte ich. »Vielleicht bei einem Ofen, an dem ich meine Kleider trocknen kann. Ich hoffe, ihr habt eingeheizt.«

»Ja«, sagte das Mädchen. »Als das Wetter aufzog, habe

ich Feuer gemacht.« Dabei gab sie mir noch immer nicht den Weg frei.

»Tüchtig!« sagte ich. »Läßt du mich jetzt herein?«

»Warte noch einen Augenblick«, sagte sie, ging ein paar Schritte in die dämmrige Tiefe des Vorraums und kam gleich darauf mit einem Scheuerfetzen zurück, den sie mir vor die Füße breitete. »Putz erst einmal deine Schuhe ab«, sagte sie, »und schüttle dir das Wasser aus den Kleidern! Dann darfst du hereinkommen.«

Eine ordnungsliebende Magd, dachte ich. Sie hatte wohl recht, denn sie war es ja auch, die den Schmutz wegputzen mußte, den andere ins Haus trugen. Ich säuberte also meine vom lehmigen Weg verdreckten Schuhe, beutelte mich wie ein nasser Hund und betrat dann unter ihrem prüfenden Blick das Haus.

»Wer ist da an der Tür?« rief aus der Stube eine Frau.

Das Mädchen zuckte zusammen unter dieser scharfen Stimme. »Ein Fremder«, rief sie zurück. »Er ist naß bis auf die Haut und bittet um einen Platz beim Ofen.«

»Was weißt du von seiner Haut?« zeterte die Frau und stand schon in der Tür zur Stube.

Das Mädchen wich unter ihrem forschenden Blick bis an die Wand zurück und stammelte: »Nichts weiß ich davon. Wie sollte ich …«

»Schwatz nicht soviel!« sagte die Frau barsch. »Nimm den Eimer und hole Wasser vom Brunnen, damit der Fremde sich waschen kann!« Ohne Übergang änderte sich ihre unwillige Miene zu einer Art von Freundlichkeit, sobald ihr das Mädchen aus den Augen war und sie sich mir zuwendete. »Willkommen in meinem Haus!« sagte sie. »Ich hoffe, Marie war nicht unhöflich oder gar zudringlich zu dir.«

Ich beeilte mich zu versichern, daß die Magd es nicht an Höflichkeit hatte fehlen lassen, und wunderte mich, daß die Frau spöttisch auflachte, als ich von einer Magd sprach.

»Magd?« sagte sie. »Wenn Marie eine Magd wäre, dann könnte ich das ungeschickte Ding wenigstens vor die Tür setzen. Leider ist sie meine Stieftochter, die mein Mann mit in die Ehe gebracht hat. Wenn man einen Witwer heiratet, muß man mancherlei in Kauf nehmen.« Dabei lachte sie auf eine Weise, als wolle sie mir zeigen, daß sie auch an dem Mann nicht besonders viel Freude hatte.

Endlich ließ sie mich danach in die Stube ein. »Es wird wohl noch eine Weile dauern, bis Marie es fertiggebracht hat, das bißchen Wasser zu wärmen«, sagte sie entschuldigend. Inzwischen könne ich mich auf die Ofenbank setzen.

Dort saß schon ein graubärtiger Mann, der bei den letzten Worten der Frau sofort aufstand, um mir Platz zu machen. Sein väterliches Gesicht weckte meine Sympathie, auch wenn es unverkennbar von Trauer gezeichnet war. Ich bat ihn, sitzen zu bleiben; denn er schien hinfällig zu sein, und es war Platz genug auf der Bank, die den Kachelofen an drei Seiten umfaßte. Der Alte war, wie sich herausstellte, jener Mann, den die Bäuerin geheiratet und der seine dienstbereite Tochter Marie in die Ehe eingebracht hatte.

Während ich auf der Ofenbank saß und meinen steifen Rücken an den heißen Kacheln rieb, setzte sich auch die Frau zu mir und versuchte auf umständlich-indirekte und doch auch wieder deutliche Weise herauszukriegen, woher ich käme und ob ich *ein Herr sei,* wie sie sich ausdrückte. Es fiel mir nicht schwer, den Begriffsstutzigen zu spielen, so daß sie damit nicht zum Ziel kam, und ohne Umschweife zu fragen getraute sie sich offenbar nicht. Nach meinen seltenen Kleidern zu schließen, müsse ich ein Sohn aus vornehmem Haus sein, sagte sie und blieb schließlich dabei, obwohl ich ihre eher als Frage gemeinte Vermutung weder verneinte noch bestätigte.

Nach einiger Zeit kam Marie in die Stube und sagte, das Wasser sei jetzt warm, und ich könne mich, wenn ich wolle, in der Küche waschen. Während ich das tat, blieb sie neben mir stehen und wischte mit einem Lappen jeden Spritzer vom Boden auf.

»Habt ihr keine Hausmagd?« fragte ich sie.

Sie schüttelte den Kopf. »Wozu, solange es mich gibt?«

Später, als es draußen schon dunkel war, saßen wir in der Stube beim Abendessen; wir – das heißt: die Frau, ihr Mann und ich. Marie trug auf und bediente bei Tisch mit solcher Aufmerksamkeit, daß jeder stets schon zur Hand hatte, wonach er gerade Ausschau halten wollte. Trotzdem konnte es das Mädchen der Stiefmutter in nichts recht machen. Einmal hatte sie ihr Brot zu dünn geschnitten, dann wieder zu dick; hatte sie eben nach Schinken verlangt, wollte sie, sobald Marie ihn ihr reichte, statt dessen Käse, und der Most, den Marie aus dem Keller geholt hatte, war ihr nicht kühl genug, obwohl der Krug von außen beschlagen war. Kurz: Sie schurigelte ihre Stieftochter, wo sie nur konnte.

Noch während wir aßen, hörte man draußen einen Wagen vorfahren, gleich danach wurde die Tür aufgerissen, und ein Mädchen wirbelte lachend in die Stube.

»Maruschka!« rief die Bäuerin. »Da bist du ja endlich! Laß dich anschauen!«

Maruschka war festlich herausgeputzt mit allerlei Flitterkram an ihrem Kleid und sah mit ihren erhitzen Wangen und den vor Lachlust blitzenden Augen aus wie das Leben selbst. Jetzt drehte sie sich vor der Mutter einmal rundum, daß ihr der rote Rock um die Beine flog.

»Siehst du«, sagte die Bäuerin zu mir, »das ist *meine*

Tochter. Nicht so ein Trauerkloß wie Marie. Die gerät eher nach ihrem Vater.«

Der Bauer hob ärgerlich den Kopf und fragte seine zweite Tochter, wo sie so lange gewesen sei, daß sie nicht pünktlich zum Abendessen habe kommen können.

Statt ihrer antwortete die Mutter: »Auf dem Tanzboden, das weißt du so gut wie ich. Laß ihr doch ihren Spaß! Sie ist nur einmal jung.«

Ihr Mann hörte sich das an, blickte betreten auf seinen Teller und sagte nichts mehr.

Als ich später an der Küchentür vorbeiging, sah ich, daß Marie dort mit dem Gesinde aus einem gemeinsamen Topf eine dicke Kartoffelsuppe löffelte. Ich wunderte mich, doch dann dachte ich: Was geht's dich an? und ging weiter.

So lernte ich die beiden Stiefschwestern kennen. Da das Wetter sich in den folgenden Tagen eher noch verschlechterte, forderte mich die Bäuerin auf, einstweilen auf dem Hof zu bleiben. Damals dachte ich mir nichts dabei, aber sie wird wohl, da sie mich für einen wohlhabenden jungen Mann hielt, ihre geheimen Absichten dabei verfolgt haben. Jedenfalls ermunterte sie mich schon am nächsten Tag, mit Maruschka zum Tanzboden zu gehen, und das ließ ich mir nicht zweimal sagen. So hatte ich jetzt jeden Tag meine Unterhaltung.

Marie sah ich bei Tag immer mit hastigen Schritten durch das Haus huschen und alle nur denkbaren Arbeiten tun, während Maruschka spät aufstand, ihre Sachen liegenließ, wo es ihr gerade einfiel, und sich von der Halbschwester bedienen ließ. Aber sie war lustig und guter Dinge, und darauf kam es mir vor allem an.

Als ich ein paar Tage später abends mit ihr nach Hause kam und wir uns zu Tisch setzten, wunderte ich mich, daß eine Magd vom Gesinde bei Tisch bediente. »Wo ist Marie?« fragte ich.

»Das weiß ich auch nicht«, antwortete die Bäuerin. »Ich habe sie wegen einer Besorgung aus dem Haus geschickt, und sie ist bisher nicht zurückgekommen.« Sie sagte das betont beiläufig, aber ich konnte ihr anmerken, daß ihr meine Frage unangenehm war.

»Wohin hast du sie geschickt?« fragte der Bauer. »Ich kann nicht glauben, daß sie nur ins Dorf gehen sollte. Da wäre sie längst wieder hier.« Diesmal würde er sich nicht mehr mit Ausreden abspeisen lassen, das war ihm anzumerken, und er hatte allen Grund, so nachdrücklich zu fragen; denn an diesem Tage hatte es geschneit, und es war sehr kalt geworden.

»Wohin schon?« sagte die Bäuerin. »In den Wald, um Schlehen zu pflücken. Die soll man suchen, wenn's gefroren hat. Ich will den Schnaps draus brennen, den du so gern trinkst. Es geschieht also alles nur dir zuliebe.«

»In den Wald?« Der Bauer war aufgesprungen und starrte sie an. »Weißt du überhaupt, was du da sagst? Den Tod kann sie sich holen bei diesem Wetter. Womöglich muß sie die Nacht dort zubringen, weil sie sich verlaufen hat. Ich gehe sie suchen.«

»Kann ich mitgehen?« fragte ich. Ich wollte den alten Mann nicht allein suchen lassen, aber der sagte:

»Bleib du nur hier! Du kennst dich nicht aus in unseren Wäldern, und dann muß ich auch noch dich suchen gehen.«

Er zog eine warme Jacke an, setzte eine Wollmütze auf und stapfte mit einer brennenden Laterne hinaus ins Schneetreiben.

Als er die Tür hinter sich ins Schloß gezogen hatte, sagte die Bäuerin: »Der wird nicht viel ausrichten können bei diesem Wetter.« Das klang so, als wäre ihr das gerade recht. »Immer hat man Scherereien mit diesem dummen Ding!«

Nach Stunden kam der Bauer allein zurück. Ich lag schon längst im Bett und hörte, wie er sich draußen den Schnee von den Stiefeln stampfte. Als er im Haus war, redete er nicht eben leise mit seiner Frau. Er sagte, daß er Marie nicht habe finden können. Der Schnee decke ja alle Spuren zu. Sie versuchte ihn zu beruhigen, aber er hörte nicht auf, ihr Vorwürfe zu machen.

In der folgenden Zeit herrschte im Haus gedrückte Stimmung. Marie kam weder am nächsten Morgen noch während der folgenden Tage zurück. Die Bäuerin behauptete zwar, das faule und ungeschickte Mädchen sei wahrscheinlich fortgelaufen, weil man ihr hier im Haus auf die Finger schaue, aber der Bauer wurde immer trübsinniger, wenn er ergebnislos von seinen Suchgängen durch den Wald zurückkam, und sah seine Tochter längst erfroren irgendwo im Schnee liegen.

Auch mir war die Lust auf's Tanzen vergangen, und so schützte ich eine Erkältung vor, als sie mich aufforderte, sie zu begleiten. Zu Hause bleiben wollte sie nicht. »Hier kriegt man ja das heulende Elend!« sagte sie. »Und all das wegen dieser langweiligen Marie, die an nichts anderes denkt als an Reinemachen und Aufräumen.«

So ging das, bis am Nachmittag des vierten Tages, als Maruschka eben zum Tanzen gegangen war, draußen Schellengeläut sich näherte und ein dreispänniger, mit goldenem Zierat geschmückter Schlitten vorfuhr. Als er vor dem Hause anhielt, liefen alle, sogar das Gesinde, vor die Tür und sahen staunend zu, wie ein kostbar gekleideter junger Mann ausstieg, dessen Jagdhut mit einem goldenen Reif geschmückt war, offenbar ein Prinz also. Er glich dem Mann, der mich schon zweimal auf dieser langen Wanderung verscheucht hatte, wie ein Bruder, ja, er war es wohl selbst; denn er warf mir, als würde er mich kennen, einen spöttischen Blick zu, ehe er einer bildschönen jungen Frau die Hand reichte und ihr half, aus dem Schlitten zu steigen. Sie trug einen hermelinbesetzten Mantel und eine Bibermütze mit einer goldenen Agraffe daran. Erst als sie vor uns stand, erkannte ich Marie, die ihrem Vater, dem die hellen Tränen über die bärtigen Wangen liefen, um den Hals fiel.

»Daß du nur wieder gesund zurückgekommen bist!« rief er ein um das andere Mal und bat das Paar ins Haus. Als er seiner Tochter den Mantel von den Schultern nahm, sahen alle, daß sie über und über mit goldenen Ketten und Talern behängt war.

Im Haus fuhrwerkte inzwischen schon die Bäuerin herum, jagte das Gesinde von der Küche in den Keller und von dort in den Hühnerstall, wo gleich drei Kapaune ihr Leben lassen mußten, und dann ging es in der Küche ans Sieden und Braten, daß der Duft durch das Haus zog.

Schließlich setzten sich alle zu Tisch, nur Maruschka fehlte, denn sie war noch immer nicht vom Tanzen zurückgekommen. Deshalb konnte sie nicht hören, was ihre Halbschwester zu erzählen wußte.

Sie habe sich, sagte sie, tatsächlich im Wald verlaufen. Schlehen wüchsen ja nur am Rand von Lichtungen, doch sie habe keine finden können, sondern sei immer tiefer in den dichten Wald geraten. Als sie schon sehr müde gewesen und in einer Schneewehe eingesunken und fast eingeschlafen sei, habe sie nicht weit entfernt zwischen den Stämmen ein Licht gesehen, sei darauf zugegangen und so zu einer alten, schon etwas baufälligen Hütte mit einem kleinen Stall gekommen. Auf ihr Klopfen habe ihr ein alter, rauhbärtiger Mann geöffnet und recht unfreundlich gefragt, was sie wolle. Hier sei kein Gasthaus.

Da habe sie ihn recht herzlich gebeten, sie einzulassen und ihr zu erlauben, sich ein wenig aufzuwärmen. Das habe er ihr schließlich gestattet und gesagt, sie könne von ihm aus über Nacht bleiben, wenn sie sich ums Hauswesen kümmere, wie sie's gewohnt sei. Darauf habe er sie allein gelassen.

Nachdem sie sich eine Weile am Ofen aufgewärmt habe, sei sie zunächst in den Stall gegangen, um zu sehen, was dort zu tun sei. Der Kuh, die vor einer leeren Raufe stand, habe sie die Stirn zwischen den Hörnern gekrault, dann Heu vom Boden geholt und ihr vorgeworfen. Auch seien dort ein paar Hühner herumgelaufen. Die habe sie gelockt und ihnen Körner gestreut. Dann sei sie in die Küche gegangen und habe dem Alten ein Nachtessen gerichtet und ihm vorgesetzt. Sie selbst habe das gegessen, was er ihr übriggelassen habe, doch das sei sie ja gewöhnt. Danach habe sie sein Bettzeug aufgeschüttelt, und er habe sich schlafen gelegt. Zuvor habe er ihr einen Strohsack in einem Winkel seiner Schlafkammer angewiesen. Dort habe sie sich niedergelegt und gut geschlafen.

So sei es drei Tage gegangen; denn sie habe bleiben müssen, weil draußen ein Wetter getobt habe, daß man kaum vor die Tür habe gehen können. Nur habe der Alte in der dritten Nacht gejammert, daß ihm so kalt sei, und da habe sie sich zu ihm gelegt und ihn gewärmt.

»Das hast du getan, du nichtsnutziges Ding!« rief die Bäuerin.

Doch Marie sagte ruhig: »In allen Ehren, liebe Mutter, in allen Ehren.«

Da schwieg diese still, und Marie erzählte weiter, daß der Alte ihr nach der dritten Nacht gesagt habe, sie könne jetzt nach Hause gehen, denn das schlechte Wetter habe nachgelassen, und die Sonne werde wohl bald aus den Wolken herauskommen. Er habe ihr noch den Weg angesagt, den sie einschlagen müsse, und sie dann zur Tür gebracht. Als sie aber im Türrahmen gestanden sei, da habe sie plötzlich ein Klingen gehört, und von oben herab seien all diese goldenen Ketten mit den Talern über sie gefallen, daß sie sich zunächst erschrocken habe. Aber der Alte habe nur gebrummt, sie solle machen, daß sie nach Hause komme, und die Tür hinter ihr zugeschlagen.

Kaum sei sie ein Stück auf dem beschriebenen Weg vorangeschritten, als hinter ihr der Schlitten mit Schellengeklingel herangejagt sei. Der junge Herr habe angehalten, ihr den Pelzmantel um die Schultern gelegt und die schöne Mütze aufgesetzt und sie dann gefragt, wohin er sie bringen dürfe. »Und da bin ich nun«, schloß Marie ihren Bericht.

Ihre Stiefmutter ging so freundlich mit ihr um wie noch nie, bediente sie bei Tisch und bewunderte ihren goldenen Schmuck, aber der Neid sprang ihr dabei aus den Augen. Als der Prinz nach Tisch den Vater auch noch um die Hand seiner älteren Tochter bat, konnte sie ihre Wut kaum noch verbergen, obwohl sie immer wieder stammelte: »Zu viel Ehre ist das, zu viel Ehre!«

Nachdem er die Zusage des Vaters erhalten hatte, sagte der Prinz, er wolle nun nach Hause fahren, um die Hochzeit vorzubereiten. »In ein paar Tagen komme ich wieder, um dich zu holen«, sagte er zu Marie und küßte sie zum Abschied. Die Mutter wollte ihn zwar noch zurückhalten, denn sie hatte wohl im Sinn, ihn auch noch mit ihrer eigenen Tochter bekanntzumachen, aber die kam noch immer nicht vom Tanz.

Am folgenden Tage jedoch, nachdem sie die Nacht über in ihrem Bett mit sich zu Rate gegangen war, hatte die Bäuerin ihren Plan gefaßt. Sie nahm sich ihre tanzwütige Tochter vor und sagte: »Warum bist du gestern so spät nach Hause gekommen? Wenn er dich gesehen hätte, wäre der Prinz womöglich in seinem Entschluß wankend geworden und hätte um dich geworben. Jetzt mußt du deiner Schwester die Schleppe halten, statt selbst den Brautschleier zu tragen.«

Maruschka zuckte mit den Schultern und sagte: »Was soll ich mit diesem Prinzen? Ich bin ganz vergnügt mit meinen Bauernburschen.«

Aber die Mutter ließ nicht locker und überzeugte sie schließlich mit allen Winkelzügen ihrer Beredsamkeit, daß nun auch sie wie zuvor Marie in den Wald zu der Hütte gehen müsse, um den Goldsegen des alten Mannes zu empfangen. Maruschka zeigte wenig Lust dazu, doch als die Mutter drohte, ihr das Tanzen zu verbieten, willigte sie am Ende ein.

Ehe sie die Tochter in den Wald schickte, zog die Mutter ihr einen warmen Mantel an und setzte ihr eine dicke Wollmütze auf den Kopf, obwohl das Wetter inzwischen wieder wärmer geworden war. Gutmütig, wie sie war, beschrieb Marie der Halbschwester, soweit sie sich dessen erinnern konnte, den Weg und wollte ihr noch ein paar Ratschläge geben, doch Maruschka winkte ab und sagte, sie wisse schon, wie sie mit dem Alten umgehen müsse.

Wegen ihrer Abwesenheit machte sich keiner große Sorgen, zumal sonniges Wetter herrschte und die Gefahr gering war, daß ihr etwas zustieß. Das Leben auf dem Hof nahm seinen gewöhnlichen Gang, nur ließ der Vater nicht mehr zu, daß Marie weiterhin niedere Dienste verrichtete. So saß sie zumeist in der Stube und nähte an ihrer Aussteuer.

Als ich dort einmal allein mit ihr war, fragte ich sie, wie sie es unter der Fuchtel ihrer Stiefmutter so lange habe aushalten können. Da lächelte sie und zog aus ihrem Kleid ein Medaillon, das sie an einer Schnur um den Hals trug. Sie öffnete es und zeigte mir das Bild, das darin verborgen war. »Das ist meine Mutter«, sagte sie. »Wenn ich traurig war oder wütend, habe ich mit ihr geredet, und sie hat mich getröstet.«

Das kleine Bild zeigte eine dunkelhaarige Frau, die dem Betrachter in die Augen blickte, als wolle sie gleich etwas zu ihm sagen. Auf dem kaum zu bändigenden Haar trug sie einen Hut, der ihr ein kühnes Aussehen verlieh. Ich konnte mir gut vorstellen, daß sie einem Mut zu machen verstand. Während ich das Bild noch anschaute, trat die Bäuerin ins Zimmer. Da schloß Marie rasch das Medaillon und ließ es wieder in ihrem Halsausschnitt verschwinden. Zu ihrer Stiefmutter sagte sie:

»Ich sorge mich wegen Maruschka. Hoffentlich macht sie dem alten Mann alles recht.«

»Wie kannst du daran zweifeln!« sagte die Bäuerin. »Meine Tochter weiß schon, wie man sich benimmt.«

Am vierten Tag kam Maruschka dann zurück, aber nicht mit Gold behängt, sondern abgerissen von langer Fußwanderung durch das Dickicht des Waldes sowie über und über mit schwarzem, klebrigem Pech begossen und mit tränenverschmiertem Gesicht. Ihre Mutter schlug vor Entsetzen die Hände über dem Kopf zusammen, als sie das Elend sah.

»Was hast du denn angestellt, du armer Pechvogel!« rief sie. »Hast du die Hütte des alten Mannes nicht gefunden?«

Maruschka war unfähig, ihr zu antworten. Erst nachdem sie vergeblich versucht hatte, das Pech aus dem Haar und von Stirn und Wangen zu waschen, und mit teils rot geriebenem, teils schwarzstreifigem Gesicht in der Stube saß, berichtete sie stockend und noch immer unter Tränen, daß sie die Hütte wohl gefunden und den Alten um Einlaß und ein Nachtlager gebeten habe. Der sei zwar brummig gewesen, habe sie aber in die Stube gelassen und gesagt, sie solle sich einstweilen um sein Hauswesen kümmern, wie sie's gewohnt sei, und das habe sie auch getan.

Um das Vieh habe sie sich nie kümmern müssen, und so sei sie gar nicht erst in den Stall gegangen, und gekocht oder Betten gemacht habe sie zu Hause auch noch nie. Also habe sie in der Stube ein bißchen getanzt und auch versucht, den Alten mit ein paar Scherzen aufzuheitern, doch der habe dafür wenig Sinn gehabt. Ein alter Sauertopf sei das, sagte sie, und die ganze Zeit über habe sie nichts anderes als Wasser und Brot statt ordentlicher Mahlzeiten bekommen, habe auf einem stechenden Strohsack im Zimmer des Alten schlafen müssen, und in der dritten Nacht habe er sie auch noch aufgefordert, zu ihm ins Bett zu kriechen. Da habe sie ihm aber Bescheid gesagt, diesem alten Lüstling!

Am anderen Morgen habe er sie dann fortgeschickt. Auf der Türschwelle habe sie natürlich auf den goldenen Regen gewartet, aber statt dessen sei ein Kübel voll Pech auf sie herabgeschüttet worden. Da sei sie nun wieder, und sie denke nicht daran, sich noch einmal auf so etwas einzulassen.

Mir tat sie leid, wie sie dasaß und heulte. Zeitweise war mir bei ihrem Bericht zumute gewesen, als sei das alles mir selber passiert, und ich war, obwohl sie jetzt gar nicht mehr so hübsch aussah, durchaus geneigt, ihre Partei zu ergreifen gegen die so ordentliche und untadelige Marie, der ihre fast schon unerträgliche Bravheit erst all das Gold und dann auch noch einen Prinzen eingetragen hatte. Aber ihre Mutter war voller Zorn, weil ihr Plan fehlgeschlagen war.

»Daran ist nur dieser hergelaufene junge Kerl schuld«, keifte sie, »der dir den Kopf verdreht und dich jeden Tag zum Tanzen weggeschleppt hat!« Und zu mir gewendet, fuhr sie fort: »Damit ist jetzt Schluß! Scher dich dorthin zurück, woher du gekommen bist, du Tagedieb!«

Sie wies mir die Tür, und ehe ich zum Nachdenken kam, stand ich schon draußen vor dem Haus. Da konnte ich dann noch zusehen, wie der Prinz mit seinem Schlitten vorfuhr, um seine Braut abzuholen. Ich fand es ärgerlich, daß immer gerade dann, wenn mir etwas schiefgelaufen war, dieser tadellose Held wie ein mich unerreichbar hoch überragendes Über-Ich meinen Weg kreuzen mußte, und es stimmte mich nicht freundlicher, als er mir lässig und zugleich verabschiedend zuwinkte, ehe er das Haus betrat.

Hier wurde ich nicht mehr gebraucht, das war mir klar. So machte ich mich wieder auf den Weg hinunter in die eintönige, graue Ebene, die ich in einem Einschnitt zwischen den Hügeln dieses bäuerlichen Landes schon sehen konnte.

Einige Zeit später trottete ich wieder mit staubigen Schuhen über das Grasland auf den Turm zu, obgleich mir immer fragwürdiger wurde, was ich dort eigentlich suchte. Irgendwann entdeckte ich weit voraus auf einer leicht erhöhten Stelle der Steppe die Löwin, die sich nach mir umschaute. Sie wartete nicht auf mich, sondern trottete immer dann weiter, wenn ich ihr allzu nahe kam.

Es erschien mir so, als würden wir uns nun dem Turm viel rascher nähern als zuvor, aber das lag wohl vor allem an der sich zu diesem Zeitpunkt merklich verändernden Perspektive, die den Anschein erweckte, als schöbe er sich langsam in die Höhe, bis er sich Schritt für Schritt über das dahinter zurücksinkende Waldgebirge erhob und schließlich, das gesamte Panorama beherrschend, mit seiner mächtigen Rundung in den Himmel ragte.

Nun sah ich ihn endlich wieder aus dem Blickwinkel, aus dem er mir vertraut war, und bald erschien er mir noch riesiger; denn so nahe war ich ihm bisher noch nie gekommen. Aus ebenmäßig behauenen Quadern gefügt, wuchs er unmittelbar aus dem felsigen Grund in die Höhe. Das Mauerwerk war durch Reihen von Fenstern durchbrochen, die in sieben Stockwerken übereinanderlagen, und unten stand ein rund eingewölbtes Eingangstor offen, das mich aufzufordern schien, in das Gebäude einzutreten.

Dazu kam es jedoch nicht. Ich war eine Zeitlang stehengeblieben, um das ungeheure Bauwerk zu betrachten, und in dem Augenblick, als ich die ersten Schritte auf das Tor zuging, fing das Licht an zu schwinden, und die Torflügel begannen sich zu schließen. Es nützte nichts, daß ich das letzte Stück des Weges rannte. Als ich am lange ersehnten Ziel eintraf, fielen die Torflügel krachend ins Schloß, und dieser nachhallende Donner hatte etwas dermaßen Endgültiges, daß ich mir der Aussichtslosigkeit meines Tuns schon sicher war, ehe ich – natürlich vergeblich – mit all meinen Kräften am Tor rüttelte und mit den Fäusten dagegen trommelte, um doch noch Einlaß zu finden.

In diesen wenigen Augenblicken begriff ich in einem einzigen plötzlichen Erkennen, daß ich alles falsch gemacht hatte. Aus lauter Angst um mein eigenes Heil, hatte ich meine letzte Gabe nicht mit der Löwin geteilt, sondern sie auf eine Weise verbraucht, als handle es sich um Beruhigungspillen für wilde Tiere. Ich hatte nicht gewagt, darauf zu vertrauen, daß *du* in dieser Löwin steckst, obwohl ich deine Verwandlung aus nächster Nähe erlebt hatte, hatte statt deiner Erlösung nur meine eigene Sicherheit betrieben und damit das Ziel meiner Suchwanderung verfehlt.

Als ich mich umwandte, sah ich die Löwin sprungbereit vor mir lauern. In ihren Augen meinte ich blinde Wut zu erkennen, obwohl ich heute eher glaube, daß es Trauer war, was aus ihren Blicken sprach. Im nächsten Augenblick war sie über mir, maunzend und knurrend, und ich spürte die Spitzen ihrer Reißzähne auf meinem nackten Hals.

Erst viel später ist mir, als ich mir diesen Überfall in Erinnerung rief, bewußt geworden, daß sie mir nicht einmal die Haut geritzt hat, aber damals sah ich nur noch mein blutiges Ende vor Augen, und mein Herz flatterte wie ein gefangener Vogel, flatterte und flatterte, und ich merkte, wie ich schrumpfte in meiner Angst, sehr rasch kleiner wurde, bis ich flatternd und flügelschlagend aus den Pranken der Löwin entfloh, ein kleiner Vogel von Spatzengröße, der in den bleigrauen, sich rasch verdunkelnden Himmel stieg und von dieser höheren Warte aus den Turm nun wieder als Mittelpunkt einer verhältnismäßig kleinen Insel sah, an deren Gestade der weite See seine trägen, schon nachtschwarzen Wellen warf.

Mir sind von meinem Zustand nach dieser Verwandlung nur meine Empfindungen und einige Bilder wie das eben beschriebene im Gedächtnis geblieben, die panische Angst vor allem, die den Schlag meines winzigen Vogelherzens zum rasenden Tempo einer schnurrenden Maschine steigerte und mich entgegen dem normalen Verhaltensmuster eines kleinen Tagvogels bei rasch schwindendem Licht in den Himmel hinaufscheuchte. Dann der Blick auf die unter mir hinwegtreibende Insel mit dem im auseinanderfließenden Dunkel verschwimmenden Turm und schließlich das die letzten Reste des Lichts spiegelnde Streifenmuster der wandernden Wellenbänder auf der schwarzen Oberfläche des Sees und nach endlosem, angstgetriebenem Flatterflug das allmählich heranrückende dunkle Gewölk des Ufergebüschs, zu dem ich mich entkräftet herabfallen ließ.

Ich landete in verfilztem Dickicht, und sobald meine Füße den Boden berührten, war es schon vorbei mit meiner kurzen Existenz als Vogel. Hineingezwängt in dorniges Rankenwerk fand ich all meine menschlichen Gliedmaßen wieder vor und versuchte mühsam, sie in Gebrauch zu nehmen und aus dem kratzenden Verhau zu befreien. Als ich den letzten Tentakel der Brombeerstauden von meinem Hemd losgehakt hatte und aufblickte, sah ich eine marmorne Figur, die vor mir im strähnig ausgewucherten Gras stand, eine nackte weibliche Gestalt, auf deren Brüste und sanft gerundete Hüften der nun endlich wieder am nächtlichen Himmel stehende Mond sein kaltes Licht warf. Nur das Gesicht der Statue lag im Schatten und war nicht zu erkennen.

Ich hätte es dabei belassen können, aber ich war begierig, das Gesicht dieser Frau zu betrachten. Sie erinnerte mich an den gesichtslosen Torso, dessen unvermutetes Auftauchen im nächtlichen Gebüsch ich an den Beginn dieser Aufzeichnungen gesetzt habe. Vielleicht, dachte ich, bot sich mir hier die Möglichkeit, die zerstörten Züge dieses Gesichts zu erkennen und damit Sinn und Ziel dieser bisher so vergeblichen Suchwanderung zu finden.

Sie hatte ein Gesicht, das konnte ich deutlich erkennen, als ich ganz nahe an sie herantrat. Es war ein merkwürdig lebendig wirkendes Gesicht, das ganz plötzlich, übergossen vom bleichen Licht des Mondes, aus dem Dunkel hervortrat, ein mir sehr vertrautes Gesicht – denn das war ich selbst, der mich anblickte.

Gleich nach dieser ersten Schrecksekunde, als ich nach diesem Gesicht tastete, um mich der Wirklichkeit dieser Erscheinung zu versichern, entlarvte sich auf recht ernüchternde Weise das Geheimnis dieser Figur: Ich war dem Trick einer der grotesken Marmorplastiken im Garten der Palladio-Villa aufgesessen. Der Fürst hatte hier eine Venus aufstellen lassen, der statt eines Gesichts ein Spiegel in das Oval des Kopfes eingepaßt worden war. Vermutlich hatte die klassisch geformte Venus-Gestalt dazu gedient, daß sich die schönen Damen, die der Besitzer der Villa in diesen Garten führte, für einen Augenblick lang mit der Liebesgöttin selbst identifizieren konnten. Zugleich wurde mir jedoch angesichts dieser Entdekkung bewußt, daß auch mir auf solche Weise eine Antwort zuteil geworden war. Hatte ich nicht während meiner Wanderung zu und mit der Löwin immer nur auf mich selbst gestarrt, bedacht auf meine eigene Position und genarrt von meinen eigenen Ängsten, statt in dir nach dem Ausschau zu halten, was ich nicht kannte, was mir fremd geblieben ist trotz der Nacht, die wir miteinander verbracht haben?

Damals, als ich dort vor der Venus mit dem Spiegelgesicht stand, kam mir eine Ahnung von der ungeheuren Entfernung zwischen zwei Menschen, die einander so nahe gekommen sind wie wir beide.

Dritter Teil

DAVON, WIE ICH AUS DEM VERWILDERTEN Garten der Abstrusitäten herausgefunden und mich zur Haltestelle einer Buslinie durchgefragt habe (mehr mit Gesten und unartikulierten Lautäußerungen als mit Worten), mit der ich den nächstgelegenen Bahnhof erreichen konnte, will ich dir nichts weiter erzählen. Es war der trübsinnigste Teil meiner Wanderung. Die Armseligkeit der halb zerfallenen Hütten zwischen den Rebhängen sprang mir erst jetzt so recht in die Augen, da mein Bewußtsein nicht mehr bereit war, sie mit Romantizismen zu umkleiden. Der uralte, schlecht gefederte Autobus war bis zum Bersten vollgestopft mit schwitzenden, mit allerlei toten und lebendigen Traglasten beladenen sowie laut und heftig gestikulierend miteinander redenden Menschen, deren Ausdünstungen mir fast den Atem nahmen, während draußen der aufgewirbelte Staub der Schotterstraße sich auf die Obstbäume legte.

Im lokalen Personenzug, der mich nach Verona brachte, war es auch nicht viel bequemer. Irgendein schnauzbärtiger Bauer, der neben mir saß, deutete meine trübselige Miene als Anzeichen von körperlichem Übelsein und bot mir einen Schluck aus einer handlichen Flasche an. Die reisewarme Grappa war dermaßen scharf und hochprozentig, daß sie mir fast die Besinnung raubte.

In Verona konnte ich dann aufatmend den Schnellzug nach München besteigen. Dort spielte ich für kurze Zeit mit dem Gedanken, noch einmal zu deiner Wohnung zu fahren, aber die Vorstellung, du könntest bereits als vermißt gelten, weil du noch immer unerlöst in diesem sonnenlosen Traum- oder Märchenland als Löwin durch das Steppengras trabst, vertrieb mir die Lust auf eine solche Eskapade. Ich nahm also den nächsten Zug, der mich nach Hause bringen konnte, und rechnete mir unterwegs mit steigendem Unbehagen aus, wieviel Zeit mir noch blieb, mein Seminar für das bevorstehende Wintersemester vorzubereiten.

Du wirst dir denken können, was ich inzwischen von dem angekündigten Thema dieser Veranstaltung hielt. Männliche Aspekte im Tierbräutigam-Märchen! Du lieber Himmel! Sollte ich vielleicht vor meine Studenten mit der Mitteilung treten, ich hätte mich in einem gewagten Selbstversuch persönlich mitten in dieses Problemfeld hineinbegeben und könne aus eigener Erfahrung Aussagen dazu beitragen, beispielsweise die betrübliche Einsicht, daß die Sucht nach eigener Dominanz und die geradezu panische Angst vor dem Unberechenbaren den männlichen Partner häufig daran hindere, die Erlösung seiner Tierbraut zu betreiben, und daß in solchen Konstellationen ein mehrfaches Scheitern zu erwarten sei, wenn nicht die Tierbraut trotz ihres Handicaps selbst helfend eingreife.

Nein, auf ein solches von meinen eigenen Emotionen bedrohtes Experiment wollte ich mich lieber nicht einlassen. Wie schon oft, wenn mir ein Problem allzu nahe zu kommen drohte, habe ich versucht, es mir durch eine Untersuchung der ihm zugrunde liegenden Strukturen vom Leibe zu halten. Das mag ein wenig nach Verdrängung klingen, erweist sich jedoch zuweilen als hilfreiche

Methode, auch mit den eigenen Irritationen umgehen zu lernen.

Wie dem auch sei – ich entwarf allerlei Raster, nach denen die Teilnehmer meines Seminars verschiedene Märchen im Hinblick auf deren männliche Hauptfiguren untersuchen sollten, kopierte aus entlegenen Ausgaben eine Menge Märchentexte und stellte eine Liste von Sekundärliteratur zusammen, von der ich meinte, daß sie bei der Bearbeitung dieser Thematik weiterhelfen könne. Fertig wurde ich mit alledem am Abend, bevor die erste Stunde angesetzt war.

Schon während dieser Vorbereitungsarbeit, noch mehr aber später in den Diskussionen des Seminars, geriet ich in einen merkwürdigen Zwiespalt: einesteils betrachtete ich meine eigene Suchwanderungs-Erfahrung aus einer wachsendenen Distanz, so als handle es sich um eine Geschichte, die ich nicht selbst erlebt, sondern allenfalls gelesen oder auch nur gehört und mir dabei vorgestellt hatte. Zeitweise gelang es mir nicht mehr, sie von den Texten zu trennen, die wir zu interpretieren versuchten. Anderenteils geschah es immer wieder, daß mich ein Satz, zuweilen auch nur ein einzelnes Wort dermaßen traf, daß ich zusammenzuckte und mich im Seminarraum umblickte, um festzustellen, ob jemand gemerkt hatte, daß eben von mir die Rede gewesen war. Manchmal fragte ich mich, ob es möglich sei, daß die Geschehnisse aus jenem mir inzwischen schon wieder so imaginär erscheinenden Bereich der Insel mit dem Turm unversehens herübergriffen in jene andere Wirklichkeit, in der ich als Universitätsdozent in dieser Stadt lebte, in mein Alltagsleben einbrachen, um mich aufzustören und zu beunruhigen.

So wurde ich ständig hin- und hergebeutelt zwischen Distanz und Betroffenheit und klammerte mich mit aller Kraft an mein so hastig entworfenes Strukturpapier, um nicht unversehens vor aller Augen in meinen eigenen verwirrten Gefühlen abzusaufen.

Ja, das war ein lustiges Seminar! Einmal, als die Diskussion sich allzusehr im Trocken-Philologischen festzufahren drohte, ritt mich der Teufel oder wer auch immer, und ausgerechnet ich sagte: Reden Sie doch nicht so abstrakt von diesen Dingen, als ginge Sie das alles gar nichts an, meine Damen und Herren! Konkreter, wenn ich bitten darf! Waren Sie noch nie verliebt? Aber meine Seminarteilnehmer waren dermaßen auf strukturale Aspekte oder auch textlinguistische Methodiken getrimmt (woran ich ja selbst nicht unschuldig war!), daß sie mich ganz betreten anschauten, als erwarte ich, von ihnen irgendwelche Unanständigkeiten zu hören. Einer, ein etwas dicklicher, bebrillter Jüngling mit rosigen Wangen, meldete sich zu Wort und fragte mich ganz ernsthaft, ob ich es tatsächlich für methodisch vertretbar halte, solche allenfalls im Rahmen einer tiefenpsychologischen Betrachtung beispielsweise nach Freud relevanten Gesichtspunkte im Zusammenhang einer philologischen Untersuchung zu erörtern.

Was soll man da antworten? Ich gab ihm natürlich recht und verteidigte meine vorangegangene Provokation nur insoweit, als ich sagte, ich hätte lediglich darauf aufmerksam machen wollen, daß auch Märchentexte so etwas wie einen *Sitz im Leben* hätten, und dies nur für den Fall angemerkt, daß den Teilnehmern dieser Umstand bisher entgangen sein sollte.

Dies mag genügen, um dir eine Vorstellung davon zu vermitteln, wie ich mein Schiff auf den Sand setzte, um es dann mühsam wieder flottzumachen. Mit weiteren Details aus dem Ablauf der Veranstaltung will ich dich nicht ermüden. Jedenfalls hatte ich einige Mühe, meinen Verpflichtungen an der Universität einigermaßen nachzukommen, und darüber hinaus habe ich kaum etwas Nennenswertes zustande gebracht. Ich lebte in einem Zustand permanenter Verwirrung nicht nur meiner Gefühle, sondern auch der Anschauungen, die ich mir im Rahmen meiner wissenschaftlichen Tätigkeit zueigen gemacht hatte.

Nachts lag ich lange wach in meiner kleinen, mit Büchern vollgestopften Junggesellenwohnung, versuchte zu lesen, schlief dann doch darüber ein und schreckte irgendwann bei brennender Lampe oder geweckt durch eine mißtönende Spätmusik aus dem nicht abgestellten Radio wieder hoch mit flatterndem Herzen, emporgescheucht wie der angstvolle Vogel, als der ich den Pranken der Löwin entflogen war, und ich fragte mich, ob diese Flucht meine Rettung oder mein entscheidender Fehler gewesen sei.

Ein vernünftiger Mensch würde mich jetzt wahrscheinlich fragen, warum ich dich nicht einfach angerufen habe. Ich kannte deinen Namen, deine Adresse und wußte auch, in welchem Museum du arbeitest. Der Auskunftsdienst hätte mir ohne weiteres deine Nummer genannt. Ich habe es trotzdem nicht versucht, teils aufgrund solcher Erwägungen, die mich schon bei meiner Rückreise in München daran gehindert hatten, zu deiner Wohnung hinauszufahren, schlichtweg aus Angst also, daß niemand den Hörer abhebt, oder falls dies doch geschieht, eine fremde Stimme mir mitteilt, du seist nicht zu erreichen, aus welchen Gründen auch immer.

Darüber hinaus konnte ich mich nicht von der Vorstellung befreien, durch einen solchen Versuch gegen die Regeln eines Spiels zu verstoßen, dessen Ablauf nicht gestört werden durfte, wenn es gelingen sollte. Ich hatte bei einer Probe versagt, das war schlimm genug. Wenn ich jetzt aber so tat, als sei dies gar nicht geschehen, würde ich endgültig verlieren – nein: nicht nur *ich*, so weit war ich in meinen Überlegungen schon gelangt. Nicht nur ich, sondern wir beide hätten dieses Spiel verloren, in dem es entweder nur zwei Verlierer oder zwei Gewinner geben konnte.

Manchmal, wenn ich wieder einmal nicht schlafen konnte, überkam mich die Vorstellung, daß auch du wach liegst und vergeblich auf meinen Anruf wartest, aber ich habe dann doch nicht zum Hörer gegriffen und mich an die Hoffnung geklammert, daß du unvernünftig genug sein würdest, mein Schweigen zu begreifen. Überdies tröstete es mich, wenn die Referenten in meinem Seminar sich darüber ausließen, daß es unter den männlichen Gestalten der Märchen zumeist die Dummlinge, die Taugenichtse oder Narren seien, die zum guten Schluß das Leben gewinnen. Eine solche Rolle auszufüllen, traute ich mir am ehesten zu; allerdings habe ich inzwischen schon gemerkt, daß es nicht immer leicht ist, den Narren zu spielen und daran auch noch Spaß zu finden.

Irgendwann im November kam dann aus der Tagungsstätte, in der wir einander zum ersten Mal begegnet sind, die Anfrage, ob ich bei dem nächsten Treffen der Märchenfreunde während der Osterferien wieder als Referent zur Verfügung stehen würde. Mein Vortrag, hieß es weiter in dem Schreiben, habe seinerzeit so tiefgreifende Diskussionen ausgelöst, daß man sich auch diesmal von meinen Ausführungen neue Impulse erwarte. Ich zitiere das hier nur spaßeshalber, damit du dich darüber amüsieren kannst, welch nachhaltigen Eindruck ein verwirrtes Gemüt bei einem ernsthaft eingestimmten Auditorium zu hinterlassen imstande ist.

Ich war verblüfft und ging lange mit mir zu Rate, was ich antworten sollte. Für mich stand von allem Anfang an außer Frage, daß ich auch diese Tagung besuchen mußte;

denn es erschien mir logisch, daß meine Suchwanderung nur dort zu ihrem Ziel führen konnte, wo sie begonnen hatte. Ich sagte also meine Teilnahme zu, bat jedoch darum, mich wegen der Arbeitsbelastung durch meine Dozentur von einem Referat zu entbinden. An den Gesprächen würde ich mich gern beteiligen, aber ich sähe kaum eine Möglichkeit, während des Wintersemesters mich für ein neues Thema zu präparieren.

Dieser Winter liegt in meiner Erinnerung als ein feuchtkalter, von Straßendreck durchsetzter Klumpen pappigen Schnees. Ich mag diese Jahreszeit schon von Natur aus nicht. Kälte ist mir verhaßt, und feuchtes, trübwolkiges Wetter nicht minder. Ich fange erst dann an, wieder aufzuleben, wenn im Frühjahr die Sonne spürbar meine Haut zu wärmen beginnt. Aber im Winter möchte ich mich am liebsten in einer pelzigen, dunklen Höhle verkriechen und Winterschlaf halten wie ein Bär. Daran wurde ich jedoch durch alle möglichen lästigen Verpflichtungen gehindert. Neben dem erwähnten Seminar hatte ich auch noch ein Proseminar abzuhalten sowie texthermeneutische Übungen für Studenten der unteren Semester, dazu Sprechstunden im Hinblick auf die zu erstellenden Referate, Institutsbesprechungen und was weiß ich noch alles für Termine, die mich zwangen, meine Lesehöhle zu verlassen und mich den Unbilden der Witterung auszusetzen.

Das alles wäre jedoch noch zu ertragen gewesen, wie ich es schon vorher ertragen hatte, wenn nicht dieses permanente Unbehagen im Hinblick auf mein völlig ungeklärtes Verhältnis zu dir hinzugekommen wäre, das quälende Gefühl, in ein schwebendes Verfahren verstrickt zu sein, ohne die Entwicklung der Ereignisse vorantreiben zu können.

Was ich da eben geschrieben habe, liest sich wie ein

juristischer Tatbestand und umschreibt meine Empfindungen zu diesem Zeitpunkt nur höchst unvollkommen, obwohl dieser Terminus insoweit zutrifft, als für mich damals alles in der Schwebe hing: Ich hatte dich gewonnen und sogleich wieder verloren; ich kannte deine Adresse, wußte aber nicht, wo ich dich suchen sollte; ich hatte mich auf die Suchwanderung begeben, war in Gedanken noch immer unterwegs und sollte zugleich meine Rolle als Universitätsdozent spielen. Aber das alles sind Feststellungen, die sich nur auf mich beziehen, und das weist hin auf den Umstand, der mich am meisten quälte: Ich hatte nicht die geringste Vorstellung davon, welche Position *du* in diesem Spiel einnimmst. Warst du es, die mit mir spielte, oder warst du den Regeln dieses Spiels auf gleiche Weise unterworfen wie ich?

Aber auch diese Frage zielt noch immer am Wesentlichen vorbei und trifft nicht den Kern meiner Unruhe und diesen meinen Schwebezustand, von dem ich ständig rede. Ich will und muß versuchen, es noch genauer zu sagen, ohne in die üblichen für solche Zustände verbrauchten Floskeln zu verfallen. Was mich in diesen Schwebezustand zwischen Angst und Freude versetzt hatte, war vor allem dies: Auch wenn ich noch kaum etwas von dir wußte, so war ich dir doch begegnet, und du hattest mich – meinen Körper? meinen Geist? meine Seele? wohl all dies zusammen – auf eine Weise berührt, daß ich mich künftig ohne dich auf eine trostlose Weise unvollständig fühlen würde. Und als ich mir dessen bewußt geworden war, kam mir endlich eine Ahnung davon, daß es gerade deine Fremdheit war, deren ich bedurfte.

So ging ich dir in Gedanken nach, wenn ich nachts in meiner Höhle lag und nicht schlafen konnte. Bei Tage jedoch rückte die Insel mit dem Turm immer weiter ins Imaginäre, und es machte mich traurig, daß mir über der

Beschäftigung mit alltäglichen Banalitäten nach und nach die Fähigkeit abhanden kam, die Geschichte von der Löwin und mir als erlebte Wirklichkeit aufzufassen, und damit schwand mir auch die Hoffnung, dich je wiederzusehen.

Es ist ärgerlich, wie wenig hilfreich ein gedankenschweres Gemüt bei der Bewältigung alltäglicher Beschwernisse ist, etwa solchen der Witterung. Das war aber auch ein Winter von der übelsten Art! Anfang Februar lag die Temperatur so knapp über der Frostgrenze, daß der Schnee in der Stadt nicht schmolz, sondern zu einem mißfarbenen matschigen Brei zermahlen und zerstampft wurde, der einem von oben her in die Schuhe rann, so daß man ständig mit naßkalten Socken herumlaufen mußte.

Als ich um diese Zeit – inzwischen war die hektische Fröhlichkeit des Karnevals über die Stadt hereingebrochen – am Abend durch diesen scheußlichen Schneesumpf nach Hause stapfte, kam mir schwatzend und laut lachend eine bunt maskierte Gesellschaft entgegen. Mißmutig wie ich gestimmt war, versuchte ich, auf die andere Straßenseite auszuweichen, da ich keine Lust verspürte, mich in dieses Treiben hineinziehen zu lassen. Doch da löste sich eine Gestalt aus der Gruppe, offensichtlich eine maskierte Frau, die von Kopf bis Fuß in ein enganliegendes Gewand gekleidet war, das im Licht der Straßenlampen golden-seidig glänzte. Mit wenigen Sprüngen war sie neben mir, legte mir den Arm um die Schultern und blickte mir ins Gesicht, als wolle sie mich küssen, was zu solchen Zeiten durchaus nicht ungewöhnlich wäre.

Mir blieb das Herz stehen, als ich in die Augen einer Löwin blickte. Maske hin oder her – sie dient ja dazu, den Betrachter über die wahre Identität ihrer Trägerin zu täuschen, und diese Maske war so perfekt oder wirkte wenigstens im Augenblick der Überraschung so echt, daß ich mich zurückversetzt fühlte in die Zeit meiner Wanderung mit der Löwin, jäh überschwemmt vom Gefühl der Freude des Wiedererkennens und auch der Angst.

»Warte nur«, sagte die Löwin mit einer dunklen Frauenstimme, die deine hätte sein können, »du entrinnst mir nicht!« und drückte ihr kätzisches Maul auf meinen Mund, doch was ich dabei fühlte, waren weiche, warme Lippen und das rasche Zucken einer Zungenspitze. »Nun wirst du mich nie mehr vergessen«, sagte sie dann noch, sprang davon und lief den anderen in langen Sätzen nach.

Was ich davon halten soll, weiß ich noch heute nicht. Eigentlich kann es nicht sein, daß du das warst, aber wie soll ich mir diesen Vorfall sonst erklären? Zufall? Was bedeutet dieses Wort überhaupt? Irgendeine beliebige Frau, die sich, weil ihr das eben in den Sinn kommt, als Löwin verkleidet, ausgerechnet mich auf offener Straße geradezu anfällt, mich küßt und mir solche Sachen sagt?

Nun ja, im Karneval ist alles möglich, sagen die Leute hier, aber was heißt das nun wieder? Kann das nicht auch bedeuten, daß jemand, ohne es zu ahnen, eine Rolle in diesem Spiel übernimmt, in das nicht nur wir beide verwoben sind? War es ein Zufall, daß just in dem Augenblick, als die Löwin davonsprang und ich mich zum Gehen wandte, über den schneebestäubten Büschen des abenddunklen Parks die Venus strahlend am Himmel stand oder daß ich wenig später, als ich nach Hause kam, einen Brief von der Tagungsleitung vorfand, der nicht nur das Programm der Veranstaltung in den Osterferien enthielt, sondern auch die Liste der angemeldeten Teilnehmer, auf der diesmal auch dein Name stand?

Mit Mühe brachte ich das Semester zu Ende und befand mich dabei in einem Zustand, in dem mir immer stärker die Dürftigkeit der von uns angewendeten wissenschaftlichen Methoden bewußt wurde, die an dem, was die behandelten Texte zum Thema hatten, sehr gezielt vorbeigriffen, wie mir schien. Kann, ja darf man solche Texte überhaupt auf derartige Weise *behandeln*, mit Händen betatschen und mit Hilfe untauglicher Geräte in ihre Bestandteile zerbrechen, nur am Detail interessiert, als könne man daraus Rückschlüsse ziehen auf den Sinn des Ganzen, das man bei solcher Tätigkeit längst bis zur Unkenntlichkeit abgegriffen oder völlig aus dem umfassenden Blick verloren hat?

Solange Referate gehalten und anschließend diskutiert wurden, nahmen die meisten in ihrem blinden Eifer, sich durch den Vortrag neuer Erkenntnisse hervorzutun, dieses Dilemma überhaupt nicht wahr, ein Umstand, den ich angesichts meiner eigenen Verwirrung dankbar begrüßte in der Hoffnung, zu einem geeigneten Zeitpunkt, nämlich sobald ich selbst wieder soliden Boden unter den Füßen spürte, auf diesen Mißstand hinweisen zu können. Eine solch glückliche Wendung ließ jedoch auf sich warten, und so breitete sich während der letzten Sitzung des Semesters, als die Frage nach dem Ertrag dieses Seminars unversehens im Raume stand wie der Geist von Hamlets Vater, betretenes Schweigen aus, das auch ich nicht mit sinnvollen Reden auffüllen konnte.

Ich versprach schließlich – ziemlich leichtfertig, wie mir heute scheint –, bis zum Beginn des Sommersemesters die wichtigsten Ergebnisse unserer Bemühungen zu einem wohlgegliederten Papier zu verarbeiten und dieses in hinreichender Anzahl für die Teilnehmer im Sekretariat des Instituts bereitzulegen. Während ich das bekanntgab und die Studenten in die Ferien entließ, dachte ich nur noch daran, daß ich dich in wenigen Wochen treffen würde, eine Vorstellung, die es mir leichtmachte, mein wissenschaftliches Debakel zu verdrängen.

Das gelang mir zunächst recht gut – offenbar bin ich nicht ungeübt in diesem eher unterbewußt betriebenen Mechanismus der Verdrängung –; je näher jedoch der Termin meiner Abreise rückte, desto beklemmender trat dann zwar nicht meine Unsicherheit in wissenschaftlichen Belangen, aber jene in meinem Verhältnis zu dir zutage. Wie sollte ich dir gegenübertreten, nachdem ich dich unerlöst als Löwin vor dem Tor des Turms zurückgelassen hatte, auf- und davongescheucht von meiner Angst, ich könnte dir nicht gewachsen sein? Und wie würdest du mir begegnen? Mit freundlicher Distanziertheit, die jeden Annäherungsversuch von vornherein unmöglich machen würde? Oder gar mit kalter Verachtung? Würdest du überhaupt kommen können, solange du noch in das Fell der Löwin gebunden warst?

Manchmal war ich nahe daran, meine Teilnahme noch kurz vor Beginn der Tagung abzusagen, doch dann änderte in der Nacht vor meiner geplanten Abfahrt ein Traum meine Einstellung entscheidend, obwohl er dem ersten Anschein nach kaum im Zusammenhang mit meinem Vorhaben zu stehen schien. Je mehr ich über seine Bilder nachdachte, desto deutlicher schien er mich dann doch zu ermutigen, mich auf diese Ungewißheit einzulassen. Ich habe mir diesen Traum notiert:

Ich bin irgendwo bei einer ausländischen Bibliothekszentrale zu Besuch. Dort benutze ich eine größere wissenschaftliche Bibliothek, verlasse für eine unbestimmte Zeit den Lesesaal und finde, als ich zurückkomme, die Bücher, die ich mir für meine Arbeit auf dem Tisch zurechtgelegt habe, nicht mehr vor. Ich wende mich an den Bibliothekar, einen gebrochen Deutsch sprechenden jüngeren Mann dunkelhaarigen Typs mit schmalem schwarzem Schnurrbart. Seine Erklärungen kann ich nicht verstehen, und seine Frau, die dazutritt, ist zwar sehr freundlich, kann sich mir aber nicht verständlich machen. Ich vermute, daß die beiden mich zu sich einladen wollen, und folge ihnen aus dem relativ düsteren Bibliotheksraum über viele Treppen immer weiter hinauf, und je höher wir steigen, desto heller wird es.

Schließlich treten wir durch eine Tür ins Freie und befinden uns hoch oben zwischen strahlend weiß gekalkten Zinnen auf dem flachen Dach eines südländisch wirkenden Gebäudes. Am Fuße einer der Zinnen sehe ich ein paar Marmorbrocken liegen, darunter einen von etwa zwanzig Zentimeter Länge, der sehr ebenmäßig wie eine aus einer Melone von Pol zu Pol herausgeschnittene Spalte geformt zu sein scheint oder wie der Abschnitt zwischen zwei Meridianen auf einer Erdkugel. Ich muß durch ein Gitter greifen, um ihn aufzuheben. Als ich ihn umdrehe, zeichnet sich auf der Rückseite (die, wie sich jetzt herausstellt, eigentlich die Vorderseite ist) unter erdigem Schmutz ein schön gemeißelter Faltenwurf ab. Ich wische mit der Hand darüber und entdecke, daß das Ganze eine Frauenbüste darstellt, etwa in Form einer Galionsfigur. Aus einem reich gefältelten Gewand ragt auf schmalem Hals ein zierlicher Kopf mit einem ungeheuer lebendig wirkenden Gesicht etwa von der Größe eines großen Hühnereis. Ich freue mich an der Schönheit dieses Fundes und wache mit diesem Gefühl auf.

Als ich am nächsten Tag unter einem blaßblauen Frühjahrshimmel zum zweiten Mal mit dem Taxi durch die Straßen der kleinen Stadt fuhr, verschwendete ich keinen Blick auf die Fassaden der alten Bürgerhäuser, deren dem gesunden Geschäftssinn ihrer Bewohner angepaßte Restaurierung ich im Jahr zuvor als eine mich tief befriedigende Bestätigung meines eigenen Vorhabens empfunden hatte. Diesmal blickte ich weder rechts noch links, sondern schaute nur voraus dem Ziel der Fahrt entgegen, dem erst zögernd sich begrünenden Gewölk des Parks, in dessen Schatten ich dich zu treffen hoffte.

In meiner Vorstellung schwebte ich schon über die kiesbestreuten Pfade dir entgegen, wenn diese Phantasien auch empfindlich gestört wurden durch die Tatsache, daß es mir nicht gelingen wollte, mir dein Gesicht, deine Gestalt vor Augen zu stellen. Ich entsann mich der Fassade des Schlosses, vor der die Tagungsteilnehmer auf und ab gingen, der niedrigen und hohen Gehölze des Parks, vor deren Hintergrund ich dich gesehen hatte, aber sobald ich meine Erinnerung auf dich zu richten versuchte, plagte mich eine partielle innere Blindheit, die stets nur deine Person aus dem vertrauten Panorama ausblendete und unvorstellbar machte, als wärst du nichts weiter als ein blinder Fleck im Speicher meines Gedächtnisses.

Dabei war ich diesmal schon so früh aufgebrochen, daß ich den Park im hellen Sonnenschein des frühen Nachmittags erreichte. Die Figur, die mir damals so jäh ins Blickfeld getreten war, huschte, während das Taxi rasch die Kurve nahm, als ein kaum definierbarer grauer Gegenstand vorüber, obwohl ich jetzt auf sie gefaßt war und sie wiederzuerkennen versuchte. Sie sah aus wie ein bleicher, verwitterter Baumstrunk, der die Reste seiner gekappten Äste hilflos gen Himmel reckt.

Dieser unbefriedigende Eindruck ließe sich leicht erklären: Damals hatten die Scheinwerfer des Taxis die Figur aus der dunklen, ungestalteten Masse des Gebüschs unversehens herausgepickt und ins rechte Licht gesetzt, heute jedoch lag alles unterschiedslos im gleichmäßigen ernüchternden Licht des Tages. Und doch fühlte ich mich deprimiert, während der Fahrer das Taxi vor dem Eingang bremste und zum Stehen brachte, deprimiert und allein gelassen, als hätte ich bei einem ersehnten Rendezvous nicht die geliebte Frau getroffen, sondern nur einen schäbigen Boten, der mir spöttisch grinsend ihren Absagebrief zusteckt.

Alles war anders, als ich es mir seit Wochen ausgemalt hatte. Ich hatte gehofft, unbelastet von jeglichen Verpflichtungen die ersten warmen Frühlingstage im Schloßpark zu genießen und inmitten von narzissen- und tulpenbesetzten Rondellen dir aufs neue und möglicherweise sogar auf eine neue Art zu begegnen, mit dir über die Parkwege zu spazieren, der Himmel weiß wohin, und was ich mir sonst noch alles zusammengeträumt haben mag.

Frühling und Sonne hatten mitgespielt, so weit war meine Vorausschau sogar eingetroffen, und die Tulpenbeete waren in der Tat eine knallbunte Pracht. Dennoch wollte sich die erhoffte Hochstimmung nicht einstellen, zumal du nirgends zu finden warst, weder in der Nähe der Rezeption noch im Speisesaal, wo ein erster Kaffee ausgeschenkt wurde, und auch nicht im Park, dessen Wege ich, nach allen Windrichtungen ausspähend, abschritt, vorüber am Teich, auf dem ein halbes Dutzend Enten sich sanft unter der Sonne wiegten, die mir, als ich weiterging, nachschnatterten, als wollten sie mich verspotten.

Auf diese Weise hielt ich's auch im Park nicht lange aus, und so trieb ich mich dann in der Nähe der Rezeption herum, ständig darum besorgt, daß mir kein Neuankömmling entging. Doch du warst auch jetzt nicht dabei, und ich konnte dich weder im Vortragssaal während der kurzen Begrüßung der Teilnehmer entdecken noch beim anschließenden Abendessen.

Voller Unrast trabte ich danach durch die breiten Gänge des Schlosses, betrachtete zerstreut die an den Wänden hängenden Ölbilder, die irgendwelche Anverwandten der seinerzeitigen Herzogsfamilie darstellten, hielt mich dann wieder im Eingangsbereich auf, malte mir dabei die abwegigsten Gründe für dein Fernbleiben aus und war schon völlig entnervt, als mich ein älterer Kollege begrüßte, mit dem ich schon mehrfach bei ähnlichen Anlässen ins Gespräch gekommen bin. Wir mögen einander auf eine schwer zu beschreibende Weise, ohne davon viel Wesens zu machen. Als Erik mich auf ein Glas Wein einlud, nahm ich dankbar die Gelegenheit wahr, mich von meiner Verbiesterung ablenken zu lassen.

Verbiesterung habe ich das eben genannt, und das ist wohl genau das richtige Wort; denn ich bin herumgelaufen wie ein Tier in seinem Käfig, immer hin und her von Gitter zu Gitter. Erik verlor kein Wort zu meinem Verhalten, aber der Blick seiner hellen, die Umwelt stets ein wenig ironisch betrachtenden Augen verriet deutlich genug, daß er es wahrgenommen haben mußte. Er lotste mich ins Kellergeschoß zu der Weinstube, die man dort als abendlichen Treffpunkt der Besucher eingerichtet hatte, besorgte im Vorbeigehen eine Flasche Rotwein und zwei Gläser, entdeckte auch gleich einen freien Tisch in einer Nische, an dem man ungestört miteinander reden konnte. Auch dann noch behielt er in allem die Initiative, entkorkte die Flasche, schenkte ein und hob sein Glas. »Trink erst mal einen Schluck!« sagte er, als sei er Zeuge gewesen, wie ich Schreckliches hatte erleiden müssen.

Danach widmete er seine volle Aufmerksamkeit zunächst dem Rotwein, verkostete ihn sorgfältig (er hatte übrigens gut gewählt) und ließ auf diese Weise eine ganze Weile vergehen, ehe er mich fragte, ob ich jemanden erwarte.

»Wieso?« sagte ich und war töricht genug, den Überraschten zu spielen.

»Na, hör mal!« sagte Erik. »Das war doch nicht zu übersehen«, und ehe ich neuerlich mein scheinbares Unverständnis bekunden konnte, hob er schon abwehrend die Hand und fuhr fort: »Ich seh schon, du willst nicht drüber reden. Es gibt ja auch genug wichtigere Themen.« Damit kam er in einem kühnen Gedankensprung auf die finanzielle Situation der Universitäten zu sprechen, die, wie er sagte, schon fast planmäßig zur permanenten Austrocknung der Geisteswissenschaften führe. »Forschung und Lehre!« sagte er. »Daß ich nicht lache. Was man heute den Studenten an Literaturkenntnis vermitteln muß, brachte früher ein Abiturient schon von der Schule mit. Mühselige Paukerei ist das, und der Rest der Zeit wird vom Verwaltungskram aufgefressen.«

Er sagte das alles wie ein Schauspieler, der improvisiert, weil er aus dem Text gekommen ist, und mir war durchaus nicht klar, ob er eine ernsthafte Diskussion zu diesem Thema vom Zaun brechen oder mir durch seine aus der Luft gegriffene Rede nur zeigen wollte, wie blöd ich mich benahm.

Den Gefallen, nun einzulenken, wollte ich ihm nun gerade nicht tun und ging voller Eifer auf die von ihm angesprochene Situation ein, beklagte, daß der Staat offensichtlich genug Millionen auszugeben habe, die er aber statt in die germanistische Forschung lieber in mittlerweile von Stillegung bedrohte Atomkraftwerke investiere oder in aberwitzig schnell fahrende Eisenbahnzüge, die zwar eine Handvoll von Wirtschaftsbossen in die Lage versetzen, fast in Jet-Geschwindigkeit auf dem Boden von Ort zu Ort zu hetzen, aber jedem einigermaßen vernünftig denkenden Menschen kalte Schauer über den Rücken jagen bei der Vorstellung einer Karambolage solcher Superbahnen, die – was den erzeugten Lärm und die Gefährlichkeit betrifft – das Tieffliegerproblem auf die Schiene verlagern.

Ich redete mich richtig in Rage, denn das ist in der Tat

ein Thema, das mich zornig machen kann, und darüber verlor ich – so absurd das sich anhören mag – meine Unrast und setzte mich mit aller Ruhe in meinem Zorn zurecht, zumal Erik auf meine Replik nicht minder engagiert einging und mich an die Arbeitsplätze erinnerte, die durch solche Installationen garantiert würden und gegen ein mögliches Risiko aufgewogen werden müßten. »Wieviel eigentlich völlig unnötiger Krimskrams wird heutzutage hergestellt, nur um Arbeitsplätze zu halten?« sagte er und fuhr nach einem scharfen Blick auf meine Brust fort: »Und du selber machst sogar noch Reklame dafür mit der Luxuskarosse, die auf die Tasche deines Hemdes unablösbar draufgestickt ist.«

Die Art, wie er bei diesen Worten griente, erlaubte keinen Zweifel daran, daß er mich auf die Schippe nahm.

»Damit kriegst du mich nicht«, sagte ich sofort. »Ich hab ein Hemd gebraucht in dieser dunkelblauen Farbe, und das Schlimme ist ja eben, daß es keines gab, auf dem nicht irgend so ein Firlefanz draufgestickt ist. Dieses komische Auto hier kam mir noch am unauffälligsten vor. Außerdem bin ich in solchen Dingen so ungebildet, daß ich nicht mal weiß, was das für ein Wagen sein soll.«

Erik nannte die Marke, und da wußte sogar ich, daß die vom Besten war. Inzwischen hatten wir beide die Maske fallen lassen und lachten offen heraus, um dem Spiel ein Ende zu machen.

Du darfst nicht glauben, daß Erik oder ich solche Fragen nicht ernst nehmen, aber wir beide haben mittlerweile schon so oft über dergleichen Zusammenhänge disputiert, daß wir gelegentlich eine Art verbalen Schattenboxens veranstalten, um uns in Erinnerung zu rufen, daß diese Welt so ist, wie sie ist.

Die erste Flasche war nun auch schon leer, und ich holte eine neue der gleichen Lage. Ich ahnte bereits, daß dies eine längere Sitzung zu werden versprach, und da ziehe ich es im Interesse meines Wohlbefindens vor, das Getränk nicht zu wechseln. Als unsere Gläser wieder gefüllt waren, sagte ich – nunmehr in einem Ton, der Erik aufblicken ließ, weil er keine Anknüpfung mehr an unser Spielchen erlaubte –, ich sagte also, daß mir im Verlauf des vergangenen Semesters jegliches Vertrauen zu meinen bisher geübten Methoden der Textuntersuchung verlorengegangen sei.

»Das war auch höchste Zeit«, sagte Erik, als habe er schon lange auf einen solchen Zusammenbruch meiner geistigen Rüstkammer gewartet. »Wissenschaft kannst du in Wahrheit nur dann betreiben, wenn du dir bewußt bist, daß jede zugrundeliegende Denkweise und jede angewendete Methode der Betrachtung den betrachteten Gegenstand um so stärker verfälscht, je absoluter (also unkritischer) du solche Voraussetzungen hinnimmst. Und wenn du deine Denkweise und deine Methoden für die einzig tauglichen zur Wahrheitsfindung erachtest, wirst du nur noch Absurdes produzieren und merkst es womöglich nicht einmal. Was hat dich darauf gebracht?«

»Eine Erfahrung«, sagte ich, »die mich vorhin auf so überdeutlich erwartungsvolle Weise im Bereich der Eingangstür hat herumirren lassen.«

»Aha«, sagte Erik. »Erzähl!«

Weißt du, er erinnerte mich in diesem Augenblick in seiner ironischen, aber dabei durchaus nicht lieblos wirkenden Ausdrucksweise an jenen Storch, dem ich als Frosch begegnet war. Oder der Storch hatte mich, ohne daß mir das damals bewußt geworden wäre, an Erik erinnert. Ich weiß nicht, wie ich diese Beziehung zwischen beiden definieren soll, nimm das, wie du magst. Jedenfalls hat er eine Art, bei einem sehr persönliche Dinge berührenden Gespräch sich auf seinen Partner einzulassen und dabei doch in einer Distanz zu bleiben, die einem das Reden leichtmacht.

Ich suchte also einen Anfang für meinen Bericht, als Kollege Schachtel an unseren Tisch trat und fragte, ob es erlaubt sei, sich zu uns zu setzen. Du kennst Schachtel natürlich nicht, weil du zumeist weiter oben in den etwas seligeren Gefilden der Kunstwissenschaft schwebst und nicht auf dem Bauche durch die ständig von ideologisch motivierten Balgereien verunsicherten Niederungen der Germanistik kriechen mußt. Schachtel ist Sprachwissenschaftler und Vorkämpfer einer radikalen Rechtschreibreform, was heißt, daß er nicht nur so ziemlich alle Wörter klein schreiben möchte (mit Ausnahme von Eigennamen, ein Sammelbegriff, den exakt zu definieren sich allerdings als ein zunehmend ins Unüberschaubare auswucherndes Problem erweist), nicht nur das also, sondern er tritt mit viel Aufwand an Eloquenz auch dafür ein, orthographische Erinnerungen an ursprüngliche Wortwurzeln auszutilgen, indem er jedermann vorzuschreiben beabsichtigt, statt eines Philosophen nur noch einen *filosofen* zu kennen, wodurch sich beim Leser oder Schreiber des Worts nicht mehr die Bezüge zu den griechischen Wörtern φνλεῖϑ (= lieben) und σοφία (= Weisheit) einstellen (je nun, wer kann schon noch Griechisch?), sondern eher Assoziationen in Richtung auf *Filet* oder *Filou*, was den ersten Wortteil betrifft, und im Hinblick auf den zweiten Teil das schöne neudeutsche Wort *Softie*. Ein Philosoph also wäre demnach ein Filou, der's auf die sanfte Tour treibt. Vielleicht so eine Art Sophist, mit denen schon Sokrates seinen Ärger hatte. Wird hier nicht die Gefahr einer unangemessenen Einengung dieses schönen Begriffs heraufbeschworen? Oder vielleicht sogar mit voller Absicht herbeigeredet oder besser: herbeigeschrieben? Ich sehe schon kommen, daß mich irgend so ein technokratischer Uni-Beamter abschätzig als *filosofty* tituliert.

Wie dem auch sei, Schachtel trägt seine Reformpläne vor sich her wie ein wehendes Panier und benötigt maximal zwei Überleitungssätze, um von jedem beliebigen Gesprächsthema auf sein spezielles Theorem zu kommen. Der also wollte sich zu uns setzen, doch Erik sagte barsch: »Es ist nicht erlaubt. Wir führen hier ein ernsthaftes Gespräch«, und dabei betonte er das Wort *ernsthaft* auf eine dermaßen maliziöse Weise, daß Schachtel beleidigt davonschritt, um sich anderswo ein Publikum für seine Reformideen zu suchen.

»Was macht der überhaupt hier?« fragte ich.

»Hast du das Programm nicht gelesen?« sagte Erik. »Der hält hier einen Vortrag über die Orthographie der erhaltenen Märchen-Manuskripte der Brüder Grimm.«

»Ach ja«, sagte ich, »die waren ja auch schon Kleinschreiber. Das Programm habe ich mir übrigens überhaupt nicht angeschaut, sondern nur die Teilnehmerliste.«

Diese letzte Bemerkung bot Erik neuerlich Gelegenheit, »Aha!« zu sagen, und er setzte hinzu: »Da stand wohl ihr Name drin?«

In mancher Beziehung ist er neugierig wie ein Eichhörnchen. Der Pegel in der zweiten Flasche hatte mittlerweile einen beträchtlichen Tiefstand erreicht. In Entsprechung dazu war meine Bereitschaft gestiegen, über meine sonderbaren Erfahrungen mit Märchen zu reden.

Erik ist ein guter Zuhörer, vor allem ist er bereit, auch die unwahrscheinlichsten Sachverhalte zu akzeptieren, solange er den Eindruck hat, daß der Erzähler sich nicht absichtlich von dem entfernt, was er für die Wahrheit hält. Und er merkt sofort, wenn man aus irgendeinem Grund den Bericht über Geschehnisse ein wenig verfälscht.

Natürlich erzählte ich ihm von der Palladio-Villa und dem verwilderten Park mit den grotesken Figuren (Erik ist übrigens schon einmal dort gewesen und konnte sich noch genau an Einzelheiten erinnern), und dann sagte ich unter Auslassung der näheren Umstände, daß du dich danach – er mußte aufgrund meiner Darstellung annehmen, daß dies noch dort geschehen sei – in eine Löwin verwandelt hättest.

Bis dahin hatte er zur Seite geschaut, zumeist auf sein noch zur Hälfte gefülltes Glas oder auf das rote, seltsam verzwirbelte, lebendig wabernde Muster, das vom Licht der Tischkerze durch den Wein im Glas auf die hölzerne Tischplatte geworfen wurde. Als ich ihm diese Kurzfassung deiner Verwandlung anbot, blickte er mich sofort scharf an, und ich konnte schon an dem ironischen Funkeln in seinen Augen erkennen, daß ihn diese Version der Geschichte nicht überzeugte. Die Verwandlung selbst zog er mit keinem Wort in Zweifel, wie er auch zuvor meine zeitweilige Verwandlung in einen Frosch akzeptiert hatte. Jetzt fragte er nur: »Gleich dort?« Doch dann besann er sich und fuhr fort: »Entschuldige, das geht mich nichts an. Ich kann mir vorstellen, wie es gewesen sein muß. Als ich in diesem Garten war, hab ich mich gefürchtet. Leider war ich allein dort.« Dann holte er noch eine Flasche, schenkte nach, versank wieder in seiner Zuhörerhaltung und blieb so bis zum vorläufigen Ende meiner Geschichte fast bewegungslos sitzen, wenn man davon absieht, daß er hie und da einen Schluck trank. Als ich nichts mehr zu erzählen hatte, sagte ich nur noch: »Sie ist nicht gekommen. Was soll ich tun?«

Erik dachte eine Weile nach, und dann sagte er: »Es noch einmal versuchen, und zwar so, wie du selbst es im Grunde deines Herzens für richtig hältst.«

»Wann denn?« sagte ich. »Und wo?«

»Jetzt gleich!« sagte er. »Hier und jetzt!«

»Mitten in der Nacht?« Ich hatte Erik im Verdacht, daß er, wie es zuweilen geschieht, vom einen zum anderen Augenblick den Zustand der Volltrunkenheit erreicht hatte. Aber er schien nahezu nüchtern, als er sagte:

»Wann denn sonst? Los! Mach dich auf die Socken!«

Er brachte mich noch bis vor die Tür, deutete mit dem Kopf vage in Richtung auf den Park und schubste mich geradezu auf den Weg, daß ich die dreistufige Eingangstreppe hinunterstolperte. »Geh schon!« rief er mir nach. »Immer der Nase nach!«

Ich versuchte, das wörtlich zu nehmen wie damals, als mich der kleine braune Frosch auf die Spur gesetzt hatte, aber von diesem Geruch, der mich zu dieser Zeit weitergelockt hatte, war nichts zu spüren. Der geile, süße Duft der Narzissen, deren Blüten als blasse Sterne im Dunkel über den Rabatten schwebten, übertönte alles, was mir auf den kiesbestreuten Wegen in die Tiefe des Parkes je in die Nase geraten war, und begleitete mich noch immer, als ich schon längst zwischen Gebüsch und unter Bäumen weitergegangen war auf der Suche nach dem Ententeich.

Nach einer Weile wurde mir bewußt, daß ich den Weg schon wieder verfehlt haben mußte. Rings um dieses Gewässer war das Parkgelände ziemlich offen und nur in lockeren Gruppen von Gehölzen bestanden, während hier, wo ich jetzt voranschritt, die Bäume so dicht zusammengerückt waren, daß ich den Weg kaum noch erkennen konnte. Das lag wohl auch daran, daß es keine helle Kiesstreuung mehr gab, und zu diesem Zeitpunkt wechselte unvermittelt auch der mich begleitende Geruch. Statt nach Narzissen roch es jetzt nach Wasser, lebendigem, fischigem Wasser, und dieser Geruch wurde in dem Maße intensiver, in dem ich mich auf dem eben noch erahnbaren Pfad zwischen Bäumen und Buschwerk weitertastete. Nun wußte ich, daß ich bereits eine geheime Grenze überschritten hatte und mich in jenem Bereich befand, in dem die Zeit keine Geltung hatte und auch die Gesetze aufgehoben waren, die unsere Realität zu bestimmen und einzuschränken scheinen.

Dieser Gedanke und vor allem dieser Geruch ließen mein Herz schneller klopfen, erregten mich und lockten mich weiter. Auch wenn mich nun schon das Gefühl überkam, vertrautes Gelände zu betreten, so war doch überhaupt nicht abzusehen, was mir diesmal widerfahren würde. Ich solle tun, was ich im Grunde meines Herzens für richtig halte, hatte Erik gesagt, und das hatte wie der Rat einer hilfreichen Märchengestalt geklungen. Überdies hatte er sich sehr rücksichtsvoll ausgedrückt; denn nun verstand ich nur zu genau, was das heißen sollte: Ich durfte mich nicht noch einmal von meiner Angst ins Bockshorn jagen lassen, dieser Angst, die mich immer wieder dazu gebracht hatte, Dinge zu tun, von denen ich eigentlich wußte, daß ich sie gar nicht tun wollte.

Der Hang vor mir wurde abschüssig, Buschwerk löste den Hochwald ab, und dann stand ich wieder am Gestade des Sees. Im Westen hing tief die Sichel des zunehmenden Mondes, und in ihrem schwachen Licht konnte ich mit einiger Mühe die Insel ausmachen. Einen Augenblick lang spielte ich mit dem Gedanken hinüberzuschwimmen, aber dann merkte ich, daß ich eine solche Strapaze nur deshalb auf mich nehmen wollte, um der Begegnung mit dem Fährmann auszuweichen. Also ging ich langsam über den Strand auf seine Hütte zu und setzte mich für eine Weile in den trockenen Sand, um den schwankenden Spiegelungen zuzusehen, in denen sich die Mondsichel auf der leicht bewegten Oberfläche des Sees vertausendfachte.

Als ich mich aufstützte, schnitt mir eine Kante so scharf in den Ballen, daß ich meine Hand rasch zurückzog. Diesmal ging's bis ins Blut. Ich saugte die Wunde aus, band mein Taschentuch darüber und schmeckte noch den süßen Saft, als ich schon wieder nach der Kante tastete. Was ich aus dem Sand zog, war ein vollständiges, noch durch eingetrocknete Reste des Muskels zusammengehaltenes Paar von Muschelschalen, das sich aufklappen ließ wie ein winziges Buch, zwischen dessen Deckeln eine vollkommen geformte, etwa erbsengroße Perle das Licht der Mondsichel zu irisierendem Schimmer verwandelte. Es kam also wirklich vor, daß hier eine Perle gefunden wurde, doch nun würde ich dafür sorgen müssen, daß sie mir erhalten blieb. Ich schloß die Schalen über der Perle und verwahrte die Muschel in der Brusttasche meines Hemdes, die sich zuknöpfen ließ. Dann machte ich mich auf, um den Fährmann aus dem Schlaf zu klopfen.

Er öffnete sofort und war auch schon vollständig angezogen, als hätte er hinter der Tür auf mich gewartet.

»Zur Insel«, sagte ich.

Er nickte, trat aus der Tür, schloß sie hinter sich und wollte zum Anlegeplatz gehen. Doch ich hielt ihn zurück und fragte nach dem Preis.

»Das hat Zeit bis nachher«, sagte er. Da kam mir die Ahnung, daß ich nach der Überfahrt keine Chance haben würde, den Preis selbst zu bestimmen.

»Nein«, sagte ich. »Gezahlt wird vorab. Hier und jetzt.«

Das schien dem Fährmann überhaupt nicht zu passen. Er starrte mir mißmutig mit seinen froschigen Augen ins Gesicht und forderte tatsächlich die Perle, die ich eben gefunden hatte, streckte sogar schon die Hand aus, um sie in Empfang zu nehmen. Seine hastige Gier bestätigte aber nur meine Vermutung, daß vor Antritt der Fahrt ich selbst die Wahl hatte.

»Die kriegst du nicht«, sagte ich, zog mein Portemonnaie aus der Tasche und legte das größte Geldstück, das ich darin finden konnte, auf die ausgestreckte Hand des Fährmanns.

Ich konnte ihm ansehen, daß er das harte Metallstück am liebsten in den Sand geworfen hätte, aber er konnte es nicht, das war offenkundig.

»Bezahlt ist bezahlt«, sagte ich. »Jetzt will ich fahren.«

Da steckte er die Münze ein und schlurfte mir voraus zu seinem Kahn.

Während der nächtlichen Überfahrt sank die Mondsichel langsam dem Horizont zu und legte schließlich über den dunklen Spiegel des Sees eine flimmernde Straße zerscherbten Lichts, ehe sie hinter den Hügeln des fernen Ufers untertauchte. Da waren wir schon nahe dem Inselhafen.

Der Fährmann lenkte schweigend den Kahn in die Hafeneinfahrt, und während er auf den Kai zuruderte, beobachtete ich, wie die Oberkante der Felswand immer höher in den Himmel schnitt und Stern auf Stern löschte. Kaum daß ich ausgestiegen war, legte der Kahn schon wieder ab und war nach wenigen Ruderschlägen auf dem nachtschwarzen Gewässer nicht mehr wahrzunehmen. Da machte ich mich an den Aufstieg zum Dorf.

Die schmalen Gassen und verwinkelten Treppen lagen wie ausgestorben. Nirgends der Schimmer eines Lichts. Im schwachen Schein der Sterne wirkten die Gemäuer wie Ruinen. Oder waren es tatsächlich Ruinen? Mauerreste längst verfallener Wohnstätten, in denen nur hie und da dieses froschige Gelichter sein Unwesen trieb, um eine Art von Leben vorzutäuschen, das Besucher in die Irre führen sollte? Hier lief einem ja nicht einmal eine nächtlich umherstreunende Katze über den Weg.

Hatte ich mich in die Irre führen lassen bei meinem ersten Besuch? Anfangs habe ich dich gefragt, ob du diese Rana gewesen bist, die dir zeitweise so ähnlich zu sein schien. Jetzt, wenn ich meine dritte Ankunft auf der Insel bedenke, kommen mir immer stärkere Zweifel. Andererseits kann ich mich nicht von dem Gedanken lösen, daß doch etwas von dir in diesem Mädchen lebendig war, selbst in der Fröschin noch, der ich nachsprang, den Hang hinab und hinein in das von Fruchtbarkeit brodelnde Wasser. Etwas von dir, aber nicht du.

Unter solchen Gedanken suchte ich einen Weg durch dieses gespenstige Dorf, tappte zwischen brüchigem Mauerwerk, von dem meine Schritte widerhallten, durch ein Gewirr enger Durchlässe und holpriger Gäßchen, die unvermutet in eine Richtung abbogen, in die ich nicht gehen wollte. Nach oben mußte ich gehen, das wußte ich, denn nur hangaufwärts führte der Weg zum Turm. Doch das Dorf hielt mich zurück mit einer Beharrlichkeit, die mir Angst zu machen begann.

Ich versuchte, mich des Weges zu entsinnen, den ich bei meinem letzten Besuch geradeaus zwischen den Häusern hindurch gegangen war, bis ich ins Freie kam, aber in dieser mondlosen Nacht erschien mir keine der Gassen vertraut; schwarz, abweisend und schattenlos ragten die Gemäuer neben mir und vor mir und verschmolzen in der Höhe mit der Schwärze des Himmels.

Einen Faden hätte ich jetzt gebraucht, an dem ich mich durch dieses Labyrinth hangeln konnte, aber mir hatte keine Ariadne einen Knäuel in die Hand gedrückt, und mich begann der Gedanke zu beschäftigen, daß ich hier im Dunkel hinter der nächstbesten Hausecke dem Minotaurus in die zyklopischen Arme laufen könne, und ich hatte nichts in der Hand, womit ich mich gegen diesen scheußlichen Unhold hätte wehren können.

Waffe hatte ich keine, daran gab es keinen Zweifel. Doch ich fragte mich, ob ich nicht doch etwas bei mir trug, das ich dem Bann dieses Labyrinthes oder auch seinem üblen Bewohner entgegensetzen konnte. Immerhin trug ich ja die Muschel mit der Perle bei mir, die der Fährmann so gerne eingesackt hätte. Er wußte wohl, wozu sie dienlich war. Vielleicht würde auch ich es herausfinden. Also nahm ich sie aus der Tasche und öffnete ihre Schalen. Da lag die Perle matt schimmernd in ihrem dunkeln Bett, und es sah so aus, als leuchte sie von innen heraus.

Zunächst konnte ich meinen Blick kaum von diesem irisierenden Wunder lösen, das die Angstgesichte dieser Nacht in die düsteren Winkel zurückscheuchte. Als ich schließlich aufblickte, schlug mein Herz wieder ruhig, und ich sah, daß unmittelbar vor mir, wo ich bisher nur geschlossenes Mauerwerk hatte erkennen können, ein Ausgang offenstand, eine schmale Gasse, die hangaufwärts aus dem Dorf herausführte.

Als sollte noch ein letzter Versuch unternommen werden, mich in die Irre zu führen, hörte ich von fernher, herübergeweht von einem plötzlich aufgekommenen Nachtwind, das Quaken von Fröschen. Vielleicht war es gleichfalls die Perle, die mein Interesse an diesem nächtlichen Chor minderte. Ich steckte sie jedenfalls erst dann wieder in die Tasche, als nichts mehr zu hören war.

Da hatte ich die letzte Gasse schon hinter mich gebracht und stieg den Hang hinan. Unter den Sohlen spürte ich rauhes, kurzwüchsiges Gras, doch der nachtschwarze Boden war kaum zu erkennen, nur hoben sich hie und da, im Dunkel fast schwebend, helle rundliche Körper ab, die ich zunächst für schlafende Tiere hielt, Schafe zum Beispiel, bis ich erkannte, daß es von unzähligen Wettern abgeschliffene Kalksteinbrocken waren.

Bald erreichte ich die Mauer. Diesmal meinte ich zu

wissen, wie tief es auf der anderen Seite hinabging, und so kletterte ich sehr vorsichtig auf die Krone und nahm mir vor, meinen Halt nicht eher loszulassen, als bis meine Arme zu ihrer vollen Länge ausgestreckt waren, ehe ich mich in die Tiefe hinabfallen ließ, die nachtschwarz zu mir heraufstarrte. Diese Mutprobe blieb mir jedoch erspart; denn hier schienen sich bei jeder neuen Ankunft die Dimensionen geändert zu haben, und so spürte ich diesmal schon Boden unter den Füßen, ehe ich meine Arme noch zu ihrer vollen Länge ausgestreckt hatte.

Boden unter den Füßen. Kurioserweise fällt mir bei dieser Formulierung das kurz zuvor abgeschlossene oder wohl eher nur ohne rechten Abschluß ausgelaufene, wenn nicht gar versickerte Seminar ein, in dem ich bis zum letzten Tag keinen Boden unter den Füßen gespürt hatte. Auf einmal bin ich ganz zufrieden damit, daß die Teilnehmer zumindest nicht mit fertigen Antworten nach Hause gehen konnten. Die Vorstellung, die durch diese Redensart umschrieben wird, daß man nämlich in der jeweiligen Sache, von der gerade die Rede ist, auf festem, gesichertem Gelände stehe, auf dem man sich künftig frei bewegen könne, ohne Gefahr zu laufen, beim nächsten Schritt ins Bodenlose abzustürzen – eine solche Vorstellung ist ohnehin eine Illusion, soweit es das Funktionieren unseres Verstandes beim Begreifen der Welt betrifft. Auch der Boden, auf dem ich hier gelandet war, befand sich ja wieder einmal nicht dort, wo ich ihn vermutet hatte.

Erik hatte in unserem Gespräch eigentlich nur auf eine Formel gebracht, was mir zuvor widerfahren war: das Erleben der Diskrepanz zwischen dem kühlen Kalkül theoretischer Beschäftigung und der herzbewegenden, angsteinjagenden Erfahrung, die den Beweis dafür liefert, daß das Messer der Theorie stets haarscharf am eigentlichen Kern vorbeischneidet. Und wenn es ihn tatsächlich durch einen dummen Zufall einmal treffen sollte, wird es ihn wohl eher zerstören als begreiflich machen.

Mit dem viel beschworenen Boden unter den Füßen ist es also eher eine fragwürdige Sache, und das sollte ich gleich merken, als ich jenseits der Mauer stand, die jetzt auf dieser Seite nicht höher war als mein eigener Scheitel. Ehe ich noch recht Fuß fassen konnte, sauste aus der Dunkelheit etwas durch das hohe Gras heran und rammte seinen runden, pelzigen Kopf mit solcher Wucht in die Mitte meines Körpers, daß ich im Augenblick den Boden unter meinen Füßen wieder verlor und der Länge nach auf den Rücken fiel.

Schon im Fallen ahnte ich, wer mich hier erwartet hatte, und meine Angst vor der Wildheit der Löwin wurde verscheucht von der Freude, sie wiedergefunden zu haben oder in ihr auch dich wiederzufinden, nach der ich mich gesehnt hatte, seit du mir in dieser Gestalt entsprungen warst. Ich umarmte mit all meiner Kraft das schöne Tier, das ich über mir eher spürte als sah, fühlte das glatte, kurzhaarige Fell auf meiner Haut und die Liebkosung des lebendigen Körpers, mit dem ich mich voller Lust im Gras balgte.

Schließlich setzte ich mich auf und holte die Perlmuschel aus der Tasche, um, wie ich mir einbildete, den großen Zauberer zu spielen, der mit einem spektakulären Knall die große Verwandlung vorführt. Aber damit wurde es nichts. Die Perle verströmte zwar wie zuvor ihren sanften Schimmer, der sich in den Augen der Löwin spiegelte, als sie den Kopf herabbeugte, um das Wunder zu betrachten und mit feuchten Lippen zu berühren. Aber dabei blieb es auch. Die Zeit der Verwandlung war noch nicht gekommen.

Aber eine andere Zeit war gekommen, wenn ich auch noch nicht wußte, wozu diese Zeit dienen sollte. Die Löwin schien allerdings zu wissen, daß keine Zeit zu verlieren war; denn sie ließ sich auf keine Balgerei mehr ein, sondern versuchte auf die mir schon vertraute Art, mich auf die Beine zu bringen und voranzutreiben, hangaufwärts, versteht sich, auf den Turm zu, und sie drängte mich, seit sie die Perle gesehen hatte, mit solcher Beharrlichkeit, als hinge das Leben davon ab, daß ich dort etwas vorantreibe oder zu Ende bringe. Mein Leben, ihr Leben, unser Leben.

Es war noch immer Nacht, als wir auf diese treibende oder getriebene Weise den Turm erreichten. Ich hatte schon die ganze Zeit über nach ihm Ausschau gehalten, und dann erkannte ich plötzlich seinen Umriß daran, daß er die Sterne verdeckte. Gewaltig und schwarz ragte er in den Himmel. In diesem Augenblick wurde das Tor von innen her hell beleuchtet, als hätte jemand eine starke Lampe angeknipst. Es stand offen.

Ich ging darauf zu, die Löwin blieb an meiner Seite, bis ich unmittelbar vor dem Tor stehenblieb, geblendet von dem strahlenden Licht. Da rieb sie noch einmal ihren Kopf an meiner Hüfte und tauchte mit einem Satz im Dunkel unter.

Heute weiß ich, daß die Arbeit, die im Turm auf mich wartete, allein getan werden mußte. Aber damals fühlte ich mich zunächst wie verloren, als ich allein und geblendet vor dem offenen Tor stand. Ja, ich war sogar böse auf die Löwin, daß sie mich in einer solchen Lage allein gelassen hatte. Dabei weiß ich nicht einmal, ob sie das in vollem Bewußtsein und aus eigenem Willen getan hat oder nur einem geheimen Befehl folgend, den sie selbst nicht verstand. Weißt du darauf eine Antwort? Ich habe dich so viel zu fragen, daß ein Leben kaum ausreichen wird, diese Fragen zu stellen, geschweige denn, sie zu beantworten. Wie hast du all das selbst erlebt? Das ist wahrscheinlich eine ganz andere Geschichte, die nur du erzählen könntest. So wie meine Geschichte für dich eine ganz andere Geschichte ist. Deshalb hast du wohl danach gefragt, wie das mit uns anfing. Deine Version war dir ja bekannt, und nun wolltest du meine Version hören. Ich bin begierig auf die Nächte, in denen du mir deine Geschichte erzählen wirst.

Wo bist du beispielsweise gewesen, während ich mich im Turm aufgehalten habe? Bist du allein durch das Steppengras getrabt, voller Unruhe und Sehnsucht – Sehnsucht wonach? Nur nach einem süßen Kastanienkern? Was ließ dein damaliges Bewußtsein zu? Oder hast du mit den Mädchen gespielt, den sieben Plejaden, deren melodischer Sprechgesang mir lieblich in den Ohren klang und mir doch nichts sagte? Vielleicht auch hast du deinen Spaß mit dem Affen getrieben, der mich dort empfangen hat, ihn erschreckt und auf einen der wenigen Bäume gejagt, die es dort gab?

Es kann allerdings auch sein, daß dieser Affe gar nicht dort war, wo ich ihm zuerst begegnet bin; denn ich habe ihn möglicherweise im Turm getroffen, wiederum als Empfangschef. Ich war nach dem langen Weg durch die mondlose Nacht völlig geblendet von dem grellen Licht und konnte zuerst überhaupt nichts erkennen, als ich durch das Tor trat und stehenblieb, um nicht in irgendeine Glastür oder sonst etwas hineinzurennen. Dann sprach mich jemand an, eine eher männlich klingende Stimme tenoraler Lage mit einem fremdartigen Akzent, der mir dennoch bekannt erschien.

»Wir haben Sie erwartet«, sagte die Stimme. »Fassen Sie sich und treten Sie näher! Diesmal können Sie sich doch wohl ausweisen?«

»Ausweisen?« wiederholte ich und hatte wieder einmal keine Ahnung, wovon die Rede war. Blinzelnd versuchte ich zu erkennen, wer mich da angesprochen hatte. Soweit ich sehen konnte, war es ein ziemlich kleinwüchsiger, eher zierlich gebauter Herr mit dunklem Teint und, wenn ich meinen Augen trauen durfte, einem schmalen schwarzen Schnurrbart. Er trug einen hellen, etwa elfenbeinweißen Anzug und schien hier der Empfangschef zu sein. Es kam mir so vor, als hätte ich ihn schon einmal gesehen, und als dieser Bewohner des Turms nach einer knappen Verbeugung den Kopf wieder hob und seine Lippen zu einem breiten Grinsen verzog, schoß es mir durch den Kopf: Das ist doch der Affe! Nur hat er sich diesmal anständig angezogen.

»Ausweisen, natürlich«, sagte der Affe, der nun eigentlich wie der Bibliothekar aus meinem Traum aussah. »Diesmal werden Sie doch das Richtige bei sich haben?«

Jetzt verstand ich endlich. Da war schon wieder jemand hinter meiner Perle her.

»Die Perle gebe ich nicht aus der Hand!« sagte ich mit so viel Bestimmtheit, wie sie einem Menschen zur Verfügung steht, der eben aus finsterster Nacht in blendende Helle geraten ist und von einem Affen begrüßt wird, der vielleicht auch ein Bibliothekar sein könnte.

Diese fragwürdige Person, teils Herr, teils Affe, hob jetzt abwehrend und zugleich begütigend beide Hände (auch seine Handteller waren braun und sonderbar faltig) und sagte: »Ich bitte Sie! Niemand hier will Sie berauben! Es genügt, das kostbare Kleinod vorzuweisen.«

Diesen Gefallen konnte ich ihm tun. Ich zog die Muschel aus der Hemdtasche, klappte sie auf – diesmal wie einen Reisepaß – und zeigte das irisierende Kügelchen, dessen Schimmer selbst in diesem hell beleuchteten Empfangsraum von spürbarer Intensität war.

Der Herr Affe verneigte sich bei diesem Anblick wie vor einer leibhaftigen Majestät, deutete an, ich könne das

Glanzstück nun wieder verwahren, und bat mich, ihm zu meinem Zimmer zu folgen.

Also hatte ich ein Zimmer hier im Turm. Das überraschte mich. Als ich meinen Begleiter nach den näheren Umständen dieser Zimmerreservierung fragte, sagte er: »Wer hier eintritt, hat auch ein Zimmer«, als verstehe sich das von selbst. Während er mir vorausging, bemerkte ich, daß er ein wenig hinkte.

Wir stiegen Stockwerk um Stockwerk nach oben, zunächst über breite, mit Teppichläufern bespannte Treppen, später über nackte, steinerne Stufen in engen Treppenschächten bis zu einem schmalen Gang, an dessen Ende der Empfangsaffe eine Tür öffnete und mich aufforderte, den dahinterliegenden Raum zu betreten, nachdem er das Licht angeknipst hatte, eine helle Milchglasbirne unter einem flachen Emailteller als Schirm.

»Was Sie zum Leben benötigen, wird Ihnen gebracht«, sagte er noch, »und von dem, was Ihr Körper nicht mehr benötigt, können Sie sich dort erleichtern«, und zeigte dabei auf eine schmale Tür in der rechten Seitenwand des Zimmers. »Im übrigen sehen Sie ja, womit Sie sich beschäftigen können.«

Nach diesen spärlichen Auskünften ließ er mich allein und schloß hinter sich die Tür ab.

Ein Hotelzimmer war das nicht, in dem ich mich hier befand; es ähnelte auch nicht den zumeist etwas kärglicher eingerichteten Schlafkammern in Tagungshäusern, sondern eher einer Gefängniszelle, in die der Wärteraffe mich eingeschlossen hatte.

Ich blieb längere Zeit stehen, um die Einrichtung dieses Raumes zu betrachten. An der rechten Seitenwand zwischen jener Tür, hinter der ich mich würde erleichtern können, und der Fensterwand stand eine holzpritschenartige Lagerstatt, auf deren Fußende zusammengefaltet zwei grobe, graubraune Wolldecken lagen. Daneben stand ein aus einem dicken Brett und vier schräg eingezapften Vierkanthölzern gefertigter Hocker mit einem für die Breite einer Hand geeigneten Griffschlitz in der Sitzfläche. Er sollte offenbar nicht nur als Sitzgelegenheit dienen, sondern auch zur Ablage meiner Kleider; denn ein Schrank war nicht vorhanden.

Dafür hing an der gegenüberliegenden Wand in Griffhöhe ein offener Kasten, in dem, eingesteckt in zwei übereinander parallel verlaufenden Lochleisten, zahlreiche Werkzeuge aufgereiht hingen, Messer und Beitel unterschiedlicher Größe und Form sowie feinere Schnitzeisen. Davor stand auf dem gefirnißten hellen Riemenboden eine einfache Schnitzbank, in der sich ein Werkstück einspannen ließ, und darauf lag ein wuchtiger Holzschlegel.

Mochte dieses Zimmer einer Gefängniszelle ähnlicher sein als jeder andere Wohnraum – es hielt mir zugleich eine wohleingerichtete Schnitzwerkstatt zur Verfügung, und das wog vieles auf. Wer auch immer mir diesen Raum zugedacht haben mochte, er mußte gewußt haben, was meine Phantasie in Bewegung setzen würde. Zwar hatte mich die Sorge um den Fortgang meiner akademischen Laufbahn seit längerer Zeit davon abgehalten, meine Fähigkeiten an einem Stück Holz auf die Probe zu stellen, aber ich war sofort bereit, die mir gebotene Chance zu nutzen. Überdies schien es hier noch mehr Handwerker zu geben; denn von Zeit zu Zeit hörte ich aus der Tiefe des Gebäudes das metallisch klingende Hämmern eines Schmiedes, der ein Stück Eisen bearbeitet.

Was es hier zu schnitzen gab, entdeckte ich auf dem Fensterbrett. Dort standen drei roh aus goldfarbenem, leicht gemasertem Holz herausgehauene Köpfe; nach der angedeuteten Haarfülle zu schließen, sollten sie wohl Frauen darstellen, aber die Gesichter lagen noch verborgen unter dem Oval der auf der Vorderseite kaum bearbeiteten Holzfläche. Dabei sahen diese drei unfertigen Köpfe durchaus nicht gleich aus, sondern zeigten schon jetzt eine erstaunliche Individualität, obwohl ich nicht hätte erklären können, durch welche Eigenschaft sie diesen Eindruck hervorriefen.

Auch als ich schließlich die wenigen Schritte hinüber zum Fenster ging und einen der Köpfe nach dem anderen in die Hände nahm, verlor sich dieser erste Eindruck nicht, sondern vertiefte sich eher noch, etwa so, wie man nachts auf unbeleuchteter Straße in einem dunklen Schemen, der einem begegnet, einen vertrauten Menschen zu erkennen meint, ohne daß man begründen könnte, worauf dieses Erkennen zurückzuführen ist; ja, man weiß dann zuweilen nicht einmal, wer das überhaupt sein könnte, der da durch das Dunkel herankommt, man ist nur sicher, mit diesem Menschen auf irgendeine Weise zu tun gehabt zu haben, sei es im Guten oder auch im Schlimmen.

Irgend etwas war im Begriff, mich einzuholen, etwas, vor dem ich davongelaufen war und das aus dem Bereich kam, den ich bisher als meine eigentliche, alltägliche Wirklichkeit begriffen hatte. Es näherte sich, ja, es stand schon vor der Tür und würde sich nicht daran hindern lassen, in diesen karg eingerichteten Raum einzutreten. Wenn ich bislang gemeint haben sollte, die Insel mit dem Turm sei eine Zuflucht, in der ich sicher sein könnte vor dem Zugriff meiner eigenen Vergangenheit, vor meinen Niederlagen und Schuldgefühlen, dann hatte ich die ganze Zeit über nicht verstanden, wo ich mich in Wahrheit befand; denn die Bilder und Gestalten dieser scheinbar so imaginär-märchenhaften Welt würden für mich ohne eigentliche Bedeutung bleiben, solange ich nicht zuließ, daß meine eigene Wirklichkeit in ihnen Gestalt gewann. Wie oft war ich schon davongelaufen, auch vor den sonderbaren Verstrickungen auf meiner langen Suchwanderung, davongelaufen vor Situationen, die auf eine mir noch immer nicht deutliche Weise in Zusammenhang standen mit meinem eigenen Leben.

Besonders bei einem der Köpfe drängte sich mir dieses Gefühl auf. Ich behielt ihn in der Hand, wendete ihn hin und her und versuchte, mir einen Menschen vorzustellen, der solch schmerzhafte Empfindungen in mir auslösen könnte. Aber auf diese Weise kam ich jener verborgenen Erinnerung nicht auf die Spur, deren Gesicht in diesem nur wenig bearbeiteten Stück Holz auf mich wartete. Es würde mir nichts anderes übrigbleiben, als Span für Span abzuarbeiten, um es nach und nach wiederzufinden.

Erstes Portrait

Noch in dieser Nacht habe ich den Kopf in die Schnitzbank eingespannt, aber daran getan habe ich nichts mehr. Nur angeschaut habe ich ihn, diesen Kopf, der kein Gesicht hatte und mir dennoch jetzt schon das Herz beschwerte. Man müßte vielleicht versuchen, die eher durch die Maserung des Holzes angedeutete als schon plastisch ausgeformte Linie des Unterkiefers bis zum Kinn in ihrem fast eigensinnig wirkenden Bogen deutlicher herauszuarbeiten, dachte ich und griff schon nach einem dafür geeigneten Schnitzeisen, aber als ich es in den Fingern hielt und ansetzen wollte, spürte ich am Zittern meiner Hand, wie müde ich war, und ließ es bleiben.

Es wäre für einen Leser, selbst auch für dich langweilig, wenn ich jetzt beschreiben würde, wie in den folgenden Tagen und Wochen, die ich nicht zählte, meine Arbeit an diesem Kopf voranschritt. Die spärlichen Mahlzeiten, die mir der äffische Wärter auf den Tisch stellte, sind nicht der Erwähnung wert, auch wenn sie die einzigen Unterbrechungen meiner Tätigkeit an der Schnitzbank bildeten. Selbst während der Nächte war ich in wirren Träumen, die mir am Morgen nur bruchstückhaft erinnerlich waren, auf der Suche nach diesem Gesicht.

Was kann es dir nützen, wenn ich dir erzähle, welches Eisen ich zur Hand genommen und in welchem Winkel ich es angesetzt habe, um einen sich spiralig wegdrehenden Span über dem verborgenen Gesicht abzuheben, das sich allmählich vor meinen Augen zu enthüllen begann? Die Verrichtungen meiner Hände können dir nicht die Spannung spürbar machen, die mich in zunehmendem Maße mit diesem Werkstück verband; denn diese Spannung hatte ihre Wurzel nicht so sehr im Vorgang der Bearbeitung des Holzes als vielmehr in mir selbst, in meiner verschütteten oder verdrängten Erinnerung, die ich mit jedem Schnitt meiner scharfen Werkzeuge bloßzulegen versuchte. Ich will also nicht vom Holz reden und nicht von den sorgfältig geschärften Messern, sondern davon, was sie in mir zutage förderten, während meine Augen den Spuren des Eisens in der immer deutlicher sich herausbildenden Landschaft eines Gesichts folgten.

Die trotz aller weiblichen Zartheit eigenwillig wirkende Bildung der Kinnlade habe ich schon erwähnt; denn sie war mir als erstes an dem gerade eben als Kopf zu erkennenden Holzkloben aufgefallen und rief ein Bild aus meiner Erinnerung wach: Gedränge vieler Menschen unterschiedlichen Alters in einem größeren, in seiner Ausdehnung noch nicht erfaßbaren Raum, einer Art Vortragssaal vielleicht, in dem eben ein Referat beendet worden ist. Die meisten dieser Menschen sind bereits von ihren Stühlen aufgestanden und stehen in kleinen Gruppen diskutierend beieinander, während einige wenige noch sitzen.

Offenbar habe ich selbst eben hier vom Podium aus gesprochen. Noch stütze ich mich mit der rechten Hand auf das Rednerpult, auf dem ein mit meiner Schrift geschriebenes Manuskript liegt. Man hat mich in ein Gespräch verstrickt, von dem ich nicht das Geringste mehr weiß, auch nicht wissen kann; denn ich blicke zwischen den Köpfen der mit mir Sprechenden hindurch in den Saal, wo eine junge Frau, die mir den Rücken zuwendet, mit einem bärtigen Herrn spricht, den ich flüchtig kenne. Ich weiß über ihn eigentlich nur, daß er diese Veranstaltung arrangiert und zur Einleitung ein paar Worte gesprochen hat. Mein Blick gilt jedoch dieser Frau, die ich zum ersten Mal bemerke, obwohl sie schon während meines Vortrags im Raum gewesen sein muß. Während sie mit dem Veranstalter spricht, sehe ich ihren Kopf nur im versteckten Profil, also nicht viel mehr als diesen eigenwilligen Bogen der Kinnlade, der mich neugierig macht auf das Gesicht, das ich mir schon zurechtzumalen beginne, obwohl ich von ihm nichts weiter erkennen kann. Als sie sich endlich zu mir umwendet und zusammen mit dem Bärtigen auf mich zukommt, sieht ihr Gesicht tatsächlich so aus, wie ich es mir vorgestellt habe.

Damals bei dieser ersten Begegnung erschien es mir wenigstens so. Während der Arbeit an ihrem Portrait kam mir jedoch der Verdacht, ich könne ihr lediglich das Bild übergestülpt haben, das ich mir zuvor von ihr gemacht hatte. Wie verläßlich ist meine Erinnerung? Während meine Hände unsicher über die aufgeschürfte Oberfläche des Holzes tasteten, versuchte ich, das wahre Gesicht dieser Frau wiederzufinden oder überhaupt zum ersten Mal zu entdecken, und ich fragte mich, ob ich es je bewußt mit der Neugier dessen, der ins Unbekannte eindringen will, betrachtet hatte.

Es muß dann so etwas wie eine gegenseitige Vorstellung

stattgefunden haben, die der Veranstalter vermutlich mit gewohnter Routine in die Wege geleitet haben mag. Von den belanglosen Worten, die bei dieser Gelegenheit gesprochen wurden, weiß ich nichts mehr. Das Gesicht dieser Frau taucht in meiner Erinnerung erst wieder auf, als wir am Tisch eines Restaurants einander gegenübersitzen, Eßbesteck in den Händen. Ihr Teller ist schon zur Hälfte leergegessen, während meiner noch kaum berührt ist. Offenbar bin ich der Versuchung erlegen, meinen Vortrag unter vier Augen noch weiter fortzusetzen.

Zu diesem Zeitpunkt muß etwas gesagt worden sein, das meine Aufmerksamkeit in besonderer Weise auf das Gesicht dieser Frau gelenkt hat, wohl im Hinblick auf die Frage: Wie meint sie das? Jetzt fällt mir auch wieder ein, worüber wir uns unterhalten haben. Natürlich ist auch damals von Märchen die Rede gewesen. Ich höre jetzt wieder, wie meine Gesprächspartnerin eine Passage meines Vortrags aufgreift, in der ich mich dazu geäußert habe, daß in vielen Märchen der Tierbräutigam zeitweise – insbesondere des Nachts im gemeinsamen Bett – seine Tierhaut ablegt. Sie scheint nicht zufrieden damit, daß ich daran die Bemerkung geknüpft habe, man könne darin ein totemistisches Relikt erblicken, das noch lange Zeit in gewissen Tabuisierungen nachgeklungen habe. Nun fragt mich diese Frau, ob sich meine Meinung in einer solchen Feststellung erschöpfe. Als ich, um meine These noch gründlicher theoretisch zu untermauern, zu einer längeren Erklärung aushole, unterbricht sie mich und sagt: »Sie kommen mir vor wie einer, der lange Reden über eine Mahlzeit hält, die er noch nicht einmal gekostet hat.«

Ja, genau das hat sie gesagt, und ich finde das ziemlich impertinent, zumal ihr Tonfall kaum einen Zweifel daran läßt, daß ihre Äußerung nicht nur als eine Anspielung auf meinen noch kaum berührten Teller gemeint sein kann.

Doch dann blicke ich ihr ins Gesicht und frage mich, wie sie das gemeint haben könnte. Ihre dunklen Augen blikken weder aggressiv noch impertinent, sondern schauen mich auf eine Weise an, die mich erst recht verunsichert.

In diesem Augenblick spult sich unser bisheriges Gespräch sozusagen rückwärts ab, und ich entdecke in ihren Sätzen lauter sprachliche Stolpersteine, über die ich bisher im unverbindlichen Plauderton hinweggeglitten bin, die mich aber jetzt im Rückwärtsgehen ständig zum Straucheln bringen. Und das ist eine Art von Straucheln, das mit plötzlich beschleunigtem Herzklopfen verknüpft ist.

Während ich versuchte, dem widerspenstigen Holz den Ausdruck dieser Augen abzuzwingen, war mir diese Szene wieder so gegenwärtig, daß ich mich neuerlich gedrängt fühlte, der Frage nachzugehen, was sie mit diesem Ausspruch gemeint haben könnte. Damals hatte ich mich sehr rasch für eine eindeutige Interpretation der Frage entschieden, was für eine Mahlzeit hier zu kosten sei. Es ist leicht, sich eine Meinung zu bilden, wenn sie den eigenen Wünschen entgegenkommt. Und warum soll man eine solche Meinung später korrigieren, wenn die weitere Entwicklung einem recht zu geben scheint?

Jetzt bei der Arbeit an der Augenpartie des Portraits kamen mir Zweifel, ob es erlaubt sei, die Motivation dieser Frau darauf zu reduzieren, daß sie Lust bekommen hatte, diese Mahlzeit zusammen mit mir zu genießen. So einfach konnte das nicht gewesen sein. Welche Rolle war mir zugedacht in diesem Spiel, in das wir uns beide zunehmend verstrickten?

Mehr war mir von dieser ersten Begegnung nicht mehr erinnerlich. Tage später, als ich damit beschäftigt war, die Konturen der Lippen des Frauenportraits zu finden, sehe ich sie plötzlich deutlich vor Augen, sehe diesen Mund, den nachzuformen ich mich eben anschicke, und nehme zum ersten Mal den Zug zur Unbedingtheit wahr, der so kennzeichnend ist für den Ausdruck dieser Lippen.

»Ich habe schon darauf gewartet, daß du kommst«, sagt sie. Ich erinnere mich: Das ist zu jener Zeit, als ich zum ersten Mal in ihrer Wohnung bin. Ich war auf der Rückreise von einem Symposion zum Thema *Mythen heute,* der Zug hielt in einer Station, und als ich hinausblickte, sah ich den Namen der Stadt, in der sie wohnt. Da bin ich kurz entschlossen ausgestiegen und habe sie vom Bahnhof aus angerufen. »Kommen Sie!« hat sie gesagt. »Ich stelle einstweilen Teewasser auf.« Das Taxi hat mich in einen Vorort mit modernen Reihenhäusern gebracht. Auf der Straße spielen Kinder, im Rasen vor dem Haus blühen Gänseblümchen.

Sobald ich, als sie geöffnet hat und ich eingetreten bin, meine Reisetasche abgestellt habe, haben wir einander in die Arme genommen und geküßt. Und dann hat sie diesen Satz gesagt, daß sie auf mich gewartet habe. Als habe sie das alles und möglicherweise noch einiges mehr schon im voraus gewußt. Während sie diesen Satz sagt, entdecke ich diesen Zug zur Unbedingtheit um ihre Lippen, der auch später immer wieder hervortreten wird, wenn sie etwas sagt, das sich auf mein Verhältnis zu ihr bezieht oder auf das, was ich später als ihren Lebensentwurf bezeichnen werde.

Davon ist an diesem Tag noch nicht die Rede, obwohl mich während unserer Gespräche gelegentlich das Gefühl überkommt, an einen Platz gerückt zu sein, der schon lange für mich bereitgehalten wird, ohne daß ich eine Ahnung davon gehabt hätte. Wir schauen Fotos an, die sie aufgenommen hat, Bilder von Bäumen zumeist, eine über ruhigem Wasser, auf dem welke Blätter treiben, schräg hingeneigte Weide – man meint sie fast schon in ihr lichtflirrendes Spiegelbild hineinstürzen zu sehen; vor dem Hintergrund frisch umgebrochener Felder mit unendlich weitem Horizont eine uralte Eiche, die ihr knorriges Geäst gen Himmel reckt wie eine Verzweifelte.

Später, als es dunkel geworden ist, trinken wir Rotwein zusammen aus einem Glas, irgendwo am Fußboden brennt eine Kerze und wirft flackernde Schattenbilder an die Decke. Wir reden miteinander, indem wir Erfahrungen des anderen wahrzunehmen versuchen, soweit sie sich durch Wörter darstellen lassen. Und da Wörter sich als immer unzureichender erweisen, versuchen wir sie durch Berührungen des anderen zu ersetzen, Berührungen des Haars, Berührungen anderer Haut, von der fremder Duft aufsteigt und wahrzunehmen ist, Anzeichen der Erregung, die uns immer tiefer ineinandertreibt, das Gesicht dieser Frau nahe neben mir, unter mir, über mir, ganz nahe, und je näher, um so fremder und unendlich weit fortgerückt.

Während mir diese Bilder wiederkamen, hatte ich viel Mühe damit, im widerspenstigen Holz den Eindruck der Ferne festzuhalten, ohne daß mir dabei dieses Gesicht gänzlich entschwand. Doch dieser Eindruck erwies sich als nachhaltig genug, denn ich hatte ihn nicht nur dieses eine Mal aufgenommen, sondern war ihm bei späteren Besuchen, die nun nicht mehr so zufällig stattfanden, wieder begegnet: Nach immer neuen Versuchen, Wörter zu finden, deren Bedeutung im Gespräch zwischen uns an die Grenze einer gewissen Übereinstimmung zu bringen war, unausweichlich dann dieses jähe Zurückweichen in Fremdheit und Ferne, sobald die Sprache versagte unter der Gewalt der Empfindung von Lust.

Diese Erfahrung entmutigte mich jedoch nicht, nicht bei der Arbeit an der Schnitzbank und auch damals nicht, als diese Frau in meinen Gedanken, Vorstellungen und Gefühlen ständig auf eine Weise gegenwärtig war, die mich fast unfähig machte zu einer geregelten Tätigkeit, obwohl ich zu dieser Zeit gerade an meiner Habilitation arbeitete oder besser: hätte arbeiten sollen.

Statt mich für eine akademische Laufbahn zu befähigen, litt ich unter meiner Unfähigkeit, das System zu begreifen, nach dem diese Frau ihre Welt angeordnet hatte. Das mag merkwürdig klingen, aber ich finde keine zutreffendere Bezeichnung dafür, wie sie Personen, denen sie begegnete, und Ereignisse, die ihr widerfuhren, der Vorstellung unterwarf, die sie sich von ihrem Leben gemacht hatte.

Vielleicht bin ich jedoch mit einer solchen Beschreibung ihrer Weltsicht völlig auf dem Holzweg. Schon damals wurde die Perspektive, aus der ich das erlebte und eben auch zu beschreiben versucht habe, zuweilen vom einen zum anderen Augenblick umgedreht. Ich konnte mich dann des Eindrucks nicht erwehren, es gäbe tatsächlich außerhalb unserer Zeitbezüge, in die wir unsere Wirklichkeit einzugrenzen pflegen, einen schon längst vorgefaßten Plan, nach dem sich ihr Leben orientierte, ohne daß sie selbst dabei etwas aus eigenem Willen arrangiert hätte; und ich sei ein Bestandteil dieses Plans, meine Person, meine Begegnung mit ihr eben zu diesem Zeitpunkt wie auch die Bedeutung, die ich für sie gewonnen zu haben meinte. All das, so schien es mir dann, gehöre in diesen geheimnisvollen Zusammenhang, von dem sie selbst offenbar auf eine rational nicht erklärbare Weise Kenntnis oder zumindest eine Ahnung zu haben schien, während ich mich in diese auf eine für mich undurchschaubare Weise geordnete Welt hineintastete wie ein Blinder, der erst durch das Berühren der Dinge nach und nach eine Vorstellung von einem Raum und den darin vorhandenen Gegenständen gewinnen kann.

Zeitweise war ich wie verzaubert in der Vorstellung, ich sei im Lebenskreis dieser Frau auf einen Platz gerückt, der für mich schon seit ich weiß nicht wann vorgesehen war, so fremd mir anfangs dieser Gedanke auch gewesen sein mag. Die liebe- und lustvollen Umarmungen, mit denen ich bei meinen immer häufiger stattfindenden Besuchen empfangen wurde, mögen im Lauf der Zeit in mir die Meinung erzeugt haben, diese mich so erregende und befriedigende Beziehung sei von irgendwelchen unergründbaren Schicksalsmächten vor allem um meinetwillen arrangiert worden oder auch nur deshalb, weil ich aufgrund meiner besonderen Persönlichkeitsstruktur zum Partner dieser Frau ausersehen worden sei, was mein Selbstwertgefühl beträchtlich gesteigert haben mag. Dergleichen Motive waren mir ja aus meinen Märchenstudien vertraut, ein Umstand, der meine Neigung, mich zeitweise als Mittel- und Bezugspunkt meiner Umwelt zu fühlen, wohl noch zusätzlich gefördert hat.

Du merkst wohl schon an meinen Formulierungen, daß ich mein Verhalten und Empfinden in jener Zeit im nachhinein zu analysieren versuche. Damals kann mir in meinem zunehmenden Taumel dies alles nicht voll zu Bewußtsein gekommen sein. Ich lege mir das heute so zurecht, um mir selbst zu erklären, was dann passierte. Erst diese Erfahrung war es wohl, die mich dazu gebracht hat, die Erinnerungen, die ich hier zur Anfertigung eines Portraits hervorkramte, bis in den unzugänglichsten Winkel meines Unterbewußtseins zu verdrängen.

Ich weiß nicht, wie lange ich untätig vor diesem Kopf gesessen bin, während die eben umschriebenen Umstände in der trüben Suppe meines Gedächtnisses nach oben geschwemmt wurden als kaum in einen sinnvollen Zusammenhang zu setzende Brocken, die mir mehr Rätsel aufgaben als Antworten lieferten. Hie und da griff ich nach einem Schnitzeisen, aber ich wagte nicht, es anzusetzen, geschweige denn die Oberfläche des unfertigen Portraits auch nur zu ritzen. Ich befürchtete, damit den Ausdruck des Gesichts auf eine nicht mehr revidierbare Weise zu einer bestimmten Interpretation hin zu ändern, die möglicherweise von der Wirklichkeit dieser Frau abwich, sondern nur noch mein Unvermögen dokumentierte, die Sprache ihres Gesichts zu begreifen.

»Fällt es dir so schwer, das zu begreifen?« sagt sie, und zugleich bricht mir die Erinnerung hervor an die senkrechte Falte, die jetzt ihre glatte, gerundete Stirn über der Nasenwurzel teilt. Auch ihre Art, die Lippen zusammenzupressen und das Kinn auf diese eigensinnig wirkende Weise anzuspannen, kommt nun in ihrem fast befremdlichen Ausdruck erst voll zur Geltung, so daß ich mich beeile, diese Nuancen aus meiner Imagination auf das Holz zu übertragen und damit festzuhalten. Und ich weiß jetzt auch, daß dies der Augenblick ist, vor dem ich mich seither versteckt habe.

Ich versuche, mir zu vergegenwärtigen, wie der Blick ihrer Augen auf mich wirkte, als sie das sagte. Fast so etwas wie Zurechtweisung meinte ich darin zu erkennen, so als hätte ich mich einem Bereich genähert, der mir unzugänglich bleiben sollte. Zurechtweisung also, aber auch eine Art von Zuneigung, die das alles noch viel schlimmer machte.

»Ist das so schwer zu begreifen?« wiederholt sie, und ich starre, während sie das sagt, auf diesen mir so entrückten Ausdruck ihres Gesichts. »Ist das so schwer zu begreifen, daß dieser Mann ein Angelpunkt meines ganzen Lebens ist und immer sein wird?« Dieser Mann, von dem sie mir eben erzählt hat, dieser Mann, von dem ich bisher nichts gewußt habe und auch nichts wissen wollte. Denn Andeutungen hatte es schon gegeben, Andeutungen, die ich vergessen habe, weil ich sie nicht wahrnehmen wollte, Andeutungen eines geheimen Zentrums, um das ihr Leben kreist.

»Natürlich bist auch du wichtig für mich«, sagt sie. *Auch* du. Ich hasse dieses *auch*, während sie schon weiterredet. »Du gehörst dazu. Aber ohne ihn verliert mein Leben seinen Sinn.«

Was sind das für Wörter? Ich kann nicht verstehen, was sie besagen sollen. Ich will es nicht verstehen. Die Angst vor dem Verlust schnürt mir das Herz ab, und ich sage böse Wörter, mit denen ich in blinder Wut um mich schlage.

Damals, als ich vor dem noch immer unfertigen Schnitzwerk saß und diese Szene endlich aus ihrem Versteck hervorgezerrt hatte, spürte ich noch einmal diesen dumpfen, beengenden Schmerz, ja sogar Reste der Wut, wenn auch nicht mehr die Verlustangst. Dieser Verlust hatte mich längst getroffen. Zugleich aber versuchte ich, mich des Gesichts zu entsinnen, in das ich meine Wörter hineingeschleudert hatte. Ich suchte dort nach einem Echo meiner Wut, als wolle ich damit meine eigene Wut rechtfertigen. Aber ich fand nur Trauer.

Dieser Ausdruck der Trauer war in meinem Gedächtnis haftengeblieben, obwohl ich damals versucht hatte, ihn zu überschreien, weil ich unfähig war, ihn zu begreifen. Erst bei der Arbeit an dem Portrait begann ich zu ahnen, daß diese Trauer mir gegolten hatte. Weißt du, wie man sich fühlt, wenn man im nachhinein sich selbst zuschaut wie einem Schüler, der scheinbar sehenden Auges und doch stockblind in eine Falle tappt, die er sich selbst gestellt hat? Klein und lächerlich kam ich mir vor, als ich merkte, daß ich nichts anderes vor Augen gehabt hatte als den eigenen

Schmerz und die Möglichkeit des Verlustes, eingekapselt in die eigenen Begierden und Sehnsüchte bis zur Unfähigkeit, die Trauer und die Verzweiflung des anderen auch nur wahrzunehmen.

Denn verzweifelt war sie in diesem Augenblick, und diesen Ausdruck der Verzweiflung durfte ich nicht aussparen in diesem Gesicht, das unter meinem Messer immer deutlicher aus dem Holz hervortrat. Sie war so verzweifelt in ihrer unlösbaren und doch nicht realisierbaren Beziehung zu diesem Mann, daß sie mir sagte, sie werde tags darauf durch das halbe Land zu ihm fahren, um mit ihm zu schlafen.

Diese Worte trafen mich mitten ins Gesicht wie ein Faustschlag, der mir fast die Besinnung raubte, und so ließ ich ihr keine Chance mehr, mir ihre Situation zu erklären. Ich wollte keine Erklärung haben, ich wollte nicht verstehen, genauer gesagt: Ich hatte Angst davor, sie zu verstehen und dadurch den Gegenstand meiner Wut aus den Augen zu verlieren.

Aber wahrgenommen habe ich diesen Ausdruck der Verzweiflung schon, sonst könnte ich jetzt nicht davon schreiben. Vielleicht war es auch ihre Wehrlosigkeit, die mich so wütend machte. Das ist mir jedoch erst bewußt geworden, als mein Schnitzeisen die letzten Spuren über dieses Gesicht zog und jenen Ausdruck nachformte, den das Gesicht dieser Frau in meiner Erinnerung angenommen hat: jene verzweifelte Entschiedenheit, wider alle landläufige Vernunft bei dem zu bleiben, was sie für das Zentrum ihres Lebens zu halten sich entschlossen hat.

***

Damals habe ich dieses Portrait beiseite gestellt, nicht weil ich es für zutreffend, endgültig und fertig gehalten hätte, sondern weil es einen Zustand erreicht hatte, dem ich aus meiner Erinnerung nichts mehr hinzufügen konnte. Da stand es nun wieder auf dem Fensterbrett, und ich hatte es jeden Tag vor Augen, sobald ich aufgestanden war und durchs Zimmer ging. Zeitweise kamen mir Zweifel, ob ich auch nur annähernd getroffen hatte, was das Gesicht dieser Frau an inneren Vorgängen, an Gedanken und Fragen erkennen ließ. Und eines wurde mir von Tag zu Tag immer deutlicher bewußt: Sie hatte mich auf eine Probe gestellt, in der ich versagt hatte.

Mein dienstbarer Affe bemerkte natürlich, als er mir das Essen brachte, daß der Kopf wieder auf seinem alten Platz stand. Nachdem er die dürftige Mahlzeit auf den Hocker gestellt hatte, ging er ganz gegen seine Gewohnheit weiter durch das Zimmer bis zum Fenster und betrachtete lange, was ich da zustandegebracht hatte. Er legte den Kopf schief, trat ein wenig seitwärts, um das Portrait aus einer anderen Perspektive anschauen zu können, wechselte nochmals seinen Standort und gebärdete sich überhaupt wie ein ausgepichter Kunstkenner, als er schließlich den Kopf wiegte und einige unentschlossen klingende, leise schnalzende Laute ausstieß, die man schriftlich in der Regel mit der Buchstabenkombination *ts, ts, ts* nur höchst unvollkommen wiederzugeben pflegt.

Ich ärgerte mich über dieses Getue und fragte ihn nicht ohne spöttischen Unterton, ob ein Bediensteter wie er in diesem Hause obendrein auch noch als künstlerischer Gutachter tätig sei. Vielleicht auch bei dem Schmied, dessen Hämmern einem ständig in den Ohren klinge.

»Oh, hat Sie das gestört?« Mein Affe bekam vor Verlegenheit rote Ohren. »Das bin ich selbst. In meiner Freizeit beschäftige ich mich ein wenig in meiner Schmiedewerkstatt. Nicht professionell, nur so als Hobby, obwohl das in alten Zeiten einmal meine Hauptbeschäftigung gewesen ist.«

»Also scheint es nicht weit her zu sein mit Ihrer Qualifikation«, sagte ich. Aber dann fragte ich ihn doch, ob er an meiner Arbeit etwas auszusetzen habe.

»Je nun«, sagte er. »Man sieht, daß Sie sich einige Mühe gegeben haben. Mehr war in dieser Angelegenheit von Ihnen wohl nicht zu erwarten.«

Während er noch sprach, rückte er den Gegenstand seiner Beurteilung ein wenig von den beiden noch unbearbeiteten Holzkloben ab, als würde ihn deren Nähe bei der Begutachtung meiner Arbeit stören. Der Effekt einer solchen Absonderung war jedoch zugleich, daß dadurch die von mir noch nicht erledigte Aufgabe sich deutlicher im hellen Viereck des Fensters abhob, und ich konnte mich des Verdachts nicht erwehren, daß diese zusätzliche Wirkung seiner eigentlichen Absicht entsprach. Ehe ich meinen Ärger über seine geringschätzige Stellungnahme zu meinem Schnitzwerk wie auch über einen solchen Versuch der Gängelei in angemessenen Worten ausdrücken konnte, hatte er jedoch schon den Raum verlassen und die Tür hinter sich abgeschlossen.

Da saß ich nun eingesperrt in meine Zelle, und wenn ich hinausschaute in den weit ausgespannten Himmel, über den Wolkenschiffe segelten, hoch über der unter der Sonne gleißenden Wasserfläche des Sees, dann hatte ich zugleich jene Köpfe vor Augen, deren Gesichter noch unter dem rohen Holz verborgen lagen, eine unablässige Irritation, die meine dem Flug der Wolken nachstrebenden Gedanken im scheinbar weit geöffneten Durchlaß des Fensters abstoppte wie ein unsichtbares Gitter und dazu zwang, den vagen Andeutungen von Individualität in der Form dieser grob zugehackten Gebilde nachzusinnen.

Dieser Ort, den es scheinbar nur im Bereich des Imaginären gab und den ich doch nicht weniger konkret erlebte, als säße ich zu Hause am Fenster meiner Bücherhöhle und schaute hinaus in den Himmel, wurde – das empfand ich immer deutlicher – zu einem Kreuzungspunkt beider Wirklichkeiten, an dem die eine in die andere, die ich bislang für imaginativ gehalten hatte, unerbittlich eindrang mit ihren aus meiner Vergangenheit gespeisten Vorstellungen. Der Blick zum Fenster eröffnete zugleich den Blick in meine eigene Geschichte, und je krampfhafter ich versuchte, die Einschränkung meines Blickfeldes durch das rohe Stück Holz zu ignorieren, um so zudringlicher sprangen mir diese aus meiner Vergangenheit an diesen Ort herausgespülten erratischen Blöcke in die Augen, bis ich schließlich einen der beiden packte, jenen nämlich, dessen Anblick mich auf besonders lästige Weise verfolgte, und auf der Schnitzbank einspannte, weil dort seine Aus- und Einbuchtungen besser zu beobachten waren als auf dem Fenstersims, wo im Gegenlicht nicht viel mehr zu erkennen war als ein Schattenriß, der keinerlei Innenstruktur verriet.

Erst von da an begann ich mich eingehender mit diesem Kopf zu beschäftigen, der mich immer stärker an jene Zeit gemahnte, die ich während meines Studiums im Ausland verbracht hatte. Ich war damals schon bei der Hinreise in einen bürgerkriegsartigen Konflikt hineingeraten. Soldaten hatten den Zug, mit dem ich zur Haupt- und Universitätsstadt hatte fahren wollen, irgendwo auf dem flachen Land angehalten und sämtliche Passagiere zu ihrer Sicherheit, wie gesagt wurde, in ein zur Hälfte abgebranntes Dorf eskortiert, wo ich zusammen mit drei älteren Männern und zwei Frauen in eine noch einigermaßen intakte Bauernkate eingewiesen wurde. Wir verkrochen uns dort im wahren Sinne des Wortes bis hinunter in den engen Erdkeller, wo es muffig nach keimenden Kartoffeln und nach Salzgurken roch, während der Boden unter dumpfen Explosionen bebte und das Knattern von Maschinenpistolen durch die geschlossene Falltür zu uns herab pochte.

Wochenlang hausten wir in dieser Hütte, bekamen von den Soldaten in unregelmäßigen Abständen Suppe und Brot und besserten unsere Verpflegung mit den Kartoffeln und Gurken, die sich in der Tat in diesem feuchten Keller fanden, ein wenig auf. Die Kartoffeln waren halb unter Erde eingescharrt, die Gurken schwammen in einem mit milchsaurer Lake gefüllten Faß, dessen Dauben durch gespaltene und zusammengedrehte Weidenruten zusammengehalten wurden.

Keiner von uns wußte so recht, was draußen vor sich ging und wer gegen wen kämpfte. Ich hatte mich bisher nicht sonderlich viel um Politik gekümmert und schon gar nicht für jene dieses Landes interessiert, sondern meine Reise in der Hauptsache wegen eines weit über die Grenzen seines Landes hinaus bekannten, an der Universität der Hauptstadt lehrenden Philologen angetreten.

Was ich gelegentlich über dieses Land in der Zeitung gelesen hatte, stellte sich später während meines Aufenthaltes dort als wenig zutreffend heraus, zumindest erlebte ich Menschen und Zustände aus einer völlig anderen Perspektive. Solche Informationen über die Probleme etwas entlegener Gebiete sind ja überhaupt, ohne daß dies den meisten Lesern bewußt wird, vorwiegend vom Interesse jener bestimmt, die darüber berichten oder diese Berichte publizieren, wobei es nicht einmal immer böser Wille sein muß, der zu einer solchen Verschiebung des Wirklichkeitsbildes führt. Der Mensch ist nun einmal so geartet, daß er vorwiegend das sieht, was er sehen will, und andererseits vieles nicht wahrnimmt, das seine Vorstellungen von der Welt nur stören würde.

Einige Male wurde das Dorf von Flugzeugen bombardiert, doch blieb unsere Hütte verschont bis auf die Fensterscheiben, die schon beim ersten Angriff zu Bruch gingen. Das war jedoch kein großes Unglück bei dem zunehmend warmen Frühjahrswetter zu Beginn des Sommersemesters. Andere im Dorf hatten nicht soviel Glück.

Zwischen den Soldaten und uns entstand nach und nach eine Art von Zusammengehörigkeitsgefühl, wie es sich fast unweigerlich entwickelt, wenn Menschen sich gemeinsam fürchten, sich gemeinsam in irgendwelche Löcher verkriechen und zitternd darauf warten, daß eine Bombe durch Strohdach und Bretterboden bis in den Keller schlägt und die Hütte samt allen Menschen darin in die Luft jagt.

Dieses weitgehende Einverständnis zwischen uns und diesen Soldaten bildete sich um so leichter auch deshalb, weil keiner von uns in der Hütte eine genauere Vorstellung von den Zielen hatte, die ihre Führung mit diesem Kampfeinsatz verfolgte, und die Soldaten schienen davon ebenfalls nicht allzuviel zu wissen oder gar wissen zu wollen, wenn man die sarkastischen Bemerkungen ernst nahm, mit denen sie die Verlautbarungen und Befehle ihrer Vorgesetzten kommentierten, sobald diese außer Hörweite waren. Schließlich gewann die Partei, unter deren Befehl diese Soldaten ihren Dienst auf ähnliche Weise wie irgendeinen beliebigen Arbeitsauftrag versahen, die Oberhand, und wir konnten unsere Reise zur Hauptstadt fortsetzen.

Das alles kehrte mir ins Gedächtnis zurück, während ich diesen Kopf betrachtete, aber ich kam ihm noch immer nicht auf die Spur. Mit den beiden Frauen, die gleich mir in dieser Hütte gehaust und sich gefürchtet hatten, war er jedenfalls kaum in Verbindung zu bringen, obwohl ich mir nicht mehr vorstellen konnte, wie sie ausgesehen hatten.

Ich kam in eine alte, mir ungeheuer weitläufig, ja geradezu labyrinthisch erscheinende Stadt, deren Gefüge zwar äußerlich intakt schien, aber dennoch gestört war durch die eben beendeten Kämpfe. Die hohen, mit barocken Architraven und Voluten verzierten Fassaden der Stadthäuser waren allenfalls vom Alter gezeichnet, aber sonst unbeschädigt. Die Auslagen der Geschäfte zeigten ein reiches, wohlgeordnet arrangiertes Warenangebot, öffentliche Gebäude und Kirchen schienen wie eh und je ihrer Bestimmung zu dienen, als habe keinerlei Beunruhigung stattgefunden, und doch war, wenn ich durch die engen Gassen der Altstadt schlenderte, eine Bedrückung zu spüren, die nicht von den Bauwerken ausging, sondern von Menschen, die zögernd aus ihren Türen traten, aus ihren Fenstern lugten oder vor und neben mir zwischen den Häusern dahineilten.

Anfangs war mir nicht aufgefallen, wie viele Uniformierte auf den Straßen zu sehen waren; an deren ständige Anwesenheit hatte ich mich in den vorangegangenen Wochen gewöhnt. Später merkte ich, daß es Bewohner dieser Stadt gab, die ihnen aus dem Weg gingen. Zunächst machte ich mir darüber keine Gedanken, sondern stellte diese Tatsache lediglich fest, so wie jemand das Verhalten von Öl und Essig auf dem Boden einer Salatschüssel beobachtet: das Öl bildet kreisrunde Inseln, die sich zu kleineren Inseln zerteilen lassen oder zu größeren zusammenfließen, aber es findet keine Vermischung mit dem wäßrigen Essig statt. Auf ähnlich unbeteiligte Weise registrierte ich, daß es hier Leute gab, denen nichts an einer Begegnung mit den Uniformierten lag, ohne daß sie davon viel Aufhebens gemacht hätten. Auch an diesen Anblick gewöhnte ich mich während der ersten Wochen des Studiums, wobei ich auf der Universität eine ähnliche Absonderung einzelner Kollegen bemerkte. Aber es ging mich nichts an.

Eines Tages aber war es mich dann doch etwas angegangen, und mit der Erinnerung an diesen Wandel meiner Einstellung wurde mir zugleich bewußt, daß es einen Zusammenhang gab zwischen diesem Wandel und dem roh zugehauenen Frauenkopf auf der Schnitzbank. Das Gesicht begann sich zu zeigen, als ich aus seitlicher Perspektive zufällig einen Blick auf den Kopf warf.

Zweites Portrait

Ich sehe, wie mich dieses Mädchen von der Seite anschaut, nur für einen Augenblick; aber diesen Ausdruck ihres Gesichts habe ich, nachdem ich ihn einmal wahrgenommen hatte, immer häufiger beobachten können bis zu dem Tag, an dem ich erfahren habe, was er besagt. Während ich mir schon ein Schnitzeisen gegriffen hatte und damit begann, die seitliche Ansicht dieses Gesichts bloßzulegen, die ich schon unter der Maserung des Holzes erahnen konnte, war mir dieser Ausdruck, der mich anfangs ziemlich irritiert hatte, wieder gegenwärtig: Es sieht so aus, als habe das Mädchen unbemerkt einen Blick auf mein Gesicht werfen wollen, denn es wendet, als sei es bei einer ungehörigen Handlung ertappt worden, sofort die Augen ab, als ich zu ihr hinüberschaue. Dabei hat sie mich durchaus nicht unfreundlich angesehen. Im Gegenteil. Aber es kommt mir so vor, als habe sie zugleich prüfen wollen, was von mir zu halten sei. Kann ich diesem Menschen trauen? So etwa ließe sich in Worte übersetzen, was mich im Ausdruck ihres Gesichts stutzig gemacht hat.

Jetzt weiß ich auch, wann ich diesen Blick zum ersten Mal bemerkt habe. Eben hat uns ihr Vetter miteinander bekanntgemacht. Er war, wie ich, unfreiwillig in die kriegerischen Auseinandersetzungen geraten und ins Nachbarhaus jener Bauernhütte eingewiesen worden, in der ich diese Zeit verbracht hatte. Nachdem wir uns wochenlang vor den gleichen Bomben gefürchtet und oftmals nebeneinander im Dreck gelegen hatten, während Flugzeuge in einem überraschenden Angriff über uns hinwegdonnerten, waren wir rasch miteinander vertraut geworden und nach Beendigung der Kämpfe zusammen zur Hauptstadt gefahren, wo auch er sein Studium fortsetzen wollte.

Während all dieser Zeit hatte ich gemerkt, daß er mehr Distanz zu den Soldaten hielt als ich, und ich vermutete, daß er mit den politischen Zielen ihrer Partei nicht einverstanden war. Allerdings sprach er nicht darüber, und ich hatte ihn auch nicht danach gefragt, da ich mich damals ohnehin nicht sonderlich für derartige Einstellungen interessierte.

Seit Jahren hatte ich nicht mehr an diese Zeit gedacht, aber jetzt stand mir diese Szene wieder so klar vor Augen, daß ich an dem hölzernen Portrait schon die Neigung der Stirn dieses Mädchens andeuten konnte. Wir sitzen in einem Café, auf dem runden Marmortisch stehen Tassen und Wassergläser, und ich habe davon erzählt, daß ich ganz gut mit diesen Soldaten ausgekommen bin, die mich aus dem Zug geholt und in das Dorf transportiert hatten. »Wenn's nicht gerade mal knallte, war's eigentlich ganz lustig«, habe ich eben, nicht ohne ein bißchen gespielter Lässigkeit, gesagt.

Sofort danach dieser Blick. Als sollte ich taxiert werden. Nach welchem Maß? Wozu? Ich weiß es nicht. Ich komme mir überhaupt ziemlich unbeholfen vor in dieser großstädtischen Umgebung mit den beiden jungen Menschen, die hier zu Hause und gewohnt sind, sich entsprechend zu verhalten.

Unbeholfen fühle ich mich, aber auch verzaubert von

der Art, wie sie miteinander und auch mit mir umgehen. Verzaubert auch, weil ich bisher noch nicht viel mit Mädchen zu tun gehabt habe und in ihrer Anwesenheit eher von Schüchternheit geplagt werde. Die Erfahrungen, die ich hier mache, sind fremd für mich, fremd und neu und aufregend. Diese Erfahrungen und Gefühle übertönen einstweilen die leisen, fast noch unter der Hörbarkeitsgrenze sich regenden Unstimmigkeiten, die ich zwar gelegentlich registriere, aber nicht weiter beachte und mir erst später in Erinnerung rufe.

Die Meinung, die sich dieses Mädchen über meine Person bildet, ist mir viel wichtiger als ihre Einstellung zu der politischen Lage ihres Landes. Heute weiß ich, daß diese *netten* Soldaten – wenn auch von einem Teil der Bevölkerung begrüßt – als Usurpatoren ins Land gekommen sind und daß ihnen schon am nächsten Tage politische Funktionäre folgten, die willens waren, jeden Widerspruch brutal auszurotten, sobald sie ihn bemerkten.

In meiner Erinnerung stand einstweilen das Bild dieses Gesichts aus der eben geschilderten ersten Begegnung. Es erlaubte schon die Bearbeitung der äußeren Umrisse des Portraits, mit der ich mich in den nachfolgenden Tagen beschäftigte. Aber ich hütete mich, dabei ins Detail zu gehen. Was verrät ein Gesicht schon beim ersten Anblick, obendrein noch bei einem so vorsichtigen Kennenlernen wie unter den erwähnten Umständen? Ich schnitzte behutsam daran herum, jeden Tag etwas weniger, bis ich eines Morgens davorsaß, in das unfertige und noch ausdruckslose Gesicht starrte und wußte, daß ich so nicht weiterkam. Eine solch oberflächliche Arbeit würde mein kunstkritischer Affe nicht durchgehen lassen.

Was war damals eigentlich geschehen, fragte ich mich, daß es mir solche Mühe macht, das Erlebnis der nachfolgenden Ereignisse mir ins Gedächtnis zurückzurufen und mich der Gefühle zu erinnern, die meine Entscheidungen bestimmt hatten? Noch immer hatte ich das Bild der ersten Begegnung mit diesem Mädchen vor Augen wie das Standfoto aus einem Film. Aus einem Film allerdings, dessen Milieu für mich in mancher Beziehung den Reiz des Unvertrauten hatte, des Exotischen. Zuweilen auch den Reiz des Verbotenen.

Ich stehe vor einem Regal und versuche die Autorennamen und Titel auf den Rücken der dort aufgereihten Bücher zu entziffern. Die meisten sind mir fremd. Ein merkwürdiger, nur aus vier Großbuchstaben bestehender Titel weckt mein Interesse. Ich ziehe das Buch aus dem Regal und schlage es auf. Es ist der Roman eines mir unbekannten amerikanischen Autors.

»Nimm's mit, wenn du's lesen magst«, sagt das Mädchen, das hinter mir steht und mir über die Schulter schaut. »Laß es aber nicht offen herumliegen.«

»Warum?«

»Politisch unerwünscht«, sagte sie. »Du könntest Ärger bekommen. Und nicht nur du.«

»Wer denn noch?«

»Mein Name steht drin.«

Da also spüre ich ihn, den Reiz des Verbotenen. Ich drehe mich um und schaue dem Mädchen ins Gesicht. Da ist wieder dieser prüfende Blick zu bemerken, und diesmal macht sie sich nicht die Mühe, ihn zu verbergen.

So gewinne ich Zeit, dieses Gesicht aufmerksam zu betrachten. Prüfend schaut sie mich an, daran gibt es keinen Zweifel. Aber da ist noch anderes zu entdecken im Ausdruck dieses Gesichts. Mag sein, daß sie noch nicht weiß, ob sie mir trauen kann, aber ich habe zugleich den Eindruck, als wolle sie mich vor etwas bewahren, das ich noch nicht weiß, und das verleiht ihrem Gesicht eine eigentümliche Spannung. In ihrem Gesicht wird Widersprüchliches oder einander Widersprechendes auf eine Weise zusammengefaßt, deren Ergebnis Schönheit ist. Ja, sie erscheint mir jetzt so schön, daß ich sie umarmen möchte.

Dieses eben beschriebene Erinnerungsbild brachte mich bei der Arbeit an diesem Porträt endlich voran, so wie der Anblick dieses Gesichts auch diesmal die Beziehung zwischen dem Mädchen und mir vorangetrieben hatte. Ich hatte sie von Anfang an gemocht, aber das ist wohl nicht weiter verwunderlich nach all diesen Wochen, die ich unter scheußlichen Umständen im Kriegsgebiet verbracht hatte, verdreckt, hungrig und geängstigt. Danach war ich in das Labyrinth dieser ungeheuren Stadt eingetaucht wie in einen Traum, so unwirklich kam es mir anfangs vor, daß vom einen zum anderen Tag mich nachts keine Explosionen mehr aus dem Schlaf hochjagten und niemand mehr mit Bordkanonen aus Kampfflugzeugen auf mich schoß. Wie ein Träumender schlenderte ich ziellos und ohne Angst durch die Straßen und betrachtete die Auslagen der Geschäfte.

Dieses Mädchen war die erste Person weiblichen Geschlechts gewesen, die mir hier in dieser fremden Stadt freundlich entgegengekommen war. Ich mußte sie gern haben, da blieb mir gar keine andere Wahl. Aber an diesem Abend in ihrem Zimmer vor ihrem Bücherregal sah ich zum ersten Mal mehr als nur die freundliche Miene auf der glatten Oberfläche ihres Gesichts. Ich spürte, daß ihre Zuneigung von Angst überschattet war, und dieses Gefühl griff mir dermaßen ans Herz, daß ich meine Hemmungen überwand und gleich danach überrascht war, als mein ungeschickter Versuch, sie zu umarmen, auf keine Gegenwehr stieß.

Seither ging ich anders durch die verwinkelten alten Gassen dieser Stadt, nicht mehr wie ein Fremder, der hier eigentlich nichts zu suchen hat, sondern als ein Angenommener, der anfing, sich zu Hause zu fühlen, etwa so, als hätte mich mit diesem Mädchen auch gleich die ganze Stadt umarmt. Es kam vor, daß ich mit der Hand zärtlich über die altersgrauen Quader eines Adelspalais strich oder höflich den Hut zog, wenn ich an einer der zahlreichen barocken Kirchen vorüberging, aus deren geöffneter Tür mir Kerzenlicht zuwinkte. Ich hatte diese Geste bei Einwohnern der Stadt beobachtet und ahmte sie nach, obgleich ich ihren tieferen Sinn noch nicht kannte; ahmte sie nach, weil ich als einer gelten wollte, der zu diesen Einwohnern gehört.

Es war mir nicht verborgen geblieben, daß die neuen Herren der Stadt solche Freundlichkeitsbezeugungen gegenüber Kirchen nicht gern sahen, und es schien mir, als ob manche Passanten gerade deshalb dieses Ziehen des Hutes auf eine besonders demonstrative Weise ausführten, aber ich machte es ihnen jetzt nach trotz dieser aufsässigen Bedeutung, die man einer solch merkwürdigen Höflichkeit hätte geben können – vielleicht tat ich es zu dieser Zeit sogar schon eben deshalb, weil ich um einen solchen Zusammenhang wußte.

»Du mußt es jetzt wissen«, sagt das Mädchen zu mir. Ich sehe ihr Gesicht von der Seite im Licht einer Kerze, die in einem balkanisch-folkloristischen Holzleuchter auf dem kleinen Tisch brennt, an dem wir sitzen. Auf dem fleckigen Tischtuch stehen eine Karaffe mit dunkelgelbem Wein und zwei zur Hälfte gefüllte Gläser, daneben liegt Eßbesteck.

Sie hat am Nachmittag, was sie nur selten tut, in der Wohnung angerufen, in der ich ein Zimmer gemietet habe, und mich zu sprechen verlangt. Ich habe über meinen Büchern gesessen, vertieft in eine schwierige Textstelle von Wolframs *Parzival,* als mich meine Vermieterin zum Telefon gerufen hat. »Eine Dame möchte Sie sprechen«, hat sie gesagt, und dabei hat jenes maliziöse Lächeln um ihre Mundwinkel gezuckt, das sie für solche Fälle bereithält.

Die Stimme des Mädchens hat unruhig geklungen, als sie ohne weitere Einleitung gesagt hat, sie müsse mit mir reden. Bald. Möglichst noch heute abend. Ob ich das einrichten könne.

Ich habe plötzlich einen unangenehmen Druck in der Magengrube gespürt, und mir ist zumute gewesen, als ob irgend etwas im Gange sei, das mich beunruhigen sollte. Auf eine entsprechende Frage habe ich jedoch eine ausweichende Antwort erhalten. »Nicht am Telefon«, hat sie gesagt. »Kannst du halb neun beim Dalmatiner sein?«

Ich ahnte Schwierigkeiten und kehrte in Gedanken für einen Augenblick zu meiner Parzival-Lektüre zurück. Doch das erinnerte mich nur daran, wie sich dieser tumbe Tor und fahrende Ritter zu verhalten pflegte, wenn eine Dame in Gefahr geraten war.

Als ich zwei Stunden später durch die schon dämmrigen Gassen getrottet bin, war ich das vage Gefühl einer unklaren Bedrohung noch immer nicht losgeworden und habe mich von Zeit zu Zeit umgeschaut, als gelte es, mir nachschleichende Verfolger abzuschütteln. Ich hatte den Eindruck, als seien alle Menschen zu ihrem Versteck unterwegs, um dort irgendwelche Heimlichkeiten zu betreiben. Sie liefen dahin, als wollten sie sich in Sicherheit bringen, und erinnerten mich an die Kakerlaken in der Bauernkate, die nachts auf dem bretternen Fußboden knisternd ihr Unwesen trieben und sich rasch in den nächstliegenden Ritzen verkrochen, sobald Licht angezündet wurde.

Ich bin schließlich selbst fast ins Laufen gekommen und schon vor der verabredeten Zeit bei diesem dalmatinischen Speisehaus eingetroffen. Dort habe ich einen kleinen Tisch in der Nische gewählt, in der man unbelauscht reden kann, und habe eine Karaffe von dem trockenen goldgelben Wein bestellt. Als der Kellner ihn gebracht hat, ist zugleich das Mädchen im Eingang gestanden und hat sich suchend umgeblickt. Ich habe ihr zugewinkt, und sie ist quer durch den Raum zwischen den anderen Tischen herübergekommen, so daß der Kellner gleich in beide Gläser hat einschenken können. Sie hat sich mir gegenüber an den Tisch gesetzt, wir haben beide einen Schluck von dem herben Wein getrunken, und dann hat sie diesen Satz gesagt.

»*Was* muß ich jetzt wissen?« frage ich. In ihrem Gesicht kann ich den Ausdruck der Angst jetzt deutlich erkennen, aber ich weiß nicht, was für eine Art von Angst das ist. Angst vor etwas Fremdem, Gefährlichem, das von außen kommt und nicht aufzuhalten ist? Oder Angst, mich zu verlieren infolge irgendeines Umstandes, von dem ich noch nichts weiß?

Ihre Angst beginnt sich auf mich zu übertragen. Ich spüre, wie sie wächst, und sage, ehe diese Angst übermächtig werden kann und meine Stimme ins Wanken bringt, sie solle mich nicht länger auf die Folter spannen mit ihren Andeutungen. »Wenn ich es wissen muß, dann will ich es jetzt gleich wissen«, sage ich und versuche, die Erregung aus meiner Stimme herauszuhalten.

Während ich das sage, schaue ich dem Mädchen ins Gesicht, nicht nur, um meiner Bitte Nachdruck zu verleihen, sondern auch, um den Ausdruck ihres Gesichts wahrzunehmen, diesen offenkundigen Widerstreit zwischen vorsichtiger, von Angst motivierter Distanzierung und liebender, auf Vertrauen hoffender Zuwendung, ein

Widerstreit, dessen sichtbare Zeichen sich mir so einprägen, daß ich sie jetzt noch in meiner verschütteten Erinnerung freischaufeln kann, um ihre Spuren mit dem Schnitzmesser nachzuschneiden.

Die Komponente des Vertrauens setzt sich schließlich durch in diesem Widerstreit, und das Mädchen variiert ihren zuerst gesprochenen Satz: »Ich muß es dir jetzt sagen, damit du weißt, worauf du dich einläßt mit mir.«

Ich spüre jäh den Schlag meines Herzens, als ich auf diese Weise erfahre, daß sie eine weitergehende, uns noch stärker aneinander bindende Entwicklung unserer Beziehung für möglich hält, und dieser Schlag übertönt in meiner Vorstellung völlig die zugleich angekündigte Möglichkeit einer Störung oder Gefährdung.

Dann erfahre ich, daß sie zu den Mitgliedern jener Familien gehört, die von den neuen Machthabern mit aller Schärfe ihrer inhumanen Gesetze verfolgt werden, und daß sie und ihre Familie bisher nur deshalb verschont geblieben sind, weil sie allesamt mit gefälschten Papieren in dieser Stadt leben. Sie hat das alles leise und so hastig berichtet, daß ich dabei noch die Überwindung spüren kann, die es sie gekostet haben muß, mir das zu eröffnen. Sie hat geredet und geredet, leise und hastig, manches schon Gesagte in leichter Veränderung wiederholt und dann plötzlich mitten im Satz abgebrochen.

Jetzt schaut sie mich nur noch an, und ich sehe nun wieder ihr unbewegtes Gesicht, sehe es jetzt noch, während ich mit dem Messer am Holz schabe.

Damals wußte ich zunächst nicht, was ich sagen sollte. Ich verstand in diesen wenigen Minuten vieles, das ich zuvor nur geahnt hatte, verstand auch die Gefährdung, von der sie sprach. Aber das alles trat zurück hinter meiner Erregung beim Anblick der Offenheit ihres Gesichts; denn sie versuchte nun nichts mehr vor mir zu verbergen, nicht ihre Angst, auch nicht ihre Liebe.

Überwältigt von meinem eigenen Gefühl, wäre ich am liebsten aufgestanden, um sie vor allen Leuten zu umarmen. Aber es war wohl ratsam, kein Aufsehen zu erregen. Große Worte stehen mir in solchen Augenblicken nie zu Gebote, und so sagte ich schließlich eher beiläufig, sie solle sich keine Sorgen machen, es habe sich durch ihre Eröffnung nichts zwischen uns geändert. Im übrigen hätte ich jetzt Appetit auf ein kleines Gulasch mit einer Semmel.

Nach dem Essen liefen wir noch stundenlang durch die nächtlichen Straßen, bis uns nur noch selten ein Mensch begegnete. Noch nie hatten wir so vertraut und ohne Vorbehalte miteinander sprechen können wie auf dieser Wanderung zwischen den hohen dunklen Fassaden. Schließlich brachte ich sie nach Hause, und nachdem wir vor ihrer Haustür nach einer weiteren Stunde noch immer unfähig waren, uns zu trennen, nahm sie mich mit hinein in die Wohnung ihrer Eltern, wo schon längst alle schliefen, und in ihr Zimmer. Dort zogen wir uns im Dunkeln aus und drängten uns in ihrem Bett aneinander wie zwei verängstigte Kinder, bis die Lust über uns zusammenschlug.

Ihr Gesicht hatte ich im Dunkeln nicht sehen können, und so saß ich nun wieder vor dem hölzernen Abbild und versuchte herauszufinden, durch welche Züge sich eine solche Erfahrung in ihrem Gesicht eingeprägt haben könnte. Für uns beide war diese Erfahrung neu gewesen, unbekannte, wie Feuerbälle explodierende Empfindungen Haut an Haut, blindlings entgegengenommen, unkontrolliert durch eine Beteiligung des Augenscheins. Es war noch Nacht, als ich mich aus der Wohnung schlich.

Ich erinnerte mich, daß ich am nächsten Tag, als ich sie gegen Abend von ihrer Arbeitsstelle abholte, auf ihrem

Gesicht nach Spuren dieser Nacht gesucht hatte. Irgend etwas müsse sich da verändert haben, meinte ich, und fand doch kaum Anzeichen außer einem Anflug von Müdigkeit um ihre Augen. Aber das war nichts Bleibendes. War ich begierig gewesen, sie verändert zu sehen, verändert durch mich? Hatte ich gehofft, Spuren der Lust zu entdecken, die ich in ihr geweckt hatte? Bin ich einer, der nur interessiert ist an den Spuren, die er selbst in dieser Welt hinterläßt, fasziniert von den Spiegelungen des eigenen Gesichts? Nichts habe ich begriffen, damals, nichts über die schreckliche Dimension ihrer Ängste.

Seit dem Tag, an dem sie sich mir auf so vielfache Weise eröffnet hatte, war allerdings mein Ohr geschärfter als bisher für Zwischentöne in den Gesprächen, deren Zeuge ich wurde, auf der Straße, beim Einkaufen, im Seminar oder in der Straßenbahn. Die unterschwellig vernehmbare Aufsässigkeit, die ich schon vorher, wenn auch nicht mit diesem gespannten Interesse, im Reden und Verhalten mancher Bewohner dieser Stadt wahrgenommen hatte, erschien mir jetzt allgegenwärtig, und es ist durchaus möglich, daß solche Bekundungen des Unmuts und Widerspruchs in diesen Wochen zunahmen oder offener geäußert wurden. Immer häufiger war die Meinung zu hören, daß die neuen Machthaber gar nicht so fest im Sattel säßen, wie sie in Verlautbarungen und amtlichen Nachrichten den Anschein zu wecken versuchten.

Bald darauf war zu erfahren, daß Truppen zur Befreiung des Landes und der Hauptstadt die Grenze bereits überschritten hätten – die offiziellen Lageberichte sprachen von planmäßigen Absetzmanövern. Und dann fluteten eines Tages jene Soldaten, die mich auf meiner Reise aufgehalten hatten und später als Sieger in die Stadt eingezogen waren, erneut durch die Straßen der Vororte, diesmal im desolaten Zustand einer sich allmählich auf der Flucht auflösenden Truppe, die zuweilen im Zorn des Verlierers das höhnische Lächeln eines zivilen Zuschauers blutig ahndete. Es war besser, von der Straße wegzubleiben.

Die Stimmung in der Familie und unter den Freunden des Mädchens zutreffend zu beschreiben fällt mir schwer, zumal ich später den Eindruck gewann, daß selbst in diesen Tagen in meiner Anwesenheit noch nicht ohne Vorbehalte gesprochen wurde. Ich mag ihnen tatsächlich erschienen sein wie ein tumber Tor, der zwar das Erregend-Abenteuerliche der Situation empfindet, aber keine Vorstellung davon hat, welche Gefährdungen sie mit sich bringt, und noch viel weniger davon, was die Menschen der einen wie der anderen Partei dazu gebracht hat, um dieses Land und um diese Stadt zu kämpfen.

Es war schon ein geheimer Triumph in den Blicken des Mädchens und ihrer Freunde zu erkennen, wenn von Anzeichen einer bevorstehenden Niederlage der Besatzungstruppen gesprochen wurde, aber sie erschienen mir zugleich bedrückt wie Menschen, denen eine gefährliche Operation bevorsteht, von der sie nicht wissen können, ob sie gelingen wird.

»Ich wollte, alles wäre schon vorbei«, flüstert das Mädchen. Wir liegen nebeneinander auf ihrem Bett, und diesmal brennt die Lampe auf dem Nachttisch, so daß ich ihr Gesicht, seitlich beleuchtet und von scharf gezeichneten Schlagschatten holzschnittartig zerklüftet, dicht vor Augen habe.

Eine Weile denke ich nach über diesen Satz. »Was alles?« frage ich dann. Obwohl der Satz leise gesprochen worden ist, klingt er in meinen Ohren so umfassend, so auf den Zustand ihrer Welt oder der Welt überhaupt gerichtet, daß ich erschrecke. Gut, auch das mag gemeint sein: vorbei das Gemetzel der Kämpfe, vorbei die Unterdrückung, das ständige Auf-der-Hut-sein, vorbei auch die Angst, die jeden Morgen, wenn man die Augen aufschlägt, schon neben einem liegt. Doch was alles noch? Vorbei das Leben im Schatten der Bedrohung, vorbei das nächtliche Aneinanderklammern, das diesen Zustand vergessen läßt? Oder gar vorbei dieses Leben, das von einer Bedrückung zur nächsten führt?

Ich suche die Antwort, die sie mir nicht gibt, in den dunklen Klüften des Gesichts neben mir, erkenne einen bitteren Zug um den Mundwinkel, der mir bisher entgangen ist, eine Trauerspur oder was weiß ich. Ich wage nicht danach zu fragen.

Der Anblick des Gesichts aus nächster Nähe, den ich auf diese Weise wiederfand, erlaubte mir, das Portrait wieder ein Stück näher an die Vorstellung heranzuschürfen, die mein Gedächtnis so zögernd freigab. Um ihn nicht zu vergessen, bemühte ich mich, den Schatten der Bedrohung, der später nicht mehr aufzufinden war, über dieses Gesicht zu werfen.

Der später nicht mehr aufzufinden war – dieser Umstand wird mir eben erst bewußt, während ich diesen Satz niederschreibe. Ich muß mich erinnern, was dazu geführt hat.

Zunächst brach das Chaos über die Stadt herein. Während in den einen Vorstädten noch die fliehenden Soldaten hastig stadtauswärts zogen und gelegentlich an Parkbäumen oder Bogenlampen ein paar aufgeknüpfte Deserteure zurückließen, ratterten von der anderen Seite schon die Panzer der neuen Eroberer auf das Zentrum zu, und die nachrückenden Fußtruppen hausten auf eine Weise, als hätte die Bevölkerung ohne jede Ausnahme gemeinsame Sache mit den eben Vertriebenen gemacht. Sicher, es gab genug Leute, auf die das zutraf, aber ich kannte inzwischen auch jene, die – wenn auch nicht unbesorgt – ihre Befreiung erhofft hatten.

Von Befreiung war zunächst wenig zu spüren. Ich erinnere mich der langgezogenen Schreie vergewaltigter Frauen, an das Rattern von Maschinengewehren und an unverständliche, kehlig hervorgestoßene Befehle. Wer zuvor nicht gewagt hatte, seine Wohnung zu verlassen, verkroch sich jetzt im letzten Gewölbe des Kellers. Die schmerzvolle, lebensgefährliche, wenn auch vielleicht lebensrettende Operation war in vollem Gange, und die Betäubung, in der ich Zeuge solcher Vorgänge wurde, war keine vollständige Narkose, sondern hatte Erinnerungsbrocken hinterlassen, die, einmal losgetreten, als Steinschlag in mein Bewußtsein polterten.

Die eben beschriebenen Zustände in der Stadt dauerten jedoch nicht allzu lange an. Eines Tages wurde mir plötzlich bewußt, daß die Welt friedlich geworden war, friedlich zumindest im Vergleich zu all den Tagen, die ich bisher in dieser Stadt verbracht hatte. Die Spuren der Zerstörung blieben länger erhalten, aber ihr Anblick verstärkte nur das Gefühl, ohne Angst durch diese Straßen gehen zu können, in denen Arbeitstrupps schon damit begannen, den Schutt wegzuräumen.

»Nun ist alles vorbei«, sagt das Mädchen. Wir sind nebeneinander durch die Straßen gegangen und für eine Weile stehengeblieben, weil vor uns ein paar Männer mit Spitzhacken den Rest einer eingestürzten Mauer abtragen. Ich schaue dem Mädchen ins Gesicht, um vielleicht diesmal zu erfahren, was alles sie mit diesen Worten meinen könnte. Ich schaue ihr ins Gesicht und suche die mir vertrauten Züge zu finden, aber da fehlt etwas, das ich bisher stets vorgefunden hatte in diesem geliebten Gesicht. Damals habe ich nicht herausfinden können, was mir gefehlt hat. Heute, da ich mir diesen Augenblick in Erinnerung zu rufen versuche, beginne ich zu ahnen, daß ich die Spuren ständiger Bedrohung in diesem Gesicht nicht mehr hatte finden können, Spuren, die für mich so unlösbar mit diesem Gesicht verbunden waren, daß ich es nicht mehr als das geliebte Gesicht erkennen konnte.

Von diesem Tag an gab es Verständigungsschwierigkeiten zwischen uns. Möglicherweise lag das daran, daß das Ende dieser permanenten Bedrohung für uns – oder nur für mich? – zugleich den Verlust einer Verständigungsebene bedeutete, auf die unsere Sprache abgestimmt war. Immer häufiger hatte ich den Eindruck, daß meine Worte ins Leere stießen; manche Äußerungen des Mädchens fand ich auf einmal befremdlich. In dem Maße, in dem ich solche Erfahrungen machte, fühlte ich mich selbst immer deutlicher als Fremder in dieser Stadt oder sogar in den Armen des Mädchens.

Zeitweise hatte ich gemeint, zu den Menschen zu gehören, die hier wohnten, aber es stellte sich heraus, daß ich doch nur ein Besucher gewesen war, der zwar – bedingt durch die Situation – den gleichen Sorgen und Gefährdungen ausgesetzt gewesen war wie alle anderen Einwohner, jetzt aber wieder klar unterscheidbar erschien von ihnen und schon seiner Sprache nach nicht zugehörig.

Wenn ich dennoch bleiben wollte, würde man von mir erwarten, daß ich mich assimiliere, so schien es mir wenigstens. Die Stadt kam mir nun erst recht wie ein Labyrinth vor, aus dem ich nicht mehr herausfinden würde, wenn ich mich nicht gleich aus dem Staub machte. Oder wurde in meiner Vorstellung dieses Mädchen gar zu jenem bedrohlich fremden Wesen in diesem Irrgarten, das mich mit Leib und Seele verschlingen wollte? Ich weiß nicht, was davon zutrifft und ob solche Erinnerungseindrücke die Situation, in der ich mich damals befand, hinreichend kennzeichnen. Vielleicht habe ich mich auch nur an das Vorbild des Parzival gehalten, der sich von einer Dame, sobald er sie aus dem Gefahrenbereich gebracht hatte, zu entfernen pflegte, selbst dann, wenn es nach der Befreiung zu einem fröhlichen Beilager gekommen war. Wahrscheinlich erfinde ich mir hier nur Ausreden dafür, daß ich, ohne endgültig Abschied zu nehmen, meine Koffer gepackt habe und abgereist bin.

»Nun ist also wirklich alles vorbei«, sagt das Mädchen. Diesmal meint sie wirklich alles, was sich zwischen uns abgespielt hat. Ich brauche nicht zu rätseln um ihre Meinung über diesen Satz. Die Antwort ist allzu deutlich in ihrem Gesicht abzulesen: Der Ausdruck der Angst, die Spuren der Bedrohung sind nicht mehr zu entdecken, aber ich lasse sie dennoch stehen in meinem Portrait; denn sie erscheinen mir jetzt fast das einzig Vertraute zu sein an diesem hölzernen Abbild. Eine Spur von Trauer ist zu finden, von Trauer, die sie mir nicht zeigen will. Und viel Bitterkeit.

Sie ist mir nachgereist in die Stadt, in der ich danach für längere Zeit gewohnt und studiert habe, und wir sitzen wieder wie zu Anfang in einem Café am runden Marmortisch einander gegenüber. Diesmal ist sie die Fremde, jedenfalls scheint sie sich so zu fühlen in diesem unvertrauten Milieu.

Ich schaue mir ihr Gesicht so lange und gründlich an, daß ich dem Portrait nun auch noch diesen letzten Akzent der Bitterkeit hinzufügen kann, die sich wie ein Widerhaken ins Fleisch meines Unterbewußtseins schlägt, um mir in diesem Augenblick, als ich mit dem Messer diesen Zug der Bitternis seitlich der Mundwinkel eingrabe, zu beweisen, daß diese immer in mir vorhanden gewesen ist. Nein, mir war nicht zu trauen gewesen, das hatte sich nun endgültig herausgestellt.

Lange habe ich mir ihr Gesicht damals angeschaut, und als ich nichts mehr wiederfinden konnte, das mir vertraut erschien, habe ich gesagt: »Vorbei. Wirklich alles.«

***

Mehr fand ich nicht vor in meiner Erinnerung, das zur Vervollständigung dieses zweiten Portraits hätte dienen können, obwohl mir die Oberfläche des Gesichts noch immer aufgerauht erschien von den Störungen, die mich jetzt und auch damals irritiert und mich schließlich dazu getrieben hatten, mich davonzumachen. In meinem Werkzeugkasten entdeckte ich unterhalb der aufgereihten Schnitzeisen eine Büchse Holzwachs, mit dessen Hilfe ich die Züge des Portraits zu glätten hoffte. Aber der Effekt wirkte auf mich, als ich das Holz eingewachst und mit einem weichen Lappen poliert hatte, eher erschrekkend. Die Widersprüche, vor allem die mich als Vorwurf treffende Bitterkeit im Gesicht des Mädchens, traten jetzt noch schärfer hervor. Was ich mit schon fast ängstlicher Vorsicht durch das Abschaben feinster Holzschichten hatte andeuten wollen, klagte mich nun allzu deutlich an. War es nur mein eigenes widersprüchliches Verhalten, das ich auf das Antlitz des Mädchens projiziert hatte? Ich wußte es nicht und fühlte mich unfähig, meine Erinnerungen von der Subjektivität meiner Wahrnehmung zu befreien.

Als kritischer Rezensent meiner Schnitzkünste schien der Affe diesen eben erwähnten Umstand ähnlich zu interpretieren. Ich hatte das Portrait inzwischen auf die Fensterbank zurückgestellt, als er, meine wenig appetitliche Mahlzeit wie der Ober eines First-Class-Restaurants vor sich her balancierend, die Stube betrat (es gab einen unansehnlich grauen Brei aus einem Gemisch grob geschroteter Getreidekörner mit etwas gehackter Petersilie als Glanzlicht obenauf). Er nahm wieder, nachdem er die Steingutschüssel abgestellt hatte, seine Pose als abgefeimter Kunstexperte ein, warf mir zwischendurch einen Blick zu, aus dem ich so etwas wie Erstaunen zu lesen meinte, und sagte dann: »Wohl eher die Widerspiegelung eines Selbstportraits«, und als ich etwas zur Rechtfertigung meines Werkes einwenden wollte, fügte er hinzu: »Das soll kein Vorwurf sein. Was wußten Sie damals schon von Frauen«, und dabei bleckte er grinsend seine gelben Zähne auf geradezu unverschämte Weise. Doch als ich daraufhin mit mühsam zustande gebrachter Ironie fragte, ob diesmal meine Note *nicht genügend* sei, schüttelte er den Kopf und sagte, nun wieder im vollen Ernst eines Jurors: »Selbsterkenntnis ist auch akzeptabel.«

Es machte mich zornig, wie sich dieser kostümierte Affe als moralische Instanz aufführte. Ehe ich ihm eine solche Anmaßung mit gleicher Münze heimzahlen konnte, sagte er noch: »Befriedigend, durchaus befriedigend!«, nickte mir gönnerhaft zu und verließ hinkend die Stube.

Am liebsten hätte ich ihm den dritten, noch unbearbeiteten Holzklotz nachgeschmissen, aber so weit wollte ich mich dann doch nicht erniedrigen. Der stand nun in den nächsten Tagen neben den beiden Portraits, roh zugehackt, und wendete mir ein blindes, unkenntliches Gesicht zu wie jenes des beschädigten Venus-Torsos, vor dem diese Geschichte anfing. Und diese Erinnerung an das zerschlagene Gesicht der Göttin führte mich, so scheint es, erst recht in die Irre; denn ich konnte diese Vorstellung zunächst nur mit dir in Verbindung bringen.

Damals, als wir im Park vor dem Torso zusammentrafen und ich mich hinter meinem Zynismus zu verstecken suchte, hattest du schon mehr von mir entdeckt, als ich mir selbst einzugestehen wagte. Wahrscheinlich hast du sogar gemerkt, daß mein Rückzug auf biologische Thesen vom Diktat der Hormone und dergleichen nichts anderes war als eine Flucht vor Erfahrungen, wie sie jetzt in den beiden Portraits zutage gekommen sind. Eine bequeme Ausrede angesichts der eigenen Unzulänglichkeit. Man müsse mir übel mitgespielt haben, hast du damals gesagt, und das war von dir sehr freundlich gedacht. Inzwischen frage ich mich, wer da wem übel mitgespielt hat.

Eine Zeitlang habe ich mich tatsächlich mit dem Gedanken beschäftigt, ob es nicht dein Portrait sei, das ich diesem Affen liefern sollte, aber es gelang mir nicht, dein Gesicht in diesen Holzklotz hineinzudenken, und das lag wohl weniger daran, daß es nicht hineingepaßt hätte, sondern ich merkte jetzt erst recht, wie wenig ich von dir wußte. Ich konnte mir nicht einmal genau vorstellen, wie dein Gesicht aussieht. Wie hätte ich unter solchen Umständen auch nur den Versuch unternehmen sollen, dein Portrait zu schnitzen? Stumm und gesichtslos stand der Klotz auf der Fensterbank und verriet mir nichts.

Das blieb so, bis mein äffischer Wärter eines Tages die Geduld verlor, als er mich noch immer untätig auf meiner Schlafpritsche hocken sah. Er stellte meinen Eßnapf so unwirsch auf den Hocker, daß die Kartoffelsuppe überschwappte, ging zum Fenster, packte den stummen Kopf und drehte ihn um neunzig Grad zur Seite, so daß ich, falls er überhaupt eines aufzuweisen hatte, sein nach rechts gewendetes Profil hätte sehen müssen. Mit schräg gelegtem Kopf trat er danach drei Schritte zurück und betrachtete aus dieser Distanz zufrieden sein Arrangement, warf mir noch einen ermunternden Blick zu, und als ich ratlos mit den Schultern zuckte, verließ er schließlich meine Stube, kopfschüttelnd über so viel Begriffsstutzigkeit.

Zunächst schien mir das in dem von Beilhieben zersplissenen Holz versteckte Gesicht durch die Manipulation des Affen nicht zugänglicher geworden zu sein, und ich legte mich schließlich schlafen, nachdem ich es den ganzen Nachmittag lang aus allen möglichen Betrachtungswinkeln hervorzulocken versucht hatte.

Als ich am nächsten Morgen aufwachte, war das erste, was ich sah, der schwarze Schattenriß des Kopfes, der sich wie mit der Schere geschnitten vor dem hellen Himmel abhob. Und jetzt, noch halb im Schlaf, meinte ich so etwas wie die Andeutung eines Profils wahrzunehmen, eines Profils, das mir vertraut erschien. Aber ich brauchte noch lange Zeit, um mich zu erinnern, woher ich es kannte.

Vorerst wußte ich nur, daß dieses Gesicht nicht nur zeitweise für mich wichtig gewesen war, und so versuchte ich mir alle Menschen weiblichen Geschlechts, die je irgendeine Rolle in meinem Leben gespielt hatten, so lebendig wie möglich vorzustellen, Studienkolleginnen, Tanzstundendamen, Mitschülerinnen, Tanten, Cousinen, Töchter aus Nachbarsfamilien, aber der angedeutete Zuschnitt des Profils wollte auf keines der in meinem Gedächtnis auffindbaren Gesichter passen, auf keinen lebendigen Menschen, dessen ich mich entsinnen konnte. Und doch zeichnete sich das Bild des gesuchten Gesichts immer schärfer und deutlicher in meiner Vorstellung ab, dunkel auf rötlichem Hintergrund, dieses Gesicht, das offenbar immer dagewesen war und doch keinem lebendigen Menschen zu gehören schien.

Keinem *lebendigen* Menschen – als ich diesen Satz unter Betonung des zweiten Wortes wiederholte, sah ich das Bild plötzlich vor mir, als sei ein letzter Schleier weggezogen worden. An diesem Tag befestigte ich den Holzkloben auf der Schnitzbank.

Drittes Portrait

Jetzt sehe ich das Bild, das nach rechts gewendete Profil eines Frauenkopfes, eine Kohlezeichnung auf weinrotem Karton. Es hängt links über dem Schreibtisch meines Vaters und ist mir vertraut, so weit meine Erinnerung zurückreicht.

Ich stehe neben meinem Vater, der am Schreibtisch sitzt und in winziger Schrift auf ein Blatt Papier schreibt. Er benutzt dabei seinen schmalen schwarzen Füllhalter mit der goldenen Feder, den ich nicht anfassen darf. Ich bin so klein, daß ich eben über die Platte des Schreibtischs hinwegschauen kann. Während mein Vater schreibt, sehe ich ihm zu und wage nicht, ihn zu stören. Wenn er die Feder absetzt und den Kopf hebt, kann es sein, daß er zu dem Bild aufblickt, das links über seinem Schreibtisch an der Wand hängt. Er schaut es oft an.

Seit ich das bemerkt habe, stehe ich oft am Schreibtisch meines Vaters, auch wenn er nicht dasitzt, um zu arbeiten. Ich stehe dann dort und schaue hinauf zu dem Bild, auf dem der Kopf einer Frau zu sehen ist, die nach rechts schaut. Ich mag diese Frau. Obwohl sie nur abgezeichnet ist, wirkt ihr Gesicht ungeheuer lebendig, so, als wolle sie gleich etwas sagen zu jemandem, der dort steht, wohin sie blickt. Sie schaut den, der dort gestanden sein muß, als jemand sie gezeichnet hat, so an, wie man jemanden anschaut, den man liebhat. Vielleicht mag ich diese Frau besonders deshalb so gern, weil sie so schaut, mit großen, weit geöffneten Augen.

Ich habe mich schon oft gefragt, wen dieses Bild darstellen soll, doch ich kenne keine Frau, die so aussieht. Ihre dunklen Haare sind im Nacken aufgesteckt zu einer ähnlichen Frisur, wie sie meine Mutter trägt, aber die Haare meiner Mutter sind glatt, ein bißchen dünn und wohlgeordnet, während die Haare der Frau auf dem Bild so gezeichnet sind, als seien sie nur schwer zusammenzuhalten. Das Aufgesteckte im Nacken läßt eine Fülle ahnen, die, wenn der Steckkamm herausgezogen wird, schwer und weit über die Schultern herabfließt, und über der Stirn haben sich ein paar ungebändigte Locken entrollt zu kühnen Kringeln. Nein, meine Mutter kann dieses Bild nicht darstellen und auch keine meiner Tanten, die gelegentlich zu Besuch kommen.

Einmal habe ich mir ein Herz gefaßt und meinen Vater gefragt, wer die Frau ist auf dem Bild.

»Liesl«, hat er gesagt und keine nähere Erklärung dazu abgegeben. Auch habe ich gemerkt, daß es keinen Zweck haben würde, weitere Fragen zu stellen.

Nun sah ich das Bild so deutlich, daß ich die Konturen des Profils auf den Holzklotz zu übertragen begann: die gerade Stirn unter dem Lockenwirbel, die kräftige Nase, die vollen, wie zur Vorbereitung des Sprechens leicht geöffneten Lippen, das gerundete Kinn. Und zugleich wurde mir über den Abstand der Jahre meines Heranwachsens und Erwachsenwerdens hinweg wieder gegenwärtig, welche Rolle ich diesem Bild in meinem Kinderleben zugedacht hatte.

Da mich die Art, wie die Frau auf dem Bild ihr Haar trug, an die Frisur meiner Mutter erinnerte, hielt ich auch sie für eine Mutter, wenn auch für eine ganz andere, eine Mutter, die mich mit wilder Entschlossenheit an ihr Herz drückte, wenn ich durch irgendwelche – zumeist von mir selbst verschuldete – Umstände von der liebevollen Zuwendung meiner Mutter ausgeschlossen war und gerade deshalb des Trostes bedurfte. Während meine leibliche Mutter in solchen Situationen auf schmerzlich-kühler Distanz blieb und stumm litt, flüchtete ich mich in den

Schutz dieser anderen Mutter, gestand ihr bereitwillig (wenn auch lautlos) meine Untat und fühlte mich alsbald geborgen in ihrer herzwärmenden Umarmung.

Im übrigen war ich davon überzeugt, daß mein Vater etwas Ähnliches empfand, wenn er sein Schreiben unterbrach und zu dem Bild aufblickte. Ich weiß nicht mehr genau, was ich mir über sein Verhältnis zu dieser anderen Mutter zusammenreimte; vielleicht stellte ich mir vor, daß er sie um Rat fragte, wenn er mit seinem Schreiben nicht weiterkam, oder daß er sich nur ihrer Anwesenheit versichern wollte, um in dieses warme Wohlgefühl einzutauchen, das auch ich empfand, wenn ich bei ihr Trost suchte. Jedenfalls meinte ich so etwas wie ein unausgesprochenes Einverständnis zwischen uns zu spüren, wenn ich neben ihm am Schreibtisch stand und wir beide unsere stumme Zwiesprache mit der anderen Mutter hielten.

Mit meinem um gut zwei Jahre älteren Bruder sprach ich nicht über das Bild, und meine Mutter hat anfangs wohl nicht weiter darauf geachtet, was ich beim Schreibtisch des Vaters trieb. Sie ermahnte mich allenfalls, nichts anzugreifen oder gar wegzunehmen, was auf der mit ausgeblichenem grünlichem Leder überzogenen Schreibfläche lag.

Die Frage, in welcher Beziehung mein Vater zu der anderen Mutter stand, hat mich damals als Kind zunächst überhaupt nicht beschäftigt. Ich ging wohl, wie das Kinder tun, von meiner eigenen Erfahrung mit dem Bild aus und hielt es für selbstverständlich, daß andere Menschen ähnlich empfinden. Erst das genaue Wissen um die Hintergründe einer solchen Beziehung bringt möglicherweise diese Sicherheit des Empfindens ins Wanken.

Es ist ein Sommertag. Meine Eltern, mein Bruder und ich sind zu Besuch bei den Großeltern. Ich erinnere mich der flachen Aulandschaft mit hochstehenden blühenden Wiesen, aus denen der Großvater gelegentlich eine Blume pflückt, um sie mir zu zeigen und ihren Namen zu nennen, während er sie liebevoll durch seinen auf die schmale Nase geklemmten goldenen Zwicker betrachtet. Später kommen wir an Buschwerk und einzelnen breitwüchsigen Pappeln vorüber, bis der Weg zwischen reifenden Kornfeldern weiterführt. Jetzt gehen mein Bruder und ich voraus, dahinter in wechselnder Gruppierung die Großeltern, meine Eltern und ein Bekannter, der kürzlich nach einem jahrelangen Aufenthalt aus Südamerika zurückgekommen ist. Ich habe noch den Klang seiner hohen, ein wenig quäkenden Stimme im Ohr, als er sagt: »Ich bin jetzt Chilene.« Ich drehe mich um und suche auf seinem Gesicht nach indianerhaften Zügen, aber er ist nicht einmal braungebrannt.

Diesen Mann habe ich noch nie zuvor gesehen und finde ihn trotz seiner Blässe interessant, nicht nur, weil er aus Südamerika kommt und dort vermutlich fabelhafte Dinge erlebt hat, sondern auch, weil er einen sonderbaren Spitzbart trägt, wie ich ihn bisher nur in der Kirche auf einem altersdunklen Bild gesehen habe, das einen Pfarrer in schwarzem Talar und reich gefältelter Halskrause darstellt.

Während ich mit meinem Bruder vorangehe, hören wir unwillkürlich Teile des Gesprächs, und weil ich mir interessante, womöglich abenteuerliche Berichte erhoffe, achte ich besonders darauf, was dieser bärtige Chilene zur Unterhaltung beiträgt. Eben hat er von unglaublich hohen Gebirgen erzählt mit schneebedeckten Gipfeln, was ich mir bei einem südlichen Land gar nicht vorstellen kann, und dann sagt er ganz unvermittelt zu meinem Vater: »Der größere von den beiden dort vorn ist doch von der ersten Frau, nicht wahr?«

Auf diese Weise erfuhren wir beiden Brüder, daß wir nicht dieselbe Mutter hatten. Wir blieben beide stehen, drehten uns um und starrten den Chilenen in solcher Bestürzung an, daß dieser trotz seiner Redseligkeit ins Stottern geriet und begriff, daß wir von dieser ersten Frau bisher nichts gewußt hatten. Meinem Vater, der diesen Mann ohnehin nicht besonders zu mögen schien, konnte man deutlich anmerken, daß es ihm nur mit Mühe gelang, seinen Zorn zu unterdrücken.

Am Abend, als wir wieder unter uns waren, erzählte der Vater uns dann, daß die Mutter meines Bruders kurz nach seiner Geburt gestorben sei und daß er ein Jahr danach meine Mutter geheiratet habe. Eigentlich habe er uns das erst später sagen wollen, damit mein Bruder nicht auf den Gedanken käme, die Mutter, die er jetzt habe, würde ihn nicht genau so lieben wie ihr eigenes Kind. Als er das sagte, nahm meine Mutter meinen Bruder in die Arme und drückte ihn an sich, als müsse sie ihn wegen eines Verlustes trösten, den er bisher überhaupt nicht empfunden hatte.

Bis dahin fand ich diese ganze Angelegenheit zwar ziemlich aufregend, fühlte mich aber davon nicht persönlich betroffen. Die Vorgänge, die da zur Sprache kamen, lagen viel zu weit zurück, als daß ich sie in meinen eigenen Erfahrungsbereich hätte einordnen können. Doch dann sagte mein Vater, wir würden beide seine erste Frau seit eh und je kennen, nämlich von dem Bild links über seinem Schreibtisch, und dabei blickte er zu der Kohlezeichnung auf rotem Grund, die meine andere Mutter darstellte.

Diese letzte Mitteilung traf mich mitten ins Herz. Meine andere Mutter war die erste Frau! Gehörte sie nun meinem Bruder? Ihm ganz allein? Ich beschloß, nicht auf sie zu verzichten. Wenn mein Bruder jetzt die Liebe meiner Mutter in Anspruch nahm, dann wollte ich auch weiterhin auf die Liebe der anderen Mutter Anspruch erheben. Eigentlich hatte ich ja schon immer gewußt, daß sie die *erste Frau* war, während mein Bruder nichts davon geahnt hatte. Ich schaute auf zu dem Bild und fühlte wie einen unstillbaren Schmerz die Sehnsucht nach der Umarmung dieser ersten Frau, dieser Frau vor allen anderen Frauen, die ich kannte.

Seither wurde ich zu einem Beobachter, der alle Vorgänge innerhalb der Familie aufmerksam verfolgte. Was fühlte mein Vater, wenn er zum Bild der ersten Frau aufblickte? Fühlte er die gleiche unstillbare Sehnsucht nach ihrer Umarmung? War das nur eine Reihenfolge: erste Frau, zweite Frau? Oder war das eine Rangordnung? War ich minderwertiger als mein Bruder, weil ich nur der Sohn der zweiten Frau war? Im Märchen pflegten die Kinder solcher zweiter Frauen nichts zu taugen: Goldmarie – Pechmarie. Und meine konkreten Erfahrungen schienen eine solche Befürchtung zu bestätigen, etwa darin, welche Anerkennung mein Bruder oder ich bei Eltern und Anverwandten fanden.

Mein Bruder war ordentlich und pflegte seine Sachen gewissenhaft aufzuräumen. Nicht daß er auf eine lästige Weise der Pedanterie verfallen gewesen wäre. Nein, er hatte es einfach gern, wenn der ihm anvertraute Bereich seiner Welt geordnet und überschaubar war, während mein Denken so unvermittelt von einer Sache zur nächsten sprang, daß ich die erste sofort aus meinem Bewußtsein löschte und alles, was damit zu tun hatte, dort liegenließ, wo ich es zuletzt benötigt hatte.

Leider war es anderen Menschen nicht beizubringen, daß ich sehr wohl wußte (wenigstens meistens), wo ich diese liegengelassenen Gegenstände suchen mußte, wenn ich sie wieder brauchte. Jedenfalls brachten diesem chaotischen Organismus meines Zimmers weder die Eltern oder das Dienstmädchen noch selbst mein Bruder eine Spur von Verständnis entgegen, so daß in mir, obgleich ich mich in meiner Welt gut zurechtfand, mit der Zeit das Gefühl der Minderwertigkeit wuchs. Sohn der zweiten Frau, so war das also.

Um so verzweifelter flüchtete ich mich vor das Antlitz der anderen Mutter, deren zwar nicht auf mich gerichteter, aber doch unverkennbar liebevoller Blick sich nie trübte, während die vom Anblick meiner Unordnung verstörten Augen meiner Mutter nur allzu häufig den Ausdruck des Befremdens zeigten.

Es ist schwer, einen vollplastischen Portraitkopf nach einer Profilzeichnung anzufertigen. Ich hatte meine Schnitzarbeit bald bis zu einem Zustand vorangetrieben, in dem zwar die durch eine so häufige Betrachtung des Bildes meinem Gedächtnis fest eingeprägte Linie vom Haaransatz über Stirn und Nase bis zu den leicht geöffneten Lippen und dem schön gerundeten Kinn erkennbar war, aber ich hatte noch keine Vorstellung, wie dieses Gesicht von vorn ausgesehen hatte, bis mir die Erinnerung an das kleine Foto aufstieg.

Ich sitze neben dem Schreibtisch meines Vaters auf dem Boden und blättere in einem Album voller alter, bräunlich vergilbter Fotografien. Da blickt mich aus einem kleinformatigen Bild, das vielleicht vor langer Zeit in einem Reisepaß geklebt haben mag, eine Frau an, die ich kenne. Sie hat ihren breitkrempigen, fast marketenderinnenhaft wirkenden Hut verwegen auf das darunter hervorquellende Haar gedrückt. Ein paar widerspenstige Locken haben sich aus ihrer Frisur gelöst und umspielen ihre Ohren, als komme sie eben windzerzaust von einem Spaziergang über herbstliche Felder.

»Ja, das ist Liesl«, sagt mein Vater, als ich fragend zu ihm aufblicke. Ich sehe die Trauer in seinem Gesicht.

Jetzt erst fällt mir auf, wie deutlich mein Bruder ihr ähnelt: die dunklen, in flachen Bögen bis zur Nasenwurzel geschwungenen Brauen, die gerade Nase, die vollen Lippen – alles hat er von ihr. Als der Neid in mir aufsteigt, spüre ich den Blick der ersten Frau auf mir ruhen, fest und offen schaut sie mir diesmal geradewegs in die Augen mit dem gleichen liebevollen Ausdruck, mit dem sie auf der Zeichnung nach rechts blickt, vielleicht zu meinem Vater, der damals, als sie gezeichnet wurde, dort gesessen haben mag, um ihr in die Augen zu schauen wie jetzt ich. Ihr Blick erscheint mir liebevoll, aber auch ernst, als habe sie schon damals gewußt, daß er mich erst erreichen wird, wenn sie aus dem Bereich des Todes zu mir herüberschaut. Ich kann mich lange Zeit nicht von diesem Blick lösen und vergesse darüber meinen Neid. Er hält diesem Blick nicht stand.

So blieb die erste Frau meines Vaters auch weiterhin meine Trösterin und heimliche Geliebte, deren unerschütterbarer Zuneigung ich sicher sein konnte, wenn ich ihrer bedurfte. Und ich bedurfte ihrer oft, nämlich immer dann, wenn ich mich zurückgesetzt, unverstanden oder verurteilt fühlte. Denn meine Mutter war zurückhaltend mit Äußerungen ihrer Zärtlichkeit. Später habe ich oft darüber nachgedacht, warum ich in meinem Gedächtnis kaum Erinnerungen an Umarmungen oder auch nur zärtliche Berührungen durch sie vorfinden kann. Ich bin sicher, daß sie eigentlich nicht so spröde und kühl gewesen sein kann, wie sie damals in meiner Kindheit zumeist auf mich gewirkt hat. Kann sein, daß sie ihr Verhalten mir gegenüber allzu streng kontrolliert hat, um bei meinem Bruder nicht den Eindruck zu erwecken, sie liebe mich mehr als ihren Stiefsohn. Ich halte es auch für denkbar, daß die spontanen Äußerungen ihrer Zuneigung gelähmt wurden durch die ständige, durch das Bild am Leben erhaltene Anwesenheit der ersten Frau, die nicht nur die Liebe meines Vaters fesselte, sondern auch noch die Liebe des Kindes auf sich zog, das sie als die zweite Frau selbst geboren hatte.

Es ist schwer, ja fast unmöglich, sich gegen liebenswerte Tote zur Wehr zu setzen, deren Bild sich in der Vorstellung von manchen, die sie als Lebende gekannt haben, ja selbst in der Vorstellung später Geborener, die sie nie kennenlernen konnten, immer stärker verklärt. Tote können keine Fehler mehr machen, und wenn man sie als Liebende in Erinnerung hat oder sich nach einem unveränderbaren Bild richtet, das ihre Liebe deutlich genug zeigt, dann können sie einen nie enttäuschen. Erst spät habe ich zu ahnen begonnen, was ich jetzt im Turm immer deutlicher erkannte: Wie schwer es für meine Mutter gewesen sein muß, unter dem schönen Bild der toten ersten Frau leben zu müssen.

Während mich diese Gedanken beschäftigten, konnte ich ruhig an dem Portrait weiterarbeiten, für das mir nicht nur die Erinnerung an das kleine Foto ein Modell vor Augen gestellt hatte, sondern auch die Ähnlichkeit ihres von vorn gesehenen Gesichts mit jenem meines Bruders, das ich mir noch gut vorstellen konnte, obwohl er noch zu Lebzeiten meiner Eltern auf nicht aufzuklärende Weise in Italien verschollen ist.

Mag sein, daß sich seit dem Tag, an dem er uns verlorenging, seine Züge denen seiner Mutter noch weiter angenähert haben, so daß beide in meiner Erinnerung ein wenig durcheinanderfließen; aber es gehört wohl wesentlich zur Bedeutung der ersten Frau in meinem Leben, daß die Vorstellung, die ich von ihr habe, untrennbar mit meinem Bruder verknüpft ist, und so ließ ich mich von den einander überlagernden Bildern leiten, als ich die schmalen Brauen wölbte, Form und Lage der Backenknochen festlegte und dem Gesicht jenen Ausdruck liebenden Ernstes zu geben versuchte, der auf solch unstörbare Weise nur den Toten eigen sein kann.

Als ich schon damit beschäftigt war, die letzten Unebenheiten in diesem Gesicht zu glätten, fragte ich mich, ob nicht meine frühe Hingabe an den unwandelbaren Ausdruck der Liebe im Gesicht der Toten mich daran gehindert hatte, dem sich ständig wandelnden Wesen der Lebenden nachzugehen. Das Bild der Toten kannte keine Stimmungen, keine Launen; es war für alle Zeiten festgelegt auf einen Augenblick der Liebe, den der Zeichner noch von den Schlacken banaler Wirklichkeit befreit haben mochte. Konnte es sein, daß ich bewußt oder unbewußt alle Frauen, die mir später begegnet waren, an diesem Bild gemessen hatte?

Noch an diesem Tage stellte ich das dritte Portrait zurück auf die Fensterbank. Ich konnte meiner Arbeit an diesem Kopf nichts mehr hinzufügen; alles, was ich von der ersten Frau meines Vaters wußte, war verschlossen in diesen beiden Bildern, und ich war nicht einmal sicher, ob meine Erinnerung sie nicht längst verändert hatte zu Denkmälern meiner Verehrung, deren Spuren wohl noch das Charakteristischste an diesem Portrait sein mochten. Ich blieb davor stehen und schaute es an, und noch einmal brach die Schönheit dieser Frau über mich herein, und der Gedanke, daß sie schon länger tot war, als ich lebte, trieb mir die Tränen in die Augen.

***

Erst als dieses Portrait wieder auf seinem alten Platz stand, entdeckte ich, daß es auch dir ein wenig glich. Ich kann überhaupt nicht beurteilen, ob es tatsächlich eine Ähnlichkeit gibt zwischen dir und der ersten Frau; vielleicht habe ich unbewußt Spuren deiner Züge in das Gesicht der Toten projiziert, weil ich in dieser Zeit ständig auf der Suche war nach deinem Gesicht und es in den schwer zugänglichen Kammern meines Gedächtnisses nicht mehr finden konnte. Vielleicht ist es gut, daß ich kein allzu festgelegtes Bild von dir habe; denn so bin ich stets gefaßt auf die Überraschung, dich bei jeder Begegnung neu und anders zu sehen.

Wie ein Schüler, der im Zweifel ist, ob er das ihm gestellte Thema nicht verfehlt hat, erwartete ich am nächsten Tag das Urteil meines kunstsinnigen Aufsehers. Als er schließlich gegen Mittag mit der dampfenden Suppenschüssel eintrat, wirkte er auf mich äffischer denn je. Knickebeinig hinkte er, nachdem er mir mein Essen hingestellt hatte, zum Fenster, nahm das dritte Portrait mit seinen bräunlichen, verrunzelten Händen vom Bord und hielt es vor sich hin, wobei seine ausgestreckten haarigen Unterarme allzu lang aus den Ärmeln seiner Jacke herausragten. Er drehte und wendete mein Werk nach rechts und links, offenbar um die plastische Wirkung des Halbprofils zu prüfen, stellte es dann wieder auf seinen Platz und trat ein wenig zurück, um seine Begutachtung abzuschließen.

»Das haben Sie also bis heute mit sich herumgeschleppt«, sagte er. »Erstaunlich, wie dauerhaft das Bild ist, das Sie sich als Kind zurechtgebastelt haben.«

»Sah sie denn nicht so aus, die erste Frau?« fragte ich und fühlte Enttäuschung darüber in mir aufsteigen, daß meine Vorstellung sich so weit von der Wirklichkeit entfernt haben sollte.

Der Affe verzog spöttisch seinen breiten Mund. »Wer von euch weiß schon, wie ein Mensch wirklich aussieht!« sagte er. »Euresgleichen kennt ja kaum sich selber.«

»Hoffentlich weißt wenigstens du, daß du ein Affe bist«, sagte ich wütend über die Schulmeisterei dieses lästigen Moralisten. Doch es gelang mir nicht, ihn zu provozieren.

»Ich bin mir da nicht so sicher«, sagte er ohne erkennbare Gemütsbewegung, und während ich ihn so vor mir stehen sah, war ich das auch nicht mehr. Auf einmal schien er alles Äffische verloren zu haben und glich jetzt wieder eher dem Bibliothekar aus meinem Traum. Nicht sonderlich groß zwar, aber durchaus aufrecht stand er mitten in meiner Stube, und es war nicht zu übersehen, daß der helle Leinenanzug ihn vorzüglich kleidete, als er mir mit einer leichten, keineswegs linkisch oder gar äffisch wirkenden Verbeugung mitteilte, daß ich meine Arbeit zur Zufriedenheit des Hauses erledigt hätte und jederzeit gehen könne, wohin ich wolle. »Sie würden sich aber eines besonderen Vergnügens berauben«, fuhr er fort, »wenn Sie zuvor nicht meiner Einladung folgen würden, mich auf die Dachterrasse zu begleiten. Heute hat der Ausblick auf Insel und See besonderen Reiz.«

Nun schien alles so ähnlich abzulaufen wie in meinem Traum. In dem Flur vor meiner Tür hatte uns die Frau des Bibliothekars erwartet. Er machte mich auf so routiniert höfliche Weise mit ihr bekannt, daß ich mich genötigt sah, einen Handkuß anzudeuten, und dann stiegen wir miteinander über knarrende Treppenstufen zwei Stockwerke weiter hinauf. Ich entsann mich, daß ich mich mit den beiden, die ich jetzt wohl als meine Gastgeber betrachten konnte, im Traum kaum hatte verständigen können, und wunderte mich, daß ich jetzt jedes ihrer Worte verstand, obwohl mir bewußt war, daß sie nach wie vor in einer fremden Sprache redeten, die irgendwie südländisch klang, ohne daß ich sie hätte genauer benennen können.

Die Treppen endeten schließlich auf einem Absatz vor einer hölzernen Tür, und als der Bibliothekar sie öffnete, traten wir hinaus in hellen Sonnenschein. Das Treppenhäuschen bildete exakt den Mittelpunkt der kreisrunden Dachterrasse, die ringsum von weißgekalkten schwalbenschwanzförmigen Zinnen begrenzt war. Ich folgte dem Paar über knirschenden Kies bis zum Rand, und von hier aus bot sich nun in der Tat ein herrlicher Ausblick. Das Auge wurde zuerst gefesselt von der lichtflimmernden weiten Fläche des Sees, die in blauer Ferne von sanften Hügeln umfangen wurde, hinter denen, im Dunst kaum noch erkennbar, ein höheres Gebirge sich aufbaute.

Während ich hinausblickte in die sich erst allmählich aufschließende Weite, erschreckte mich ein Schatten, der mit flappenden Flügelschlägen über mich hinwegglitt. Als ich nach oben blickte, sah ich, wie sich dicht über mir ein Storch auf seinen breiten Schwingen hinaustragen ließ. Er war von dem Nest aufgeflogen, das breit und struppig das Dach des Treppenhäuschens krönte. Dort saß noch die Störchin, die schon ihre Flügel reckte, um gleichfalls aufzufliegen und unten in den Niederungen am Gestade des Sees den Chor der Frösche zu dezimieren. Unwillkürlich mußte ich mich ducken, so stark wirkte der Schatten der Großvögel auf mich noch immer als Bedrohung.

In diesem Augenblick spürte ich, wie meine Gastgeberin die Hand auf meinen Arm legte, als wolle sie mich auf etwas aufmerksam machen. Ich hatte im Halbdunkel der Flure und Treppenhäuser ihr Gesicht nur vage wahrgenommen, hier oben auf der Dachterrasse war sie dann vor mir hergegangen, und ich hatte nur Augen für die flimmernde Fläche des Sees gehabt und meine Begleiterin nicht weiter beachtet. Doch jetzt, als ich dicht neben ihr stand und ihr ins Gesicht schaute, verschlug es mir den Atem angesichts einer Schönheit, die durch ihre Alterslosigkeit nahezu unvergänglich wirkte. Aus ihren ebenmäßigen Zügen strahlte eine ungeheure Lebenskraft, obwohl sie vom feinen Craquelé zahlloser Fältchen überzogen waren wie jene einer uralten Mutter.

Wie diese Frau neben mir aufgereckt bei einer der Zinnen stand, glich sie in jedem Zug ihres lebenssprühenden Gesichts und mit dem vom Wind an ihren Körper gepreßten, nach hinten fahnenflatternden hellen Gewand dem kleinen Marmoridol, das ich in meinem Traum aus dem Schutt aufgelesen hatte. Sie stand dort wie die Statue einer trotz ihres Alters noch immer machtvollen Herrscherin oder gar einer Göttin, die auf ihre Welt herabschaut. Mein Blick folgte der Richtung, in die ihre Hand wies, die sie befehlend, segnend oder auch nur auf etwas hinweisend ausgestreckt hatte, und da sah ich unten auf der Wiese zwischen den rötlichen Felsblöcken die Löwin stehen. Ich kann nicht sagen, ob meine Gastgeberin sie herbeizitiert hatte oder ob die Löwin aus eigenem Antrieb zum Turm gekommen war. Auch hatte ich sie nicht kommen sehen. Sie stand plötzlich in all ihrer Schönheit und Kraft dort unten und blickte herauf zu mir.

»Hast du sie noch nie mit ihrem Namen angesprochen?« fragte die Herrin des Turms, und erst, als ich antworten wollte, wurde mir bewußt, daß ich das noch nie versucht hatte. Sie winkte der Löwin zu und lud sie ein, zu uns herauf auf das Dach des Turms zu kommen. Mit Herzklopfen beobachtete ich, wie das goldfarbene Tier mit wenigen Sätzen das Tor erreichte und hineinsprang. Kurze Zeit später tauchte sie schon empor aus dem Treppenschacht und kam zu uns herübergetrottet.

»Jetzt ist die Zeit gekommen, wo du die Kraft deiner Perle erproben kannst«, sagte die Herrin des Turms.

Die Löwin blickte mich an mit ihren dunklen Augen, und da hatte ich zum ersten Mal keine Zweifel mehr, daß es deine Augen waren, aus denen sie mich anschaute. Mir blieb jetzt nur noch das Problem zu lösen, wie ich der Löwin auf angemessene Weise das schimmernde Kleinod überreichen sollte. Sie kam mir damit entgegen, daß sie ihre Vorderpranken auf das etwa gürtelhohe Mauerstück zwischen den Zinnen setzte und sich aufrichtete, so daß unsere Köpfe etwa in gleicher Höhe waren. Mir gefiel das, denn so konnten wir einander in die Augen blicken, ohne daß einer von uns den Blick heben oder senken mußte.

Der hinkende, aber im übrigen überhaupt nicht mehr äffisch wirkende Bibliothekar oder Kunstschmied hatte sich längst auf dezente Weise zum Treppenhäuschen zurückgezogen, als wolle er die Intimität des hier sich anbahnenden Vorganges nicht stören, den herbeizuführen ganz offenkundig die Sache seiner Frau war. Nur die Herrin des Turms blieb bei uns stehen. Allerdings spürte ich jetzt ihre Anwesenheit eher, als daß ich sie beobachtet hätte. Ich sah nur noch das Antlitz der Löwin, während ich die Muschel aus der Tasche holte, sie öffnete und die Perle herausnahm. Einen Augenblick zögerte ich, was ich damit tun sollte, dann drückte ich sie ihr oberhalb der Augen ins dichte Fell und nannte sie bei deinem Namen.

Eigentlich hatte ich erwartet, dich im nächsten Augenblick vor mir stehen zu sehen. Doch dieses Kunststück war mir ja schon einmal nicht gelungen, und auch diesmal führte es nicht zum gewünschten Ergebnis, obwohl ich dich tatsächlich zu sehen glaubte, aber eher so, wie man das Aussehen eines geliebten Menschen in seiner Vorstellung wiederfindet, ein Vorgang, der sich mit solcher Plötzlichkeit vollzieht, als würde dieses lange entbehrte Gesicht von einem Blitz erhellt, um dann als Erinnerungsbild zu bleiben. So war es auch jetzt.

Zugleich wurde es auf einen Schlag dunkel, als hätte jemand die Beleuchtung des weiten Seepanoramas ausgelöscht wie eine Lampe. Ich nahm eben noch wahr, wie sich die kreisrunde Terrasse, auf der ich stand, auf sonderbare Weise verdoppelte und meine beiden Gastgeber auf dieser sich ablösenden, bläulich schimmernden Scheibe von der Ebene, auf der ich stand, abgehoben wurden. Diese Scheibe wurde mit allem, was sich auf ihr befand, auch den beiden zur Bewegungslosigkeit erstarrten Gestalten, durchsichtig, trudelte davon in die undurchdringliche Schwärze, wurde rasch kleiner, bald nur noch ein ferner Lichtpunkt, der verschwand.

Danach stand ich wie erblindet und hörte noch immer den Klang meiner Stimme, die deinen Namen ausgesprochen hatte, und dieser Klang schwoll an zu einem mächtigen Dröhnen, einem erzenen Geläut der Silben deines Namens, das die Finsternis erbeben ließ, doch nicht nur die ungreifbare Schwärze ringsum, sondern auch den bislang festen Boden, auf dem meine Füße noch immer ruhten; denn dieser begann unter der Gewalt dieses schwingenden Klangs zu zittern und zu schwanken. Ich versuchte mich an der Mauer zu halten, die eben noch unmittelbar vor mir die Terrasse begrenzt hatte, doch da war keine Mauer, nichts mehr, woran ich mich festhalten konnte, und dann brach auch der Boden unter mir weg, und ich stürzte zusammen mit dem berstenden Gemäuer in die Tiefe in einem solch unaufhörlichen Sturz, als würde der Turm samt der Insel und allem, was auf ihr wuchs und lebte, von einem ungeheuren Strudel hinab in den See gezogen. Ich stürzte und stürzte hinab in die Finsternis, und schließlich war mir zumute wie einem, der aus der unermeßlichen Höhe einer anderen Welt auf eine Erde zu fällt, die ihn mit unbarmherziger Härte empfangen wird.

Ich schlug nicht so hart auf, wie ich gefürchtet hatte, aber immerhin noch so heftig, als sei ich auf einer Geröllhalde ausgerutscht und hätte mich recht unsanft auf scharfkantige Felsbrocken gesetzt. Leise fluchend rappelte ich mich auf und versuchte mich zu orientieren. Es war dermaßen finster, daß meine Augen nichts als Schwärze erfaßten. Außerdem hatte es zu regnen begonnen.

Zunächst einmal heraus aus diesem Trümmerhaufen, sagte ich mir und tastete mich mit den Füßen vorsichtig in die Richtung, wo es abwärts zu gehen schien. Doch schon beim zweiten Schritt stand ich bis an den Knöchel im Wasser, und unmittelbar vor mir flatterten platschend und quarrend ein paar Enten durch aufrauschendes Wasser auseinander.

Die unvermutete Nähe von Wasser trieb mich sofort in panisches Entsetzen; denn ich fürchtete allen Ernstes, die Insel sei tatsächlich schon bis auf die noch herausragenden Trümmer des Turms im See versunken. Eine Zeitlang stand ich steif vor Angst und wartete darauf, daß der Wasserspiegel langsam an meinen Waden höher steigen würde. In der Nähe setzte das Gequake von Fröschen ein, als sollte noch ein letzter Versuch unternommen werden, mich diesem schlüpfrigen Gelichter zuzugesellen und mich so davor zu bewahren, in dieser Überschwemmung zu ersaufen.

Der Pegelstand änderte sich jedoch nicht, und das beruhigte mich so weit, daß ich damit begann, meine unmittelbare Umgebung zu erforschen. Dabei tappte ich alsbald mit beiden Füßen ins Wasser und kam schließlich zu der Erkenntnis, daß außer einem kaum einen halben Meter hohen Haufen etwa kopfgroßer Steinbrocken ringsum nichts als Wasser vorzufinden war.

Ich stellte mich schon darauf ein, daß ich auf diesem winzigen Eiland inmitten der weiten Fläche des Sees Ausschau halten müsse nach einem Boot, das mich Gestrandeten aufnehmen und an Land bringen könnte. Da wurde die Finsternis von zwei dicht nebeneinanderstehenden Lichtern durchbrochen, die sich rasch auf mich zu bewegten, zugleich hörte ich das Summen eines Motors, die Scheinwerfer tasteten sich durch vereinzelt stehende Baumstämme und Gebüsch und ließen in ihren Lichtkegeln Myriaden von Regentropfen funkeln. Als dann das Taxi auf dem nahen Fahrweg vorüberrauschte, nachdem das Licht seiner Scheinwerfer sich für einen Augenblick auf der Fläche des kleinen Teichs gespiegelt hatte, in dessen Mitte ich auf den Felsbrocken der Enteninsel hockte, da wußte ich endlich, wo ich mich befand.

Meine Schuhe und Strümpfe waren schon dermaßen durchnäßt, daß ich mir gar nicht erst die Mühe machte, sie auszuziehen, sondern so, wie ich war, durch das stellenweise knietiefe Wasser zum Ufer watete, wo ich auch noch ein paar Frösche aufstörte, die mit hastigen Schwimmstößen vor dem Wassermann flohen, der hier nächtens an Land stieg. Vollgesogen schlappten mir die Hosenbeine um die Waden, als ich auf dem kiesbestreuten Weg durch den Park ging.

Dann trat zwischen den Büschen wieder die Figur in mein Blickfeld, so daß ich gar nicht anders konnte, als über den Rasen zu ihr hinüberzugehen. Ich bildete mir ein, die lädierte Göttin müsse diesmal dein Gesicht tragen und mir mit deinen Augen entgegenblicken. Das erschien mir folgerichtig, nachdem sie mir bei der ersten Begegnung ihr zerstörtes Gesicht gezeigt hatte und bei der zweiten – wenn auch anderswo in veränderter Gestalt – die Widerspiegelung meines eigenen Gesichts, immer das also, wonach ich gesucht hatte, und diesmal, meinte ich, war ich doch wohl nach allen einigermaßen bestandenen Prüfungen ehrlichen Herzens auf der Suche nach dir.

Da kannst du wieder einmal sehen, was ich für ein Mensch bin. Alles muß ich gleich in eine feste Ordnung bringen, die meinen Sinn für Logik befriedigt. Erstens, zweitens, drittens – viel weiter reicht offenbar meine Vorstellungskraft nicht, selbst wenn ich mit nassen Hosenbeinen aus einem Teich gestiegen bin, in den ich aus der unvorstellbaren Höhe oder Ferne einer dem logischen Kalkül entzogenen Welt hineingefallen war. Bin ich dermaßen unbelehrbar, daß ich selbst dann noch solche Gedankengebäude aufbaue, in deren scheinbar sicherem Gehege ich mich vor möglichen Überraschungen in Sicherheit zu bringen versuche?

Als ich dann vor dem regenfeuchten Torso stand, hatte sich natürlich nichts geändert; er war zerschunden und seiner Extremitäten beraubt wie eh und je, und das zerschlagene Gesicht ließ keinen Vergleich zu mit irgendeinem menschlichen Gesicht. Es sagte mir nichts. Die Figur blieb stumm, und selbst damals zu jener Zeit, als sie noch unbeschädigt gewesen war, hatte sie wohl nichts anderes darstellen können als eine von Menschen, nach menschlichen Vorstellungen hergestellte Abstraktion, die mit der Wirklichkeit des Menschen nicht übereinstimmte.

So stand ich schließlich wieder wie zu Anfang unserer Geschichte vor dieser Figur und dachte noch einmal darüber nach, warum ein Mensch sie so zerschlagen haben mochte. Vielleicht war es wirklich so, daß er die Göttin sich selbst hatte ähnlich machen wollen. Vielleicht muß der Mensch die Gottheit erst zerschlagen, um in ihr sich selbst erkennen zu können. Oder sie läßt es zu, daß Menschen sie zerschlagen, damit sie in diesem Bilde lernen, den anderen in seinen Beschädigungen zu lieben. Also hatte es doch einen Sinn, ein solches beschädigtes Bildwerk aufzustellen.

Wenigstens fühlte ich mich nicht mehr überfordert

durch diesen Anblick, und so wendete ich mich ab und ging, ohne auf den Nieselregen zu achten, über den Rasen zurück zum Weg und weiter in die Richtung, aus der schon Stimmen zu hören waren. Noch einmal geriet ich dabei in die Lichtkegel der Scheinwerfer des Taxis, das mir vom Schloß her entgegenkam. Als es an mir vorüberfuhr, versuchte ich zu erkennen, ob es derselbe Fahrer lenkte, den ich damals bei der Figur zum Halten gebracht hatte, doch er war es nicht. Am Volant saß eine Frau, deren für Sekundenbruchteile sichtbares Profil mir bekannt vorkam. Ich blickte dem Fahrzeug nach, bis die roten Schlußlichter an der Wegbiegung vom Buschwerk verdeckt wurden, und ging dann weiter durch den sanften Regen, ohne mich besonders zu beeilen. Bald sah ich die hell getünchte Fassade des Schlosses zwischen den dunklen Baumstämmen. In einzelnen Fenstern brannte noch Licht, und draußen auf dem überdachten Vorplatz des Eingangs standen ein paar Tagungsgäste im Gespräch beieinander. Alles sah so aus, als sei ich erst vor wenigen Minuten weggegangen.

In der Eingangshalle habe ich dann dich getroffen. Du hast an der Rezeption gewartet und hattest noch deinen Koffer neben dir stehen.

»Woher kommst *du* denn?« hast du gefragt und auf meine tropfnassen Hosenbeine geschaut.

»Aus einer anderen Welt geradewegs durch den Ententeich«, habe ich gesagt.

Du hast gelächelt und mir die Hand gegeben. »Mußt du immer alles so komplizieren?« hast du gesagt. »Ein Taxi ist bequemer, zumal bei diesem Wetter.«

Ich konnte noch nicht fassen, daß du endlich da warst. »Warum kommst du so spät?« habe ich dich gefragt.

Statt einer Antwort hast du die Kapuze deines Mantels vom Haar gestreift, und das erste, was ich sah, war der perlgroße, irisierend schimmernde Regentropfen, der an den verzwirbelten Haaren über deiner Stirn hing wie ein außergewöhnlicher Schmuck. Dann habe ich dein von der Kapuze verwirrtes Haar bestaunt, den aufgekratzten Mückenstich an deinem Kinn, deine von einem eben sich anbahnenden Schnupfen gerötete Nase, doch nicht nur solche geringfügigen Äußerlichkeiten, sondern ich sah auch die im Hintergrund deiner olivbraunen Augen verborgenen Ängste und Sehnsüchte, die Spuren der Verletzungen des Menschen, der du bist, der Beschädigungen, von denen ich noch nichts weiß. Und während ich dich so anschaute, entdeckte ich all die wunderbaren Unvollkommenheiten an dir, deren unzählbare Menge die Menschen insgesamt und dich im besonderen ebenso liebebedürftig wie liebenswert und so einzigartig machen. Erst in diesem Augenblick habe ich begriffen, was ich dir angetan hätte, wenn ich dein Gesicht als jenes der vollkommenen Göttin hätte nehmen wollen. Und zugleich begriff ich auch, was ich mir selbst damit angetan hätte.

Du hast mir auf meine Frage nicht geantwortet und mich angeschaut, als müsse ich ohnehin wissen, warum du nicht früher hattest eintreffen können. Ich schaute dich an, und das war, als sähe ich dich zum ersten Mal, und ich merkte, wie fremd du mir noch bist, fremder noch als die Löwin in der Steppe unter dem Turm. Dein Gesicht war ein wilder, unwegsamer Wald, in dem ich mich wahrscheinlich verlaufen würde, aber diese Möglichkeit würde mich nicht daran hindern. Anscheinend stand ich nun erst am eigentlichen Anfang meiner Suchwanderung, und es würde jetzt darauf ankommen, das eigene Risiko überhaupt nicht mehr zu bedenken.

Wie lange wir so einander gegenübergestanden sind und uns in die Augen geschaut haben, weiß ich nicht. Irgendwann wurde mir bewußt, daß wir nicht allein waren, auch wenn die meisten Zeugen unserer Begegnung diskret zur Seite blickten, als würden sie nicht wahrnehmen, was zwischen uns geschah. Nur Erik, der eben vom Kellerlokal her in den Vorraum getreten war, ließ sich nicht von solch bürgerlichen Hemmungen zurückhalten. Er stand in der Tür, schaute uns völlig unverhohlen zu und griente.

CIP-Kurztitelaufnahme der Deutschen Bibliothek

Bemmann, Hans:
Die beschädigte Göttin / Hans Bemmann. – Stuttgart; Wien:
Ed. Weitbrecht, 1990
ISBN 3-522-70770-2

© 1990 Edition Weitbrecht in K. Thienemanns Verlag,
Stuttgart und Wien.

Die Gestaltung des Schutzumschlags
und der Innenabbildungen
besorgte Reichert Buchgestaltung in Stuttgart.
Reproduktion des Umschlags von Die Repro in Tamm.
Gesetzt von Utesch Satztechnik GmbH in Hamburg.
Gedruckt und gebunden von Clausen und Bosse GmbH, Leck.
Printed in Germany. Alle Rechte vorbehalten.
5 4 3

Der Märchenroman über unsere Wirklichkeit

Hans Bemmann
Stein und Flöte
Ein Märchenroman
824 Seiten, ISBN 3 522 70050 3

Im Sinne eines Entwicklungsromans wird hier das Leben Lauschers erzählt. Obwohl sich alles so zugetragen hat, wie es in der Geschichte erzählt wird, ist das Ganze ein Bild für jene Wirklichkeit, die hinter der sichtbaren Oberfläche steckt.

Edition Weitbrecht

Fesselnde Abenteuer zu Lande und zur See

A. A. Attanasio
Jaki
Roman
624 Seiten, ISBN 3 522 70620 X

Im Jahre 1609 wird Jaki Gefjon als Sohn einer schönen Eingeborenen und eines seefahrenden holländischen Kaufmanns im Dschungel Borneos geboren. Seine Kindheit wird abrupt beendet, als er in die Lehre bei einem Zauberer, einem Seelenfänger, eintritt.

Edition Weitbrecht